엄마 카드로 사고 쳤는데 어쩌지?

초판 1쇄 펴냄 2018년 12월 17일
5쇄 펴냄 2023년 10월 6일

지은이 피트 호트먼
옮긴이 최설희

펴낸이 고영은 박미숙
펴낸곳 뜨인돌출판(주) | 출판등록 1994.10.11.(제406-251002011000185호)
주소 10881 경기도 파주시 회동길 337-9
홈페이지 www.ddstone.com | 블로그 blog.naver.com/ddstone1994
페이스북 www.facebook.com/ddstone1994 | 인스타그램 @ddstone_books
대표전화 02-337-5252 | 팩스 031-947-5868

ISBN 978-89-5807-700-8 03840

VivaVivo 39

엄마 카드로 사고 쳤는데 어쩌지?

피트 호트먼 지음 | 최설희 옮김

뜨인돌

냰시와 스티브에게

1
피자

오븐에서 갓 구워져 나온 직경 40센티미터의 피자. 이것은 아름다움 그 자체다. 몰랑몰랑 녹아서 흘러넘칠 것 같은 모차렐라 치즈의 바다 위에서 빛을 받아 번들거리는 동그란 페퍼로니 조각들. 쌉쌀한 오레가노 향의 검붉은 소스가 녹은 치즈를 뚫고 올라와 기포를 터뜨렸고, 손으로 치대 만든 피자 도우의 크러스트는 예술적으로 그을려 있었다.

"준비됐어?" 헤이맨이 말했다. 아직 오후 2시밖에 되지 않았지만 녀석의 얼굴에는 저녁 어스름 같은 그늘이 드리워 있었다. 본명은 헤이든 맨코스키. 아무튼 내가 알고 있는 애들 중 가장 털이 많은 녀석이다. 열두 살에 면도를 시작했으니 말 다했지.

나는 피자 한가운데에 손가락을 푹 찔러 넣었다.

"아직 뜨거워." 나는 손가락에 묻은 소스를 핥았다.

"너 시작한 거다." 헤이맨이 말했다.

"아직 아니야!"

헤이맨은 테이블 맞은편 소파에 몸을 깊이 파묻고 앉아 있는 씬을 보았다.

"씬, 손가락 핥는 것도 치는 거야?"

무릎을 세우고 앉은 씬은 얼굴에 닿을 정도로 휴대폰을 가까이에서 들여다보고 있었다. 검은색 직모 앞머리가 이마를 다 덮고 내려와 눈을 찌를 것 같았다. 꼭 휴대폰에 앞머리가 달린 것처럼 보인다. 씬의 엄지가 휴대폰 위를 날아다녔고 잠시 후 '휫' 하는 메시지 전송 소리가 울렸다. 씬은 새로 산 휴대폰에 너무 집착하는 것 같다. 앞으로 모든 대화는 휴대폰으로 하겠노라고 말할 정도니까 좀 심각하다.

'말로 하는 대화는 너무 구시대적이야.' 어제 아침에는 그런 메시지를 보내왔다.

씬과 헤이맨 그리고 나까지, 우리는 삼총사다. 영화 〈삼총사〉의 주인공들처럼 멋진 총이 있지도 않고 우리 중에 삼총사 소설을 읽은 건 씬밖에 없지만 아무튼. 우리는 헤이맨이 면도를 시작하기 전부터 줄곧 삼총사였다. 그리고 내년 가을이면 우리 모두 고등학생이 된다.

헤이맨은 휴대폰으로 씬의 메시지를 확인했다.

"손가락 핥는 건 시작으로 안 친대." 헤이맨은 그렇게 말하고는 자기 몫의 소시지버섯 피자 한 조각을 들어 올렸다.

"내 건 그렇게 안 뜨거운데." 헤이맨은 피자의 뾰족한 부분을 한입 베어 물더니 재빨리 마운틴듀 한 모금을 꿀꺽 들이켰다.

나는 머리를 절레절레 흔들고 다시 참을성 있게 기다렸다. 소스는 그리 뜨겁지 않으면서도 치즈는 아직 부드러운 그 완벽한 순간을 말이다. 1분 후, 헤이맨은 자기 피자를 조심스럽게 한입 더 베어 물었다.

"진짜야. 안 뜨겁다니까." 헤이맨은 피자를 삼키며 중얼거렸다.

"알았어. 시간 재 줘." 내가 말했다.

헤이맨은 먹던 피자 조각을 내려놓고 기름진 손가락으로 자기 휴대폰의 스톱워치 기능을 열어 시작 버튼을 눌렀다.

"시작!"

시작이다.

지금까지 먹어 본 피자 중 최고라고는 말할 수 없다. 치즈는 이미 굳기 시작했고 피자 한가운데의 도우 부분은 좀 끈적거렸으니까. 그래도 한 판을 다 먹는 데 걸린 시간은 4분 36초.

헤이맨은 볼멘소리를 내며 지갑을 꺼내 나에게 10달러를 건네주었다.

나는 한 손으로 그 돈을 받으면서 다른 한 손으로는 헤이맨의 소시지 버섯 피자 한 조각을 집어 들었다. 아직 배가 덜 찬 것 같아서 말이지.

"괴물 같은 녀석." 헤이맨은 지갑을 옆으로 밀치며 말했다. "그렇게 먹고도 살이 안 찌는 게 진짜 신기하다."

"그야 신진대사가 활발하니까." 내가 대답했다.

"신진대사가 비정상적으로 활발해." 헤이맨이 말했다. "몸 안에 어마무시하게 긴 촌충이 살고 있을걸!"

나는 웃었다. 그때 내 휴대폰의 메시지 수신음이 울렸다.

나는 씬을 바라보았다. 씬은 키가 나랑 거의 비슷해서 몸을 곧게 펴면

170센티미터 정도 된다. 하지만 쪼그리고 있으면 아주 작다. 접어 놓으면 작은데 펼치면 확 커지는 원터치 텐트 같다.

나는 내 휴대폰을 확인했다.

1,127cm.

"뭐가?" 내가 물었다.

씬의 엄지손가락이 거의 보이지 않을 정도로 빨리 움직였다. 보통 사람이 낼 수 있는 속도가 아니다.

다시 메시지 오는 소리.

촌충 길이.

우웩. 나는 얼굴을 찡그렸다. 씬은 나를 똑바로 쳐다보고 있지는 않았지만 입꼬리가 살짝 올라가는 게 보였다.

"씬이 뭐래?" 헤이맨이 물었다.

"네가 말한 촌충 욕하고 있는데." 내가 대답했다.

씬의 엄지가 휴대폰 위에서 춤을 췄다. 나는 무슨 대답이 돌아올지 두려움 반, 호기심 반으로 기다리며 휴대폰을 보았다.

고래 몸 안에 사는 건 3,657cm.

"그걸 지금 찾아본 거야, 아님 원래부터 알고 있던 거야?" 내가 묻자 씬은 그저 빙긋 웃었다. 물론 진작부터 알고 있었을 거다. 씬은 모르는 게 없으니까.

"개들 몸속에 사는 건 얼마나 길지?" 내가 물었다.

내가 개에 대해 물은 건 매달 알피에게 구충제를 줘야 하기 때문이다. 혹시라도 벌레를 먹거나 하는 걸 대비해서인데, 녀석은 뒷마당에서 토끼 똥을 먹곤 하니까 몸속에 그런 게 있고도 남는다. 사실 알피는 맬의 개지만 녀석을 돌보는 건 내 몫이다. 맬이 개를 돌본다는 건… 에이, 믿을 수가 없다. 맬에 대해서는 나중에 더 이야기하기로 하고.

텔레비전에서 어떤 남자가 구더기나 타조 내장 같은 온갖 종류의 이상한 음식을 먹는 걸 본 적이 있다. 진짜 우웩이다. 나라면 절대 못 하지. 사실 나로 말하자면 섬세한 미각을 가졌다고나 할까. 나는 랍스터나 아티초크(지중해 연안이 원산지로 유럽이나 미국, 중남미에서 구이나 찜, 샐러드, 수프 등에 사용한다. 주로 '아티초크 하트'라고 불리는 꽃봉오리 부분을 먹는다 – 옮긴이) 같은 걸 좋아한다. 배가 고플 땐 뭐든 먹을 수 있겠지만 그래도 구더기는 아니지. 절대 먹어 볼 생각이 없는 음식도 많다. 예를 들자면 사우어크라우트(양배추를 소금에 절여 발효시킨 음식으로, '독일식 김치'로 알려져 있다 – 옮긴이)나 족발 절인 거? 만약에 헤이맨이 내기로 나를 이기고 싶다면 그냥 토끼 똥을 먹자고 하면 된다. 물론 알피랑 내기를 한다면, 생각해 볼 것도 없이 10달러는 알피 몫이겠지만.

헤이맨과 나는 피자를 다 먹었는데 씬은 그제야 어린이용 야채 피자를 먹기 시작했다. 나에게 무언의 메시지를 전달하려는 모양이다. 평소에는 이것보다는 많이, 빨리 먹는나. 씬은 토핑으로 올라간 버섯을 한 개 집어 올리더니 나에게 보여 주려는 듯 천천히 음미하며 씹었다.

"한 번에 먹어야지. 그렇게 하나하나 따로 집어 먹지 말고. 한 조각 먹는 데 한 시간은 걸리겠다." 내가 말했다. "피자의 핵심은 모든 걸 한 번에 먹을 수 있다는 거거든."

씬은 내 말을 못 들은 척하며 최대한 조금씩 버섯을 깨작거렸다. 순전히 나를 짜증 나게 하려고 말이다. 씬의 피자는 아직도 4분의 3이나 남아 있었다.

"소냐 토마스였다면 30초 만에 먹어 치웠을 텐데."

소냐 토마스. 일명 '블랙 위도우'라고 불리는, 겨우 48킬로그램밖에 안 나가는 한국계 미국인. 소냐는 한 자리에서 8분 만에 564개의 굴을 먹어 치우고 세계기록을 세운 바 있다.

씬이 눈을 가늘게 하고 나를 쏘아보았다. "난 소냐 토마스 아니거든." 씬이 소리 내어 말했다.

"너 말했다!" 내가 외쳤다.

씬의 눈빛이 한층 더 사나워졌다. 내가 급히 둘러댔다.

"네가 한국인이라서 말한 게 아니야. 소냐가 여자니까 예를 든 거지."

"똥멍청이!" 씬은 자신의 조그만 피자에서 집어 올린 양파 한 조각을 우아한 자태로 혀 위에 안착시켰다.

씬이 피자를 다 먹길 기다리면서 헤이맨과 나는 유튜브에서 본 비단뱀이 염소를 먹어 치우는 동영상에 대해 이야기했다. 씬은 자기 휴대폰을 만지작거리면서 우리가 하는 얘기는 무시한 채로 이따금 한입씩 피자를 먹었다.

"염소 한 마리를 통째로? 와, 한 번에 피자 20판을 먹는 기분 아닐까!" 헤이맨이 말했다.

"조이 체스트넛이라면 할 수 있을걸." 조이 체스트넛은 세계에서 가장 유명한 푸드 파이터로 10분에 핫도그 70개를 먹은 적이 있다.

"너 주키 팬 아니었어? 웬 조이 체스트넛?"

"맞아. 조이가 그날 운이 좋았던 거야. 그 사람 아마 100킬로그램도 넘을걸. 주키는 70킬로그램도 안 나가잖아. 그리고 그날은 겨우 핫도그 반 개 차이로 진 거라고."

두 사람의 대결 장면은 유튜브로 봤다. 주키 가라팔로는 69개 하고도 반 개의 핫도그를 단 10분 만에 먹어 치웠다. 주키가 조이를 이길 수도 있었는데 그 마지막 핫도그 반 개를 남기는 바람에 지고 만 것이다. 참 이상하지 않은가? 아무리 배가 부르다고 해도 겨우 핫도그 반 개를 더 먹지 못한다는 게 말이 되나? 게다가 세계기록 달성을 목전에 두고 있었는데. 하지만 내게는 그 점이 더 대단하게 느껴진다. 주키는 69.5개의 핫도그에서 절대적 한계를 받아들여야만 했던 거다.

"주키에게는 영혼이 있는 거야." 내가 말했다.

헤이맨의 휴대폰이 울렸다. 보나 마나 씬이다. 씬의 얼굴에는 예의 그 특유의 미소가 번져 있었다. 헤이맨은 메시지를 확인하고 아리송하다는 표정을 짓더니 나에게 보여 줬다.

모든 일은 그 일의 어려움 안에서 빛을 발한다.

"셰익스피어?" 내가 물었다.

"삼총사." 씬이 목소리를 내어 대답했다.

2
베이컨과 올리브

내 이름은 데이비드 앨런 밀러. 지극히 평범하고 흔해서 따분하기까지 한 이름이다. 세상에 얼마나 많은 수의 데이비드 밀러가 있는지 정확히는 모르겠지만 짐작건대 대충 와이오밍의 인구수와 맞먹지 않을까. 나는 와이오밍주에는 가 본 적이 없지만 미네소타주에 있는 작은 도시 와이오밍에는 가 봤다. 그 작은 마을 하나를 가득 채울 정도의 데이비드 밀러가 있다는 건 확실하다.

나는 스무 살이 되면 제일 먼저 내 이름을 바꿀 거다. 물론 '데이비드 밀러'는 그대로 쓰겠지만. 데이비드 퍼즈버켓 밀러 같은 이름이 어떨까 한다. 그냥 퍼즈로 할까? 아니면 퍼지도 괜찮은 것 같고. 앨런은 내 할아버지의 이름을 딴 것이다. 할아버지는 내가 두 살 때 돌아가셨다. 위스콘신의 '솔론 스프링스'라는 곳에서 바를 운영하셨다는데 80대 때 은퇴해 가게를 팔아 버렸다고 한다. 얼마나 나이가 많으셨는지 짐작하겠지.

엄마는 솔론 스프링스에서 자랐는데 다시는 그곳으로 돌아가지 않을 거라고 한다. 또 엄마는 나의 이 활발한 신진대사는 아빠 쪽 피를 이어받아서 그렇다는 말도 한다. 아빠는 잠시도 가만히 있는 법이 없다. 잔디를 깎거나 집에 페인트칠을 하고, 그것도 아니면 주차장 진입로를 정비하는 등 쉬지 않고 움직인다. 아빠는 깔끔하게 정돈된 걸 좋아한다.

내가 살고 있는 아이오와주 배커빌은 겨울이 되면 굉장히 추워져서 주차장 진입로가 쩍쩍 갈라져 틈이 생긴다. 그럼 아빠는 그 틈을 모조리 메우는 작업을 한다. 갈라진 주차장 진입로를 구불구불한 검은 선으로 메우는데, 그게 콜타르다. 그래서 여름이 되면 스케이트보드를 타기에는 최악의 환경이 되고 만다. 날이 뜨거워 콜타르가 끈적끈적해지면 보드의 바퀴에 들러붙고, 잘못했다간 고꾸라져 그 자리에서 죽을 수도 있는 것이다. 콜타르는 알피의 발에도 들러붙는데 알피도 그게 싫은지 발에 붙은 걸 물어 뜯어내려고 한다. 알피라면 뭐든지 먹어 버릴 것이다. 토끼 똥도 먹는데 콜타르쯤이야.

집에 돌아와 보니 엄마가 저녁을 준비하고 계셨다. 뭘까요, 여러분? 네, 피자입니다! 나도 농담이라면 좋겠다. 엄마는 미리 만들어진 냉동 도우를 사서 그 위에 온갖 것들을 잔뜩 올려 오븐에서 구워 낸 뒤 그걸 '피자'라고 부른다. 한번은 시중에서 파는 피자 소스 대신 그냥 케첩을 쓴 적이 있는데, 나는 그 사실을 단박에 알아차릴 수 있었다. 그래도 오늘은 캔에 든 피자 소스를 뿌리고 그 위에 등심으로 만든 베이컨과 그린 올리브를 올린 것 같다. 말로만 들어선 이상할 것 같지만 전에도 똑같은 걸

해 주셔서 먹어 봤는데 꽤 먹을 만했다. 짠 걸 좋아한다면 마음에 들지도 모르겠다.

"저 방금 페퍼로니 피자 한 판 먹고 왔는데요." 내가 말했다.

엄마는 나를 보더니 어깨를 축 늘어뜨렸다. 마치 엄마가 몇 시간이나 걸려서 만든 저녁 식사를 내가 저리 치우라고 말하기라도 한 것 같은 몸짓이었다. 그렇다고 안 먹겠다는 뜻은 아니었는데. 난 그냥 이런 우연이 다 있다고 말한 것뿐이다.

"배가 안 고프다는 뜻은 아니에요." 나는 덧붙였다.

그 말을 들은 엄마는 눈을 동그랗게 뜨고는 어깨를 더 축 늘어뜨렸다.

"대체 그 많은 게 다 어디로 들어가는 거니?" 엄마가 물었다.

이게 바로 아빠가 '수사의문문'이라고 부르는 질문이다. 겉으로는 질문 같지만 사실은 질문이 아닌 거다. 어쨌거나 나는 대답했다.

"아무래도 위가 소를 닮았나 봐요. 위가 두 개라든지…?"

"어머나. 내가 그걸 몰랐네." 엄마의 농담은 너무 고차원적이라 나는 심지어 엄마가 웃기려고 한 말인지 못 알아챌 때도 많다.

"아빠가 전화하셨어. 두세 시간 안에는 못 돌아오실 것 같대."

주차장 입구 다시 포장하기, 마당에 난 민들레 제초 작업, 창문에 생긴 보이지도 않는 틈 메우기, 풀을 1밀리미터 간격으로 다듬기 같은 걸 하지 않을 때 아빠는 상업용 냉장기기 파는 일을 한다. 엄청 재미있는 일은 아니라 내가 직업으로 삼고 싶은 생각은 없다. 그래도 아빠는 매일같이 배커빌에서 차로 한 시간 거리인 디모인으로 출퇴근한다.

집 앞에 차 들어오는 소리가 들렸다. 창문으로 내다보니 브리짓 누나와 데렉이었다. 누나는 대학에 다니고 있는데 학교가 차로 고작 30분 거리라 일수일에 한두 번은 집에 와서 저녁을 먹는다. 자기 말로는 엄마를 기쁘게 해 주기 위해서란다. 데렉은 누나의 멍청한 남자 친구다. 둘 다 학교에 미친 사람들이라 여름방학 중에도 수업을 신청해서 듣고 아르바이트도 학교에서 한다. 누나는 대학 입학처에서 일하고 데렉은 남학생 사교클럽의 기숙사를 관리하는 일을 하고 있다.

"로봇들 왔네." 내가 두 사람을 이렇게 부르는 데는 다 이유가 있다. 우선 데렉을 보면 영화 〈스타워즈〉에 나오는 인공지능 로봇 C-3PO가 생각난다. 안경을 쓰고 머리를 뒤로 묶은, 피부가 있는 로봇을 상상한다면 바로 딱 그 모습이다. 브리짓 누나가 R2-D2를 닮지 않은 건 정말 안타깝지만 똑똑하기로는 로봇 못지않을 것이다.

엄마는 첫 번째 피자를 오븐에 넣었다.

"맬은 자기 방에 있어." 엄마가 말했다. 내가 물어본 것도 아닌데 엄마는 이렇게 불쑥 알려 주는 걸 좋아한다.

"가서 좀 보고 올래?"

맬을 돌보는 일에는 절대 끝이라는 게 없다. 우리 가족에게 가장 중요한 건 맬을 챙기는 일이다. 맬이 태어났을 때부터 줄곧 그랬는데, 녀석도 벌써 열두 살이다.

3
감자칩

맬의 방문은 닫혀 있었다. '똑, 또로독, 똑, 또록'. 나는 맬이 좋아하는 특별 노크를 하고 방 안으로 들어갔다. 맬은 자기 침대 위에 책상다리를 하고 앉아 몸을 앞뒤로 흔들며 행복한 표정으로 자기 '물건'이 가득 채워진 벽을 바라보고 있었다. 맬에게 그 물건들은 자신의 전부라 할 정도다. 침대 발치에서 가까운 벽면이 온통 그것들로 뒤덮여 있다. 확실히 굉장하다는 느낌이 들기는 한다. 그 물건을 좋아한다면 그런 느낌을 받을 것이다.

"맬, 나 왔어." 내가 말했다.

복슬복슬한 갈색 털의 알피는 침대 옆 바닥에 앉아 털이 덥수룩한 얼굴을 들어 나를 올려다보았다. 맬은 계속 몸을 앞뒤로 규칙적으로 흔들며 그 벽을 응시하고 있었다. 맬은 이렇게 몸을 흔드는 걸 좋아하는데 엄마는 이걸 두고 그 애만의 '운동'이라고 표현한다. 맬은 아기 때부터 이

운동을 해 왔다.

"그래, 나도 너 보니까 좋네." 내가 말했다.

나는 맬이 새로운 '물건'을 더 붙였는지 보려고 벽면을 훑어보았지만 당최 알 수가 없었다. 벽면이 너무 많은 물건들로 빼곡히 채워져 있어서 더 붙일 수 있는 빈틈이 남아 있는지조차 모르겠다.

"새로운 깃털이야?" 내가 물었다.

맬은 고개를 끄덕였다. 아니, 어쩌면 좀 격렬하게 몸을 흔든 건지도 모른다.

나는 그저 '깃털을 더 찾았겠지' 하고 생각할 뿐이다. 사실 벽에는 너무 많은 깃털이 압정으로 꽂혀 있어서 뭐가 새로운 건지 도무지 골라낼 자신이 없다.

맬의 '물건'들은 대부분 날씨가 좋은 날 맬과 알피가 울타리가 쳐진 뒷마당에서 가져오는 것들이다. 아빠가 늘 티끌 하나 없이 깨끗하게 치우는데도 맬은 거의 매일 뭔가를 찾아낸다. 맬이 자기 벽에 붙이고 싶어 하는 것들 중 엄마가 허락하는 물건들만 벽에 건다는 규칙이 있다.

• 엄마가 허락하는 물건들

나뭇잎

나비 날개

깃털

꽃잎

• **엄마가 허락하지 않는 물건들**

모든 종류의 곤충(죽었든 살았든 안 됨)

토끼 똥

벌레

맬은 일단 규칙을 받아들이고 나면 그걸 따르는 건 아주 잘한다. 맨 처음 맬이 자기 방 벽에 장식을 시작했을 때는 살아 있는 달팽이부터 쓰다 버린 휴지까지 온갖 것을 다 가져왔다. 그 이후 몇 번의 발작이 있었고, 엄마와 아빠, 브리짓 누나, 나 그리고 맬까지 우리는 모두 모여 그 문제에 대해 가족회의를 열었다. 가족회의라고 해 봐야 주로 엄마나 아빠가 말을 하면 나는 반쯤은 흘려듣고 누나는 자기 손톱에 대해 설명을 하고 맬은 우리 눈길을 피하면서 손을 까딱거리는 채로 자기만의 세계에 빠져 있는 게 전부지만 말이다. 하지만 엄마는 맬이 규칙을 따르도록 하는 법을 알고 있었고, 얼마 지나지 않아 맬은 나뭇잎, 깃털, 꽃잎, 나비 날개만 가져온다는 규칙을 받아들였다. 아직도 이따금씩 다람쥐 털이나 죽은 메뚜기를 몰래 가지고 들어오려는 시도를 하기는 하지만.

"맬, 저녁 먹을 시간이야. 오늘은 피자." 내가 말했다.

맬은 앞뒤로 흔들던 몸을 멈추고 고개를 살짝 튼 채로 귀를 기울였다. 아래층에서 브리짓과 데렉이 말하는 소리가 들려왔다. 맬은 얼굴을 찡그렸다.

"피자는 별로야?"

맬은 다시 몸을 앞뒤로 흔들기 시작했다.

"알았어." 나는 맬이 계속 운동을 하도록 두고 방을 나왔다.

내가 주방으로 돌아왔을 때 엄마는 첫 번째 피자를 식탁으로 옮기고 있었다.

"맬은 배고프지 않대요." 내가 말했지만 아무도 나를 보지 않았다. 누나는 자기가 어떤 시험에서 만점을 받았다고 자랑하고 있었는데, 특별한 일도 아닌 게 누나는 늘 모든 시험에서 만점을 받는다. 누나가 숨을 쉬려고 잠깐 멈춘 사이 데렉이 끼어들었다. 데렉은 엄마에게 이탈리아에서는 물소 젖으로 모차렐라 치즈를 만든다고 말했다.

"그러니? 이건 크래프트 사(社)에서 나온 건데."

"아, 그렇군요." 데렉은 예의 바른 척 말하려고 했지만 이야기의 끝은 늘 그렇듯 잘난 척이다.

앞에서 데렉이 멍청하다고 말한 걸 기억하시는지. 물론 지적이지 않다는 뜻으로 한 말은 아니다. 데렉은 브리짓 누나처럼 모든 수업에서 A를 받고 아는 것도 많다. 하지만 파이(π)가 무수한 수로 이루어져 있다거나 미국 역대 대통령 중 열네 명이 왼손잡이라는 사실, 또는 이탈리아 사람들은 물소 젖으로 만든 치즈를 먹는다는 사실에 아무도 관심이 없다는 걸 알아차리지 못할 만큼 멍청하다.

나는 피자를 한 조각 집어 들고 말했다.

"4분 36초."

모두가 내게로 눈길을 돌렸다.

"내가 오늘 40센티미터짜리 페퍼로니 피자 한 판 먹는 데 걸린 시간이에요."

브리짓 누나는 꼭 엄마가 하듯이 눈알을 굴렸고 엄마는 한숨을 쉬면서 어깨를 축 늘어뜨렸다.

데렉만 내 말에 좀 흥미를 느낀 것 같았다. "진짜로?" 데렉이 물었다.

"네. 그래서 10달러도 벌었는걸요."

데렉은 잠깐 뭔가를 생각하더니 말했다.

"피자 값은 누가 냈는데?"

"제가 냈죠."

"그럼 실제로 이윤을 남긴 건 아니네." 데렉의 전공은 경영학이다.

"피자는 어차피 먹을 거였으니까요."

"4분 하고… 몇 초라고?"

"36초요."

데렉은 피자를 한입 베어 물고는 뭔가를 곰곰이 생각하며 씹었다.

"상당히 빠른데. 지금 그 피자 한 조각은 얼마나 빨리 먹을 수 있어?" 데렉이 물었다.

나는 피자 한 조각을 들어 입안에 욱여넣었다. 우적, 우적, 우적. 세 번 씹고는 꿀꺽.

누나와 엄마는 둘 다 똑같이 충격을 받은 표정으로 나를 쳐다보았다. 누나가 입을 열었다.

"와, 아무리 너라도 지금 그건 너무 심하다."

"장난 아닌데!" 데렉의 목소리가 커졌다.

이어 엄마가 말했다.

"데이비드, 그렇게 먹을 거면 앞으로는 밖에 있는 알피 밥그릇에 네가 먹을 것도 같이 차려 줄게."

"죄송해요." 물론 죄송하지는 않지만.

엄마는 눈을 감더니 깊게 숨을 들이마시고는 말했다.

"가서 맬한테 저녁 먹으러 내려올 시간이라고 좀 알려 줄래?"

"벌써 했어요. 배가 안 고프다는데요."

"다시 물어봐."

음, 그러니까 해석하자면 "지금은 너를 상대하고 싶지 않으니까 잠깐 눈앞에서 좀 사라져 줄래?" 정도일 것이다.

맬은 여전히 아래층으로 내려올 마음이 없어 보였다. 맬은 침대 위에 앉은 채로 커다란 감자칩 봉지를 끌어안고 우적우적 먹고 있었다. 과자 부스러기가 사방에 흩어져 있었고 알피는 하나라도 얻어먹으려고 침대 발치에 앉아 있었다.

맬이랑 알피는 감자칩으로 똘똘 뭉친 사이다. 감자칩은 맬이 먹는 몇 안 되는 음식들 중 하나다. 그 밖에 바삭하게 튀겨진 생선튀김, 리츠 크래커, 치리오스 시리얼, 그리고 피자 크러스트를 먹는다. 우리가 피자를 먹을 때는 보통 크러스트를 먹으러 내려오는데 감자칩이 있는 날엔 물론 내려오지 않는다. 게다가 맬은 언제나 자기를 보며 과장해서 큰 소리로 말하고 시도 때도 없이 웃어 대는 데렉을 좋아하지 않는다. 맬이 사람 보는 눈 하난 뛰어나다니까.

"맬은 감자칩 먹고 있어요." 나는 다시 주방으로 들어가며 말했다. 엄마는 눈을 한 번 굴리더니 한숨을 쉬고서 어깨를 축 늘어뜨리는 일련의 동작을 선보였다.

"어떻게 찾았지? 건조기에 숨겨 뒀는데."

"언제나 찾아내잖아요. 투시를 하는 게 분명해요." 누나가 말했다.

"투시력 같은 건 미신이야." 데렉이 말했다.

"그냥 해 본 말이야." 누나가 반박했다.

"그냥 하는 말인 걸 내가 어떻게 알아?" 데렉이 진지하게 대답했다.

"미안. 우스꽝스러운 표정이라도 지었어야 하는 건데."

누나의 말에 데렉은 고개를 끄덕였다. 아무래도 마지막 말도 진담으로 알아들은 것 같다.

"어쩌면 초감각이 발달했을지도 모르잖아. 사냥개처럼 감자칩 냄새를 맡을 수 있는 거지." 내가 말하자 데렉은 고개를 끄덕이며 뭔가 골똘히 생각하더니 말했다.

"자폐증 환자들 중에 특출난 감각 기능이 관찰된 사례가 있긴 하지."

"우린 맬한테 그런 표현 안 써요." 내가 말했다.

데렉은 뭔가 어리둥절한 표정이었다.

"그렇게 꼬리표를 붙이는 게 싫거든." 엄마가 말했다.

"우린 그냥 맬이라고 불러요." 내가 말했다.

4
소고기 패티

엄마 앞에서는 별명을 부르거나 이름을 바꿔 부르는 짓을 안 하려고 노력하지만 엄마가 주위에 없을 때면 나는 늘 누군가를 다른 식으로 부른다. 데렉은 '멍청이'고, 누나는 '1등밖에 모르는 바보', 알피는 그냥 '개'다. 나 스스로에게는 '슬라이더 버거에 들어가는 소고기 패티'라고 이름 붙였다. 슬라이더 버거가 뭔지 혹시 알려나? 패스트푸드 체인점 '화이트캐슬' 같은 곳에서 파는 미니 햄버거라고 보면 된다. 내가 사는 아이오와에는 화이트캐슬이 없지만 슬라이더 버거가 딱 그런 거다. 간 소고기로 만들어 기름이 줄줄 흐르는 패티가 촉촉한 빵 사이에 껴 있는, 두세 입이면 먹어 치우는 손바닥 반만 한 햄버거. 삼 남매 중 가운데라는 건 햄버거의 소고기 패티 같은 거라서 그저 빵 두 장이 맞붙어 있도록 하는 존재다.

대부분의 사람들은 햄버거빵 사이에 뭐가 들었는지 딱히 생각하지 않는다. 아마 모르는 게 나을지도 모르지만. 아무튼 중간에 들어가는 패티는 중요하다. 그게 들어가야 진짜 햄버거가 되는 거니까.

두 번째 피자는 엄마의 특별한 야채 피자로 아티초크 속잎과 브로콜리, 피망이 들어 있었다. 한 조각을 집어 든 나는 엄마의 신경을 거스르지 않기 위해 최대한 천천히 먹으려 애썼다. 이어진 저녁 식사 시간은 누나의 끊임없는 자기 자랑과 엄마의 '어머나!' '오!' 따위의 감탄사로 버무려졌고 때때로 데렉이 불쑥불쑥 던지는 쓸데없는 말로 채워졌다. 나는 투명인간처럼 피자를 먹었다. 새 피자 조각에 손을 뻗자 엄마는 좀 천천히 먹으라며 말렸다.

"빨리 먹기 대회를 하는 게 아니잖아. 다른 사람들 먹게 좀 남겨 둬." 엄마가 나를 향해 말했다.

"다들 그렇게 말하는 대신 먹는 데 집중했으면 나만큼 먹었을걸요." 내가 말하자 엄마가 나를 쏘아보며 말했다.

"데이비드, 넌 그만 먹는 게 좋겠다."

내가 자리에서 일어나며 피자 한 조각을 또 집어 들자 엄마가 나를 쳐다보았다.

"맬한테 크러스트 갖다주려고요."

물론 크러스트를 맬에게 주지는 않았다. 이미 감자칩으로 배가 빵빵해져 있을 테니까. 나는 컴퓨터를 켜면서 피자 크러스트까지 전부 먹었다.

화면에는 몇 개의 알람이 떠 있었는데 주로 먹기 대회에 관한 것들이었다. '먹깨비 엘'이 펜실베이니아에서 열린 치킨윙 먹기 대회에서 우승했다는 소식이었다. 10분에 거의 3킬로그램에 달하는 치킨을 먹었는데 결과를 두고 논란이 일었다. 먹깨비가 셔츠에 치킨윙을 쑤셔 넣었다고 2등을 한 참가자가 말한 것이다. 먹깨비 엘은 이미 20개나 앞서 있는 상황이었는데 왜 그랬을까? 게다가 기름이 줄줄 흐르는 치킨윙을 어떻게 셔츠 안에 몰래 숨길 수 있는지도 이해가 안 간다. 하지만 사람 일은 모르는 거니까. 먹깨비 엘은 원래 논란이 많은 푸드 파이터다. 그에게 진 사람에게는 그 과정이 공정했든 치사했든 '먹깨비에게 먹혔다'라는 표현을 쓸 정도다.

또 다른 뉴스는 아이오와 스피드웨이 자동차 경주장에서 '네이선 핫도그 먹기 대회' 예선전이 열린다는 소식이다. 뉴튼에 위치한 곳인데 내가 사는 배커빌에서 겨우 한 시간 거리다. 거기까지 갈 방법만 있으면 나도 참가할 텐데.

네이선 핫도그 먹기 대회를 아는지? 뉴욕주에 위치한 코니아일랜드에 있는 '네이선스 페이머스'라는 레스토랑에서 1916년부터 매년 7월 4일에 핫도그 먹기 대회를 열고 있다. 첫 번째 우승자는 제임스 뮬렌이라는 사람으로 12분 동안 핫도그 13개를 먹었다. 그 정돈 식은 죽 먹기지.

해가 더해 갈수록 네이선 대회 참가자들이 먹는 핫도그의 수는 점점 늘어 갔다. 1958년에는 브라이언 킬코스가 10분에 20개라는 벽을 허물며 우승했다. 핫도그 한 개에 30초 꼴인데, 그 정돈 나도 할 수 있다. 누워서 떡 먹기라니까.

시간이 흐르면서 참가자들의 덩치와 배 둘레는 함께 커져 갔고, 기록은 점점 좋아졌다. 바야흐로 2000년에는 아라이 가즈토요라는 일본 선

수가 25개를 먹고 그걸로도 모자라 8분의 1개를 더 먹어 치웠다. 정말 어마어마한 양이긴 하지만 놀라 자빠질 정도는 아니다.

그리고 2001년, 진짜 말도 안 되는 일이 벌어진다. 역시 일본인으로, 위대한 고바야시 다케루가 핫도그 50개를 먹은 것이다.

무려 50개를!

50개라면 장바구니를 가득 채울 정도로 많은 양이다. 게다가 그는 거의 일정하게 14초에 하나씩 먹어 치웠다. 특히 놀라운 건 고바야시는 거대한 체구가 아니라는 건데, 당시 그는 59킬로그램 정도였다. 고작 내 몸무게 정도였다니!

그 이후 5년간 고바야시는 매회 우승을 거머쥐며 네이선 대회의 제왕으로 군림했다. 그러다 2007년 대격변이 일어난다. 캘리포니아 출신의 조이 체스트넛이라는 남자가 66개의 핫도그를 먹어 치움으로써 고바야시를 단숨에 날려 버린 것이다. 현재 조이의 기록은 70개다.

조이 체스트넛이 가공할 만한 푸드 파이터라는 건 자명한 사실이지만 사실 나는 주키 가라팔로의 팬이다. 105킬로그램의 사내가 70개의 핫도그를 먹는 것보다 68킬로그램의 사내가 69.5개의 핫도그를 먹는 게 훨씬 더 감동적이지 않은가.

주키는 조이 체스트넛에게 패배한 이후로 줄곧 저조한 상태다. 하지만 모두가 기대하고 있듯이 7월에 열릴 네이선 대회에서 재기에 성공할 수 있을 것이다. 두말하면 잔소리지.

주키 가라팔로에 대해 검색해 봤더니 최근에 올라온 정보가 하나 있었는데, '바이바이닷컴'이라는 경매 사이트로 연결되는 링크였다. 클릭해서 들어갔더니 새로운 창이 떴다. 그런데 세상에! 나는 팝업창의 사진을 보고 깜짝 놀랐다. 종이접시 위에 반쯤 먹다 남은 핫도그가 놓여 있는 사진이었다. 나는 문구를 읽어 내려갔다.

일생일대의 투자 기회!
일명 주키 가라팔로의 굴욕!

작년 네이선 핫도그 먹기 대회 결승전 실화입니다.
주키 가라팔로와 조이 체스트넛의 역사적인 대결에서
주키는 용맹하게도 69개 하고도 반 개의 핫도그를 먹어 버립니다.
하지만 겨우 반쪽을 남겨 패배하고 말죠.

나는 다시 사진을 봤다. 그 사진은 분명 대회가 끝난 직후 접시들을 다 치워 버리기 전에 찍은 게 분명했다. 그걸 보고 있으니 배가 고파졌다. 나는 계속 읽어 내려갔다.

이 역사적인 반쪽짜리 핫도그는 매우 잘 보존된 상태로
특별한 안목을 가진 수집가에게 팔리기를 기다리고 있습니다.
박물관과 유서 깊은 도시들의 많은 경매 참여를 기대합니다!

작년에 현장학습으로 디모인에 있는 주립 역사박물관에 갔는데, 거기서 본 거대한 매머드의 뼈가 떠올랐다. 나는 매머드와 같은 공간에 잘 보존된 반쪽짜리 핫도그가 전시된 장면을 상상해 보았다. 와, 이건 비교 불가, 반박 불가다! 매머드보다 당연히 핫도그가 훨씬 더 낫지!

나는 계속해서 광고를 읽어 내려가다가 너무 놀라 의자에서 굴러떨어질 뻔했다.

경매 시작 금액 : 50센트

현재 경매 참여 수 : 0

50센트라고? 이 역사적인 물건이 고작 50센트라고! 게다가 아직 아무도 경매에 참여조차 하지 않았다니. 이건 말도 안 된다!

나는 내 책장에 다소곳하게 놓인 반쪽짜리 핫도그를 머릿속에 그려 보았다.

문구 아래에는 경매 마감까지 남은 시간이 카운트다운되고 있었다.

남은 시간 : 5시간 18분

경매는 자정에 끝날 예정이었다. 심장이 너무 세게 뛰어 박동이 귀에까지 들렸다. 나는 바로 헤이맨에게 전화했다.

"야, 내가 지금 뭐 보고 있는 줄 알아?"

"모르지." 녀석은 뭔가를 먹으며 대답했다.

"주키 가라팔로의 핫도그!"

전화기를 통해 몇 번 더 씹는 소리가 난 후, 헤이맨이 말했다.

"혹시 이거 무슨 암호 같은 거야? 내가 맞혀야 돼?"

"아니! 진짜 주키 가라팔로가 먹다 남긴 반쪽짜리 핫도그 말이야!"

"주키 가라팔로 핫도그를 왜 보고 있는 건데?"

"바이바이닷컴에 올라왔다니까! 주키가 먹다 남긴 반쪽짜리 핫도그가!"

"무슨 소리야?" 계속해서 쩝쩝거리는 소리가 들렸다.

"이건 역사 그 자체야! 그걸 지금 팔고 있다고!"

"그래서, 지금 그걸 사겠다고?"

그래, 바로 그거다. 그 순간 나는 결정했다.

5
반쪽짜리 핫도그

나에게 정말 중요한 무언가를 내 것으로 만들 수 있는 기회였다. 그런데 문제는 인터넷 경매에 참여하려면 신용카드나 바이바이닷컴에서 쓰는 포인트가 있어야 한다는 거다. 내가 그런 걸 가지고 있을 리가 있나. 하지만 엄마라면 말이 달라진다. 엄마는 온갖 종류의 신용카드를 가지고 있으니까. 전에 학교에서 필요한 책을 인터넷으로 주문하라고 엄마가 한 차례 신용카드를 빌려준 적이 있다. 그때 카드번호를 어디다 적어 둔 것 같은데.

시간이 좀 걸렸지만 책상 위에 잡다한 서류를 모아 둔 종이 묶음 안에서 그걸 찾아냈다. 그리고 몇 분 후, 나는 이미 바이바이닷컴의 회원이 되어 있었다.

우선 50센트부터 시작했다. 손이 덜덜 떨리는 게 느껴졌다. 지금까지는 내가 입찰한 50센트가 최고가다. 왜냐하면 내가 유일한 참가자니까.

물론 엄마에게는 돈을 갚을 생각이다. 허락도 없이 엄마 카드를 썼으니 분명 어마어마하게 화를 내실 것이다. 하지만 겨우 50센트인 데다가 지금은 긴급상황이다. 일단 사고 나중에 죄송하다고 말씀드리는 게 지금으로서는 최선이다.

막 헤이맨에게 전화를 걸려는 순간, 컴퓨터에서 '띵' 하는 소리가 나면서 숫자가 바뀌었다.

누군가가 내가 부른 값보다 높은 금액으로 입찰한 것이다. 입찰가가 1달러로 바뀌었다.

나는 1달러 50센트를 입력했다. 내가 입찰한 금액이 화면에 떴다. 2분 후, 또다시 '띵' 하는 소리가 났다. 이제 입찰가는 2달러다.

나는 숨을 깊이 들이마셨다. 이제 제대로 한 방 먹일 차례가 온 건가. 3달러를 입력한 후 나는 그대로 앉아 누군지도 모르는 경쟁자가 제발 포기하기를 바라며 화면을 뚫어져라 보고 있었다. 10분 가까이 시간이 흘렀을 때,

띵! 3달러 50센트.

여기서 밝혀 둘 게 있는데, 나는 내가 원하는 분야에서는 상당히 승부욕이 강한 편이다. 그런데 지금 상대방이 슬슬 내 신경을 자극하기 시작했다. 나는 4달러를 입력했다.

7시 30분이 지나자 입찰가는 9달러에 도달해 있었고, 내가 이기고 있다는 감이 오기 시작했다. 내가 입찰가를 올린 뒤 상대방이 더 높은 금액을 제시하기까지 걸리는 시간이 점점 더 길어졌기 때문이다. 나는 슬슬 지루해지기 시작했다. 그때 화면에 '신기술을 경험해 보세요!'라며 광

고창이 떴다. '오토 바이바이'라고 불리는 이 기술은 상대가 금액을 올리면 정해 놓은 한도 안에서 자동으로 더 높은 금액을 입력해 주는 방식이었다. 지갑을 열어 보니 현금 20달러와 잔액이 3달러 47센트 남은 아이튠즈 카드가 전부였다. 후, 한심하다.

밖에서 누나랑 데렉이 차를 타고 떠나는 소리가 들렸다. 잠시 후 마치 내 속을 꿰뚫고 있기라도 하듯 엄마가 나를 불렀다. 엄마의 목소리는 2층까지 타고 올라와 닫힌 방문의 아래 틈을 통과한 뒤 내 귓속을 파고들었다.

"데이비드!"

"왜요!" 큰 소리로 대답했다.

"설거지!"

"금방 가요!" 나는 다시 외쳤다.

"지금 해!"

빠져나갈 방법이 없다. 오늘은 내가 저녁 설거지 당번이라 그걸 끝내기 전에는 잔소리가 안 끝날 게 분명하다. 나는 재빨리 바이바이닷컴의 자동 입찰금액을 20.00달러로 설정했다. 원래 생각보다는 좀 비싼 감이 있지만 그 정도 돈은 가지고 있으니까. 나중에 엄마의 카드 청구서가 오면 그때 돈을 드리면 괜찮지 않을까? 물론 엄마 허락 없이 카드번호를 도용했으니 아무 말 없이 넘어가지야 않겠지만, 그래도 폭발할 정도는 아니지 않나? 아마도.

나는 아래층으로 내려가 늘 하던 순서대로 설거지를 척척 해냈다. 사실 나는 설거지를 싫어하지 않는다. 만사 제치고 달려가서 하고 싶은 일도 아니지만.

설거지를 마치고 마무리로 조리대를 닦고 있을 때 맬의 비명이 집 안에 울려 퍼졌다.

6
부리또

맬이 소리를 지르기 시작하면 세상에 그 소리밖에 남지 않는 느낌이다. 마치 공포와 짜증을 빨아들이는, 소리로 된 블랙홀 같다. 나는 하던 일을 내려놓고 위층으로 올라갔다. 맬은 내가 방을 나섰을 때와 똑같이 침대에 앉아 있었다.

한 가지 다른 점이라면 감자칩 봉지가 비었다는 것과 맬이 비명을 질러 대고 있다는 것뿐. 감자칩을 다 먹어서 소리를 지르는 걸까, 아니면 우리 눈에는 보이지 않는 미지의 존재가 보여서 그러는 걸까? 상대가 맬이기 때문에 대답을 들을 길이 없다.

이럴 때 어떻게 해야 하는지는 잘 알고 있다. 나는 일단 맬의 뒤로 가서 두 팔로 그 애의 상체를 감싸 안고서 꽉 힘을 주었다.

가끔은 바로 효과가 있는데 오늘은 아닌가 보다. 맬은 급기야 몸을 꿈틀대며 견딜 수 없을 정도로 더 크게 비명을 질러 댔다.

열두 살짜리 어린애라고 하기에는 맬의 힘이 엄청나게 세다. 나는 그냥 그대로 붙잡고 있는 수밖에 없다. 그때 엄마가 카펫을 들고 나타났다. 카펫을 본 맬의 몸에서 조금 힘이 빠지는 게 느껴졌다.

카펫은 대략 2.5미터 길이에 폭은 1미터가 조금 안 되는데, 극장에 가면 바닥에 깔려 있는 것과 비슷하다. 그 왜, 얼룩덜룩한 색들로 뭔지 모르겠는 도안이 현란하게 그려져 있어서 음료수나 과자 부스러기를 좀 흘려도 티가 안 나는 그런 거 있지 않나. 아무튼 좀 대충 만든 저렴한 물건인데, 원래는 아빠가 창고에 있는 아빠의 작업용 의자 아래에 깔아 두려고 고객에게서 사 온 거였다. 그런데 맬이 보고 한눈에 반해 버려 아빠가 쓸 일은 없어졌다. 맬은 그 카펫으로 자기 몸을 돌돌 말아 주는 걸 좋아한다.

엄마는 카펫을 바닥에 펼쳤다. 나는 맬을 끌어안고 있던 팔에서 천천히 힘을 뺐다.

"맬, 부리또 만들어 줄게." 나는 맬을 완전히 풀어 주었다. 맬은 침대에서 미끄러져 내려가 카펫의 끝부분에 고분고분 누웠다. 맬을 카펫으로 돌돌 말자 한쪽 끝으로는 다리가, 다른 쪽 끝으로는 머리와 어깨가 삐져나왔다.

눈을 감은 맬의 얼굴에 웃음이 번졌다. 지금껏 해 본 것들 중 맬의 발작을 진정시키는 가장 효과적인 방법은 이렇게 몸을 돌돌 말아 주는 것이다. 그럼 맬은 한동안 그렇게 행복한 채로 누워 있는다. 그러다 5분이 될지 한 시간이 될지 그건 아무도 모르지만 어느 순간 갑자기 끙끙거리며 울기 시작하는데, 그때 재빨리 카펫에서 풀어 주어야 한다. 그러지 않으면 다시 괴성을 지르기 시작한다. 가장 중요한 건 타이밍이다.

"맬이랑 있어 줄래, 데이비드?" 엄마가 말했다.

나는 고개를 끄덕였다. 꿈을 꾸는 것 같은 미소를 짓고 있는 맬의 얼굴을 보니 적어도 30분은 저 상태로 두어도 될 것 같다. 나는 맬의 침대에 앉아 벽 장식 해독하기에 다시 한번 도전해 보기로 한다.

맬의 벽에는 깃털과 나뭇잎, 나비 날개가 붙어 있는데, 이게 아무렇게나 막 붙여 놓은 건 아니다. 맬에게는 자기만의 체계가 있다. 나는 그중에서 몇 가지는 알아냈다. 가령, 노란색 포플러 나뭇잎들은 아래쪽으로 뻗은 나뭇가지들과 함께 붙어 있다. 반면 떡갈나무 잎들은 왼쪽이나 오른쪽 방향을 가리키도록 붙어 있다. 파랑어치의 깃털은 아무 방향으로나 붙어 있지만 언제나 찌르레기의 검은색 깃털로 더욱 도드라지게 해 두었다. 갈색 깃털은 아무렇게나 붙어 있는 것 같지만 분명 내가 알아보지 못한 일정한 패턴이 있을 것이다. 나비 날개가 그렇듯 말이다. 주황색과 검정색이 섞인 제왕나비의 날개는 대개 떡갈나무 잎 옆에 붙인다는 건 알아냈다.

몇 주 전에 맬이 바깥에 나가 있는 동안 맬의 방에 들어가 아주 조심스럽게 나뭇잎 두 개를 살짝 다른 방향으로 붙여 놓은 적이 있다. 어떻게 하나 보려고. 몇 분 후에 자기 방으로 들어온 맬은 벽을 보더니 그대로 얼어붙었다. 또 발작이 시작되는 걸까 싶어 마음을 단단히 먹고 있는데 맬이 내 쪽을 보았다. 눈은 마주치지 않았지만 입꼬리 한쪽만 살짝 올라가는 맬 특유의 미소를 짓고 있었다. 그러더니 곧바로 내가 옮겼던 나뭇잎 두 개를 떼서 원래 있던 자리에 붙여 놓았다.

맬이 말을 하지는 않지만 가끔 보면 우리가 하는 말을 알아듣는 것 같을 때가 있다. 그러니까, 맬의 뇌 뒤편 어딘가에서 말들이 통통 뛰어다니며 감각을 통해 들어온 정보들과 합쳐져 자기 자리를 찾는 게 아닐까. 나는 맬의 벽이 그 애가 우리에게 대답을 하는 하나의 방법이라고 생각한다. 우리가 해석을 못하는 게 문제지.

한번은 엄마가 알파벳 모양의 파스타 면을 넣고 치킨수프를 만들었다. 엄마는 그걸 맬에게 먹여 보려고 했던 건데 맬은 파스타 면을 보자마자 홀딱 빠져서는 수프에서 파스타 면만 왕창 건져서 식탁 끝자락에 올려놓았다. 그러고는 수프는 입에 대 보지도 않고서 리츠 크래커를 통째로 들고 자기 방으로 올라가 버렸다.

그때 맬은 알파벳을 다음과 같이 나열해 놓았다.

T W I F E K Y　　O C D R G P

혹시 암호 같은 게 아닌가 싶어 나는 그 알파벳들을 한참 동안 들여다봤다. 그런 뒤 이건 분명 의미가 담긴 말이라고 생각해 식탁을 정리하기 전에 옮겨 적어 두었다. 비밀은 나중에 밝혀졌다. 왼쪽에 있는 철자는 모두 직선으로 된 것이고, 오른쪽의 철자들은 모두 곡선을 가지고 있는 것이다.

맬은 암호를 만들어 내는 천재가 아니었던 거다. 그래도 말을 하지 않는 어린애가 철자를 그렇게 구분해 놓다니. 꽤나 기발하다고 생각한다.

나는 부리또 전용 카펫에 포근하게 감싸여 있는 맬을 보았다.

그때 맬이 입을 열어 말했다. "좋아."

아, 내가 맬은 말을 안 한다고 했던가? 엄밀히 따지면 말을 안 하는 건 아니다. 다만 할 줄 아는 말이 딱 한 가지일 뿐. 그게 바로 '좋아'다. 맬의 '좋아'는 모든 것을 의미한다. '응' '아니' '도와줘' '저리 가' '더 줘' '조용히 해' 그 밖에도 뭐든 다 될 수 있다. 이 경우엔 카펫을 풀 준비가 됐다는 뜻이다.

"꼬맹이, 이제 됐어?"

"좋아."

나는 맬을 천천히 풀어 주면서 쉴 새 없이 말을 걸었다. 맬, 어때? 기분 좋아졌어? 오늘 부리또 괜찮았지? 자 다 돼 간다, 두 바퀴만 더 풀면 완전히 풀려날 거야 등등.

엄마는 우리가 맬과 최대한 대화를 많이 해야 한다고 말한다. 언젠가 맬의 말문이 터졌을 때 '좋아' 말고도 다른 말을 많이 알고 있는 게 좋지 않겠냐는 것이다.

언젠가 맬의 말문이 터졌을 때.

엄마는 언젠가 그런 일이 생길 거라고 아주 굳게 믿고 있다. 실제로 그런 일이 종종 일어나기도 한다고 말한다. 엄마는 자폐증과 관련된 모든 자료를 읽는다. 그 자료들에는 정말로 여섯 살, 일곱 살, 여덟 살, 아홉 살, 심지어는 열두 살이 되도록 말 한마디 하지 않던 애들이 어느 날 갑자기 말을 하는 사례가 소개되고는 한다. 물론 열두 살 정도까지 늦어지는 경우는 많지 않지만 어쨌든 엄마는 그런 사례를 알고 있고, 시기는 늦어질지 몰라도 맬 역시 반드시 말을 하게 될 거라고 확신하고 있다.

맬이 카펫에서 완전히 풀려났다. 맬은 벌떡 일어나서는 방을 걸어 나가 아래층으로 내려갔다. 아마 감자칩이 더 없을까 찾으러 가는 걸 테다. 나는 엄마가 맬에게 뭐라고 말하는 걸 듣고서야 일어나 내 방으로 가서 컴퓨터 앞에 앉았다. 모니터가 다시 환해졌고, 찬찬히 화면을 보던 나는… 헉, 그대로 숨을 멈췄다.

주키 가라팔로가 먹다 남긴 반쪽짜리 핫도그의 현재 입찰금액이 무려 1,990달러다!

나도 모르게 어깨에서 힘이 쭉 빠졌다. 나는 길게 한숨을 내쉬었다. 이제 내가 가진 돈으로는 어림도 없다. 진작에 탈락이지.

띵! 화면의 숫자가 2,000달러로 바뀌었다. 대체 어떤 미친놈이 주키가 먹다 남긴 반쪽짜리 핫도그에 2,000달러를 쓰는 거지? 나는 로그아웃을 하려다가 구석에 작게 쓰인 숫자를 보고 멈칫했다.

저게 대체 무슨 소리야?

나의 입찰금액 : 2,000$

나의 입찰금액이라니? 저게 내가 입찰한 금액이라고?

말도 안 돼! 나는 입을 떡 벌린 채로 화면을 바라보았다. 자, 다시 현실로 돌아가자. 이건 꿈일 거야, 꿈.

하지만 화면에는 아무 변화가 없었다.

온몸이 떨려 오기 시작했다. 나는 서둘러 설정을 확인했다. 최대 입찰 금액이 2,000달러로 되어 있었다.

뭐라고? 2,000달러!

나는 당장에 취소 버튼을 눌렀지만 화면의 금액에는 변화가 없었다.

저 망할 소수점! 소수점은 전 세계 역사를 통틀어서 최악의 발명품이 분명하다! 소수점만 없었다면 .45구경 콜트 리볼버 권총도 윈도우 8.1도 바이바이닷컴도 없었을 것 아닌가! 작은 점 하나를 안 찍었다고 20.00달러가 2,000달러가 되다니, 이게 도대체 말이 되냔 말이다. 화면에는 소수점 없이 정확히 2,000달러가 찍혀 있으니 내가 실수를 한 게 분명하다.

나는 꼼짝도 하지 않고 그대로 앉아 있었다. 온몸에서 쿵쿵 심장 뛰는 소리가 울렸다. 제발 내 경쟁자가 나보다 높은 가격을 부르기를!

제발, 제발, 제발!

하지만 아무런 일도 일어나지 않았다.

그렇게 앉은 채로 자정이 되었고, 12시가 되자마자 화면에 커다랗고 번쩍번쩍한 네모난 창이 떡하니 떠올랐다.

낙찰을 축하드립니다!

(2,000달러는 고객님의 신용카드로 청구됩니다.)

나는 지금 세상에서 가장 비싼 반쪽짜리 핫도그의 자랑스러운 주인이 되었다.

7
피클

그날 밤, 나는 제대로 잠을 잘 수가 없었다. 아니, 실은 한숨도 못 잤다. 결국 나는 새벽 2시에 바이바이닷컴의 고객센터에 전화를 걸었다. '수'라는 이름의 담당자와 통화를 할 수 있었다. 바이바이닷컴의 본부는 현재 시각이 새벽 2시가 아닌 인도나 싱가포르 같은 곳에 있는 것 같았다. 수의 억양이나 새벽 2시에 어울리지 않는 활기로 알 수 있었다. 수는 내게 똑같은 말만 되풀이했다. 경매는 대단히 정직하게 운영된다는 것, 입찰금액은 내가 기입한 카드로 청구된다는 것, 서비스 규정을 따라야 한다는 것. 그 모든 말들은 내 낙찰금액이 변하지 않을 거라는 말을 반복하는 사이사이에 추가된 설명일 뿐이다.

그러더니 수가 말했다.

"그 물건을 다시 바이바이닷컴에 등록하셔서 다른 사람에게 파는 방법도 있긴 합니다만…."

그거다!

10분 후, 나는 수의 도움을 받아 주키의 반쪽짜리 핫도그를 다시 경매에 등록했다. 첫 입찰가는 10달러로 하고 1,990달러 이하로는 낙찰받지 않는 것을 원칙으로 정해 최저 낙찰가를 1,990달러로 입력했다. 수는 10달러 정도가 진지하게 경매에 참여하려는 사람들에게 가장 적절한 첫 입찰가라고 알려 주었다. 수의 제안대로 나는 토요일 자정을 경매 마감일로 정했다. 대략 5일 정도 입찰이 가능한 셈이다.

모든 과정을 마치고 다시 잠을 자 보려고 했지만 잠이 오지 않았다. 나는 계속 바이바이닷컴을 확인했지만 내 핫도그에는 아무 변화가 없었다. 그래, 사람들이 모두 자고 있을 시간이라 그래. 내일이면 보게 될 거야. 나는 그렇게 스스로를 다독였다.

신경을 다른 데로 돌려 보려고 이미 읽었던 만화책을 다시 들춰 봤지만 책이 눈에 들어오지 않았다. 결국 자다 깨다를 반복하며 선잠을 자고 말았다. 아침에 눈을 뜨자 엄마가 맬을 데리고 아침 먹으러 내려오라고 외치는 소리가 들렸다. 나는 곧바로 컴퓨터를 켜서 바이바이닷컴부터 확인했다.

현재 경매 참여 수 : 0

나는 맬의 옷을 갈아입힌 다음 아래층으로 데리고 내려갔다. 아빠는 식탁에 앉아 계셨는데 늘 그러시던 대로 반숙 계란, 통밀 식빵으로 만든 토스트, 오렌지 주스를 아침 식사로 드시고 계셨다. 어젯밤에는 아빠가 집에 들어오는 소리도 못 들었다.

"우리 챔피언 왔구나. 우리 아들, 오늘 기분은 좀 어때?" 아빠는 나와 맬을 번갈아 보며 말했다.

"맬은 괜찮아요." 내가 대답했다.

맬은 늘 앉던 자리에 앉았고, 언제나처럼 맬 앞에는 엄마가 놓아 준 우유와 숟가락과 치리오스 시리얼이 담긴 그릇이 있었다. 맬 역시 언제나처럼 모든 걸 무시했다. 맬은 치리오스 시리얼을 우유 없이 한 번에 한 개씩 손으로 먹는 걸 좋아한다.

"어제 브리짓이 남자 친구랑 같이 왔었다면서." 아빠가 말했다.

"네, 그래서 우리는 물소 치즈에 대한 강의를 들었고요."

아빠는 그게 무슨 소리냐는 표정을 지었지만 더는 묻지 않았다. 아빠가 나한테 뭘 묻는 일은 원래 드물다.

"엄마는 어디 계세요?" 내가 물었다.

"좀 전에 나갔어. 어젯밤에 누나가 펜 세트를 여기다 두고 갔다고 해서 갖다주러 갔다."

누나는 자기 펜에 광적으로 집착한다. 수성펜, 사인펜, 볼펜을 우리가 생각할 수 있는 모든 색깔별로 전부 가지고 있다. 내 기억으론 누나는 아주 어릴 때부터 펜에 미쳐 있었던 것 같다. 물론 펜에만 미친 게 아니라 원래부터 좀 정상이 아니다.

"고작 펜 들어 있는 상자를 가져다주려고 50킬로미터를 운전해서 간다고요?"

"그렇지."

"말도 안 돼."

"누나 성격 알잖아."

내가 냉장고를 열어 안을 살펴보는 동안 아빠는 식사를 마쳤다. 은박지로 감싸 놓은 피자 한 조각이 피클 단지 위에 놓여 있었다. 나는 그걸 꺼내 토스터에 넣고 피자가 데워지는 동안 피클을 먹었다.

"설마, 피클이 아침밥은 아니지?"

"피자도 있어요." 나는 입안 가득 집어넣은 피클을 우적우적 씹으며 대답했다.

아빠는 고개를 절레절레 흔들고는 잔에 남은 오렌지 주스를 마저 마시고 시계를 봤다.

"사무실로 나가 봐야겠다. 고객이 올 시간이 돼서." 아빠는 자리에서 일어나더니 한마디 덧붙였다.

"부탁한다."

이 '부탁한다'라는 말은 엄마가 '펜을 전달하는 세상에서 제일 중요한 임무'를 끝내고 집에 돌아올 때까지 내가 맬을 돌봐야 한다는 뜻이다.

"저도 할 일 있어요." 나는 그렇게 말했다. 물론 그 할 일이라는 게 주키의 핫도그에 입찰하는 사람이 없나 주야장천 컴퓨터 앞에 앉아 기다리는 것뿐이지만.

"엄마도 한 시간 안에는 돌아올 거야." 아빠는 문 옆에 걸려 있는 옷걸이에서 양복 윗도리를 집어 들며 덧붙였다. "무슨 일인지는 몰라도 그 정도는 기다릴 수 있지?"

"알았어요. 저한테 무슨 중요한 일이 있겠어요." 나는 대답했다.

아빠는 잠깐 멈칫하더니 천천히 옷을 입으며 말했다.

"네 시간이 가치 없다는 뜻으로 말한 건 아니야. 하지만 고객과 만나는 건 중요한 일이야. 기분 나쁘게 들렸다면 사과하마." 아빠의 말에서 비꼬는 분위기 이상의 뭔가가 느껴졌다. 나는 아빠가 얼마나 힘들게 일하는지, 아빠의 일이 얼마나 중요한지, 그리고 내가 가계에 아무런 보탬이 되지 않음에도 이렇게 자유롭게 지낼 수 있다는 게 얼마나 고마운 일인지 다시금 되새겼다.

"괜찮은 거지?" 아빠가 물었다.

그 순간, 나는 엄마 신용카드로 반쪽짜리 핫도그를 사서 2,000달러를 물게 됐다고 털어놓을 뻔했지만 입을 꾹 다물었다.

"네, 괜찮아요."

"좋아." 맬이 미소 지으며 말했다. 녀석의 양 볼은 마른 치리오스로 터질 지경이었다.

아빠가 나가시고 난 뒤, 나는 맬에게 그 문제의 핫도그와 엄마 카드로 2,000달러를 빚지게 된 일에 대해 털어놓았다.

"난 평생 외출 금지당할 거야." 내가 말했다.

맬은 뒷마당으로 난 문으로 밖을 내다보고 있었다. 맬은 내가 자기를 보고 있을 때는 나를 쳐다보지 않는다. 단 한 번도 그런 적이 없다.

"좋아." 맬이 말했다.

"우리 둘이 집에서 주야장천 같이 지내게 되겠지." 과연 맬이 내 말을 이해하는 걸까? 전혀 모르겠다.

"아니면 엄마 아빠가 날 군사학교 같은 데로 보내 버려서 몇 년 동안 못 볼지도 모르겠다."

"좋아."

"뭐가 좋다는 거야!"

맬은 아랫입술을 비죽 내밀고는 시선을 아래로 떨궜다. 내 말투에서 기분을 읽은 것이다.

"근데 걱정 안 해도 돼! 내가 어떻게든 해 볼 테니까." 나는 다시 밝게 말했다.

"좋아." 맬은 작게 웅얼거렸다. 이 녀석 기분까지 처지게 만들다니. 나는 정말 최악이다.

"우리 뒷마당에 나가서 뭐 있나 찾아볼까?"

맬은 그 말에 금방 생기를 찾았다.

"그럼 우선 양치질이랑 다른 할 것들 해치우자."

맬이 아침마다 욕실에서 하는 작업은 30분 정도 걸린다. 그렇게 되는 데까지 몇 년이 걸렸지만 지금은 자기 몸 닦는 데는 선수가 다 됐다. 아홉 살부터는 기저귀도 뗐으니 지금은 다 컸지 뭔가.

밖으로 나가 보니 바람이 불고 있었다. 2미터가 조금 안 되는 길이의 뒷마당 울타리 안쪽으로 새로운 잎사귀가 잔뜩 굴러다니고 있었다. 나는 맬이 뒷마당에서 보물을 찾도록 둔 다음 내 방으로 올라가 바이바이닷컴을 다시 확인했다.

현재 경매 참여 수 : 0

경매에 불을 붙이기 위해서 10달러를 입찰하고 싶었지만 규정상 물품을 올린 사람은 자기 물건에 입찰할 수 없었다.

이대로 비참하게 앉아 기다리면서 부모님께 사실을 털어놓는 장면이나 상상하고 있을 것인가, 아니면 어떻게든 이 골칫거리를 해결할 방법을 찾아볼 것인가. 아빠는 '모든 문제에는 해답이 있다'라는 말을 즐겨 하신다. 특히 잘 안 풀리는 문제가 있을 때 종종 하는 말이다.

한번은 그런 아빠에게 딴죽을 건 적도 있다.

"절대로 풀 수 없는 문제는 없는 거예요? 만약에 달려오는 트럭에 치여서 죽게 될 상황이에요. 그럴 때는 어떻게 문제를 해결하죠?" 내가 묻자 아빠는 이렇게 대답했다.

"그럼 너는 죽게 될 거고, 더 이상 고민할 문제도 없어지겠지."

8
지렁이 젤리

"너 수염을 제대로 한번 길러 봐." 나는 헤이맨에게 말했다.

우리는 헤이맨의 방에서 지렁이 젤리를 먹으며 노트북으로 바이바이닷컴을 함께 들여다보고 있었다. 이유는 모르겠지만 나는 이런 말도 안 되게 멍청한 짓을 저지르고 나면 누군가에게 털어놔야 직성이 풀린다. 맬에게 말해 봤지만 별로 소득이 없었기 때문에 내가 이런 천치 같은 일을 저질러도 이해해 줄 누군가에게 털어놓지 않고서는 견딜 수 없었다. 절친이라는 게 이래서 좋은 거 아닌가.

"길러 봤지. 근데 엄마가 털북숭이 원숭이랑은 같이 살기 싫대서." 헤이맨이 말했다.

"그럼 수염을 기르는 대신 머리를 짧게 자른다고 하면 어때?"

"그런다고 수염을 좋아할 리가 있냐?"

"거래를 하는 거지. 왜 전에도 네가 역사에서 A 받아 오면 귀 뚫어도 된다고 하셨잖아."

헤이맨은 자신의 귓불에 달려 있는 작은 은귀걸이를 만지작거렸다. 웃기게도 녀석은 그걸 자랑스러워한다. 하지만 내가 볼 때는 역사에서 A를 받은 걸 좀 더 자랑스러워하는 것 같다.

"아냐. 그래도 안 좋아하실 거야."

"왜? 어차피 그거나 이거나 똑같은 털인데. 머리털이 조금 아래로 내려와서 자란다고 생각하면 되는 거 아닌가?"

"내가 볼 땐 엄마는 그냥 털이 많은 걸 싫어하는 거야."

"그건 엄마만의 기준이잖아."

헤이맨은 고개를 가로젓더니 노트북 화면을 가리키며 말했다.

"그래서 이 주키 핫도그는 어떻게 할 건데? 왠지 네 소유가 된 것 같은데."

"만약 이게 안 팔린다면…. 휴…. 그런 일이 일어나면 안 되겠지만, 그러면 어떻게든 엄마가 비자카드 청구서를 받기 전까지 2,000달러를 구해야겠지. 그래서 말인데 네가 그 돈을 좀 빌려줘야겠다."

헤이맨은 웃었다.

"빌려줄 수야 있지. 2,000달러가 있다면."

"이렇게 고마울 데가."

"별말씀을."

"좋아. 그럼 네가 입찰을 해 보면 어때? 15달러로 입찰해. 그럼 내가 너한테 그 돈을 줄게."

"그러려면 신용카드가 필요한데."

"엄마 카드 빌리면 안 돼?"

"글쎄. 널 보니 그러면 안 될 것 같은데."

우리는 함께 화면을 들여다보았다.

"씬은 어때?" 헤이맨이 말했다.

"신용카드 있대?"

"아니. 걔라면 사이트를 해킹해서 뭔가를 할 수도 있잖아."

씬이라면 정말 그럴 수 있을지도 모른다. 그런데 어떻게 그런 부탁을 한단 말인가.

"그런데 난 씬이 이 일을 몰랐으면 좋겠어."

"왜?"

"나를 멍청이로 볼 거 아냐."

"야, 너희가 하루 이틀 본 사이냐. 우리가 얼마나 얼빵한지 걔가 모르는 것도 아니고." 헤이맨이 말했다.

"하긴." 씬과 비교하자면 우린 진짜 멍청이들이지. 나는 씬이 왜 우리랑 어울려 다니는지 모르겠다.

헤이맨이 말을 이었다.

"빠르든 늦든 언젠가 알게 될 일이야."

"그럼 최대한 늦게 알게 하면 안 될까?"

"그럼 이제 어떡할 건데?"

"만약에 아무도 저 핫도그에 입찰을 안 한다면… 어떻게든 내가 2,000달러를 구해 봐야지."

"무슨 수로?"

"일단 20달러가 있으니까, 이걸로 로또를 사면 되겠다."

헤이맨은 전혀 믿음이 가지 않는다는 얼굴로 나를 보았다.

"그러다 당첨 안 되면? 그다음엔?"

"음…. 달리는 트럭에 치이기?"

물론 달리는 트럭에 뛰어들 생각은 없다. 그렇게 하면 문제 자체가 사라질지도 모르겠지만. 로또 역시 진지하게 한 말은 아니었다. 그보다 더 괜찮은 계획이 필요한데….

'모든 문제에는 해답이 있다.' 그 해답을 어떻게 찾는지가 문제다.

집에 돌아오니 엄마가 앞마당에서 작약꽃을 살펴보고 있었다. 나를 보더니 2층에 올라가서 맬 좀 보고 오라고 부탁했다. 내 얼굴이 보이면 그냥 자동이다. 맬은 자기 방 벽에 새로 주운 깃털 하나를 붙이고 있었다. 나는 내 방으로 가 다시 바이바이닷컴을 확인했다. 여전히 입찰자는 없었다. 나는 검색창에 '단시간에 2,000달러를 벌 수 있는 방법'이라고 입력했다.

검색 결과에는 큰돈을 벌 수 있는 방법이 상당히 많이 나왔다. 대부분은 우스갯소리로 적어 놓은 것들이거나 불법적인 방법들, 또는 생각하기도 싫은 역겨운 방법들이었다. 그중 가장 그럴싸한 방법이 하나 눈에 띄었다.

'큰돈을 벌고 싶다고요? 바이바이닷컴에 쓸모없는 물건을 팔아 보세요!'

나는 쓸모없는 물건이 뭐가 있을까 방 안을 둘러보았다. 지금 쓰고 있는 컴퓨터는 4년 정도 됐는데 팔면 200달러 정도는 나올 것 같다. 10년 정도 된 엑스맨 만화책은 5달러는 받을 수 있을 것 같고, 워킹데드 만화책 시리즈도 30달러는 받을 수 있지 않을까? MP3 플레이어는 20에서 30달러 정도. 전에 쓰던 폰은 한 푼도 못 받을 테고 자전거는 50달러는 충분히 받을 수 있을 것 같다. 그렇게 팔 수 있는 중고 물건을 찾아서 계산해 보니 총 419달러 92센트가 나왔다. 이게 내가 가진 전부다.

9
슈퍼 슬라이더

정신이 나간 척을 해 볼까 생각 중이다. 반쪽짜리 핫도그에 입찰을 하는 것도 충분히 정신 나간 짓이긴 하지만 그보다 더 미친 척을 하는 거다. 예를 들어 외계인에게 납치됐었다고 말하거나, 요정이 진짜로 존재한다고 떠벌리는 거다. 그럼 어떻게 될까? 나를 정신병원에 보내 버리려나.

이런 생각을 진지하게 하고 있을 때 집 전화가 울렸다. 누구와도 말하고 싶은 기분이 아니었음에도 나는 습관적으로 전화를 받았다. 그러고는 곧 발신자를 미리 확인하지 않은 걸 후회했다. 전화를 건 사람은 데렉이었다.

"친구." 데렉은 우리가 진짜 친구라도 되는 양 말했다.

"누나 지금 집에 없어요." 내가 말했다.

"알아. 너랑 통화하고 싶어서 전화한 거야."

내가 좋아할 만한 일이라는 말투였는데 대체 무슨 일로 이러나 살짝 궁금증이 일었다.

"뭔데요?"

"전에 말한 거, 정말이야? 4분 만에 피자 한 판 먹는다는 거."

"4분 36초예요." 나는 정정했다.

"햄버거 가게 '슈퍼 슬라이더'에서 파는 거라면 어때?" 데렉이 물었다.

"뭐가요?"

"거기서 파는 햄버거라면 몇 개나 먹을 수 있어?"

"글쎄요. 많이?"

"상금이 200달러라면, 몇 개나 먹을 수 있을 것 같아?"

나는 잠깐 생각하고 대답했다.

"엄청 많이요."

짜증 나게도 데렉은 잘하는 게 많은데, 거기에다 심슨 대학교에 있는 남학생 사교클럽 '카파 알파 델타'의 회원이기도 하다. 그게 뭐냐, 내가 곁에서 지켜본 바로는 남자 대학생들이 떼거지로 큰 기숙사에 모여 살면서 파티를 하는 그런 거다. 데렉은 여름방학 동안 사교클럽 기숙사에 머물면서 전반적인 업무를 보는 아르바이트를 하고 있었다. 벽에 난 구멍을 메우고, 페인트칠도 하고 나무도 가꾸면서 다음 해에 들어올 학생들을 위해 방을 준비하는 역할이다. 아무튼 데렉 말로는 자기네 사교클럽에서 백혈병 아동들을 위한 여름 자선모금 행사를 하는데 이 행사를 위해 대부분의 기숙사 남학생들이 학교로 돌아와 있다는 것이다. 그중 가장 인기 있는 행사는 '슬라이더 버거 많이 먹기 대회'로 200달러의 상금이 걸려 있다고 했다. 작년 우승자는 후버라는 학생인데 5분 만에 슬라이더 버거 20개를 먹었고, 2등을 한 사람은 겨우 15개를 먹었다는 것이다.

"네 생각엔 20개 이상 먹을 수 있을 것 같단 말이지?" 데렉이 물었다.
"당연하죠." 생각보다 목소리에 자신감이 흘러넘쳤다.
"확실하지? 왜냐면 일단 참가비로 20달러를 내야 하거든. 게다가 경기에 참가하는 애들 중엔 엄청 먹어 대는 애들이 많아. 후버도 그렇고."
"할 수 있어요."
"일단 시험 삼아 미리 해 보면 어때? 내가 햄버거를 사 갈게. 시간을 재 보자."
"전 상관없어요." 나는 슈퍼 슬라이더에서 파는 버거를 좋아한다. "형이 사는 거죠?"
"내가 살게. 근데 대회 참가비는 네가 내야 한다. 알았지?"
"좋아요." 20달러로 200달러를 벌 수 있다니. 괜찮은 장사 아닌가.
"내가 햄버거 사서 너희 집으로 7시까지 갈게. 저녁 식사는 거르는 게 좋겠지?"
"그래요." 내가 말했다.

엄마는 저녁 식사로 그릴에 구운 치즈 샌드위치와 샐러드를 만들었다. 샐러드는 썩 좋아하는 편이 아니라서 샌드위치 두 개와 맬의 감자칩 조금, 그리고 엄마를 행복하게 해 주기 위해 양상추를 몇 조각 집어 먹었다. 엄마에게 샌드위치를 하나 더 만들어 달라고 하고 싶었지만 데렉과의 약속이 생각나서 그만뒀다.

저녁을 거르지 않은 게 얼마나 다행이었는지. 데렉은 밤 9시가 다 되어서야 집에 찾아왔다. 데렉이 들고 온 커다란 봉투에는 입을 활짝 벌려 이빨을 드러낸 입술 모양의 캐릭터가 육즙이 줄줄 흐르는 슬라이더 버거를 먹는 로고가 새겨져 있었다.

문을 열어 준 엄마는 데렉을 보더니 의아한 표정을 지었다.

"브리짓은?" 엄마가 물었다.

"공부하고 있어요. 오늘은 데이비드 만나러 온 거예요." 데렉은 봉투를 들어 보였다.

"그게 뭐니?"

"슬라이더 버거요." 데렉이 말했다.

"그 조그만 햄버거? 생각해 준 건 너무 고마운데, 우린 이미 저녁을 먹었는데."

"전부 데이비드 거예요."

"실험할 게 좀 있어서요." 엄마 뒤로 다가가며 내가 덧붙였다.

엄마는 데렉과 나를 번갈아 보더니 머리를 절레절레 흔들며 이렇게 말했다.

"그게 다 어디로 들어가는지 당최 모르겠다."

우리는 주방 식탁에 자리를 펴고 다섯 개씩 네 줄로 햄버거를 늘어놓았다. 나는 햄버거 한 개의 빵을 들어 올려 속을 보았다. 슈퍼 슬라이더에서 파는 햄버거의 패티는 다른 햄버거 가게에서 파는 것과는 달리 그릴에 굽지 않고 쪄서 나온다. 그래서 고기가 노릇하거나 바삭하지 않고 색도 좀 허여멀건 데다 두께도 0.5센티미터가 조금 넘는 정도다. 나는 들었던 빵을 다시 원래대로 놓았다.

"부디 네가 배고픈 상태였으면 좋겠다." 데렉이 말했다.

"배는 늘 고파요." 줄을 맞춰 늘어선 햄버거를 보면서 나는 샌드위치를 두 개나 먹은 걸 후회했다.

인기척에 곁눈질로 슬쩍 보니 맬이 빼꼼 주방을 엿보고 있는 게 보였다. 나는 알은척하지 않았다. 맬은 자기를 투명인간처럼 대해 주는 걸 좋아한다.

데렉은 휴대폰을 꺼내 스톱워치 앱을 켰다.

"준비되면 말해."

나는 찬장에서 제일 큰 유리잔을 꺼내 물을 가득 담았다.

"그 후버라는 사람이 몇 개나 먹었다고 했죠?"

"20개."

"5분 동안에요?"

"응."

나는 숨을 크게 들이마셨다가 천천히 내쉬었다.

"준비됐어요."

"시—작!"

첫 번째 슬라이더 버거는 세 입 만에 먹어 치웠다. 첫 번째 버거가 위에 닿기도 전에 나는 이미 두 번째 버거를 씹고 있었다. 세 번째 버거는 두 번 씹고는 삼켜 버리고 곧바로 물을 한 번 벌컥 들이켰다. 다섯 번째 버거를 먹고 있을 때 데렉이 말했다.

"1분!"

속도가 제법 나고 있지만 지금보다 더 빨리 먹을 수 있겠다는 생각이 들었다. 그다음 버거 다섯 개는 납작하게 눌러 공기를 뺀 다음 연달아 입으로 쑤셔 넣었다. 마치 햄버거 열차가 입속으로 빨려 들어가는 것 같았다. 나는 물을 더 들이켠 다음 바로 다음 줄로 넘어갔다.

"2분!" 데렉이 말했다.

세 번째 줄에서 햄버거 기차의 속도가 줄어들기 시작했다. 가슴뼈 아랫부분에서 막히기 시작한 것이다. 맬은 내 등 뒤에까지 다가와 있었다. 내가 버거를 먹을 때면 맬은 늘 소리 없이 입 모양만으로 "좋아"라고 말한다.

나는 자리에서 일어나 제자리에서 쿵쿵 뛰었다. 일명 '조이 점프'라고, 조이 체스트넛의 전매특허 기술이다. 막혔던 곳이 슬슬 뚫리기 시작했다. 나는 새 버거를 하나 집어 들고 계속 쿵쿵 뛰면서 먹었다.

맬의 목소리가 귓가에 들렸다.

"좋아, 좋아, 좋아."

나는 다시 자리에 앉아 '양손 기법'을 써서 계속해서 버거를 입으로 쑤셔 넣었다.

크게 한입 문다, 씹는다, 삼킨다, 깨문다, 씹는다, 삼킨다, 깨문다, 씹는다, (물 벌컥), 삼킨다, 깨문다, 씹는다, 또 벌컥…. 내가 씹고, 숨을 들이쉬고, 꿀꺽 넘기는 소리에 맞춰 어깨 뒤에서 맬이 "좋아, 좋아, 좋아"라고 계속 외치는 소리가 들렸다.

"좋아." 맬이 큰 소리로 말했다.

어느 순간 나는 무아지경에 빠져들었다. 그다음에 있었던 일들은 흐릿하다. 갑자기 내 오른손에 마지막 버거가 들려 있었다. 느린 화면으로 재생되는 느낌으로 그 마지막 버거가 천천히 내 입을 향해 움직였다. 나는 입을 크게 벌렸고, 마지막 버거가 그 문을 통과하자 나의 턱이 문을 닫았다. 우적, 우적, 우적. 나는 간 소고기로 만든 슬라이더 버거를 나의 입안으로 밀어 넣고 목구멍을 열었다. 마지막 버거가 내 식도를 타고 자기 친구들을 만나기 위해 내려가는 게 느껴졌다. 꿀꺽.

"좋아!" 맬은 크게 소리치고 곧장 돌아서서 가 버렸다.

나는 데렉을 보았다.

"어떻게 됐어요?" 내 목소리가 마치 커다란 통 속에서 울리는 것처럼 이상하게 들렸다.

"3분 39초 동안 슬라이더 버거 20개. 괜찮은데. 혹시 더 먹을 수 있을 것 같아?" 데렉이 물었다.

"당연하죠." 내가 대답했다.

"친구! 진짜 최곤데!"

하지만 내 기분은 최고가 아니었다.

"잠깐만요."

나는 자리에서 일어났지만 몸을 제대로 펼 수가 없었다. 다음에 무슨 일이 벌어질지 확신할 순 없었지만 당장 가야 할 곳이 화장실이라는 것만은 확실히 알 수 있었다.

당장 화장실로 직행했다. 다행히 세이프였다.

10
콘칩

자선모금 행사가 있는 날, 나는 엄마에게 오늘 저녁은 데렉과 함께 심슨 대학교를 둘러보러 갈 거라서 못 먹는다고 말했다.

"형이 학교 캠퍼스 구경을 시켜 준대요. 저도 4년만 있으면 대학에 가야 하잖아요."

엄마는 한참 동안 의심스런 눈초리로 나를 보더니 말했다.

"이렇게나 빨리 대학에 관해 생각해 보는 건 반가운 소리긴 한데. 데이비드, 캠퍼스 구경을 한다고? 밤에?"

"그게 사실, 캠퍼스 구경은 아니고요. 남학생 사교클럽에서 자선모금 행사를 하는데 20달러만 내면 마음껏 먹고 마실 수 있다고 하더라고요."

"흠." 엄마는 걱정스런 표정으로 나를 보았다. "마음껏 먹고 마시는 게 술은 아니겠지?"

"걱정 마세요. 술 안 마셔요."

"데렉은 어쩐대? 혹시 데렉이 술 마시고서 차로 널 데려다주는 건 아니겠지?"

"제가 확실히 못 마시게 할게요."

엄마가 나를 못 가게 할 이유를 애써 찾고 있는 게 한눈에 보였다. 다행히 실패.

"모르겠다. 엉뚱한 짓을 할 만큼 네가 어린 것도 아니니까."

그게 사실이 아니라는 건, 엄마도 나도 알고 있다.

대학교로 가는 동안 데렉은 나에게 자기 인생철학에 대해 구구절절 늘어놓았다.

"누구든 잘하는 게 있어. 나 같은 경우엔, 기회를 알아채고 그걸 활용하는 능력이 탁월하지."

"예를 들면요?" 대답을 듣기도 전에 벌써부터 지겨웠지만 물어보았다.

"오늘 같은 날도 말이야, 대회에 출전할 수 있도록 내가 기회를 만들어주지 않았으면 너는 우승할 수도 없는 거잖아."

"정말 엄청난 기회네요."

"내가 이런 건 진짜 잘한다니까. 너는 먹는 걸 잘하고. 네가 하나의 원통이라는 거 알고 있어?"

"네? 내가 뭐라고요?"

"원통 말이야. 한쪽 끝은 이빨이고 다른 쪽 끝은 똥구멍인 동그란 긴 통. 팔다리나 눈, 뇌, 심장 이런 건 그냥 부수적인 것들이야. 위상적으로 표현하자면 너는 살덩이로 만들어진 도넛인 거지. 살점으로 둘러싸인 하나의 구멍이랄까. 코까지 고려하면 구멍이 세 개짜리인 도넛이겠지만 기본적으로는 원통이라고 봐야지."

"와…. 내가 정말 특별한 존재인 것처럼 느껴지기 시작하네요."

"나도 마찬가지로 원통이야. 사람의 본성을 안다는 건 참 중요해."

데렉은 자동차 뒷좌석으로 손을 뻗어 작은 크기의 콘칩 한 봉지를 집었다. 그가 봉지를 열자 순식간에 차 안에 콘칩 냄새가 퍼졌다. 데렉은 콘칩을 한 움큼 집어서 입으로 가져가더니 과자를 우적거리며 다시 말을 시작했다.

"너, 이 콘칩이 1930년대에 발명됐다는 거 알아?"

그건 몰랐지만 일단 콘칩은 좀 먹고 싶었다. 내가 과자 봉지로 손을 뻗으려 하자 데렉이 과자 봉지를 홱 낚아챘다.

"오늘 밤 네가 먹을 수 있는 건 햄버거뿐이야."

"대단히 고맙네요."

"빈속으로 좀 있어." 데렉은 계속 콘칩을 먹어 가며 말했다.

"그럼 넌 안 먹고 있을 때는 보통 뭐 해?"

나도 할 거 많거든요, 라고 말하려다 말았다.

"별거 없어요."

"여자 친구 없어?"

"겨우 열여섯 살이거든요. 그럴 기회가 없었어요." 내가 말했다.

"자기만의 기회를 직접 만들어야 할 때도 있는 거야."

"이 배커빌이라는 동네엔 선택권이랄 것도 별로 없어요. 그러니까, 우리 반을 통틀어도 여자애들은 겨우 스무 명밖에 안 돼요."

"네 친구 중에 그 중국 여자애는 어때?"

"씬 말하는 거예요? 걔는 중국이…."

"걔 귀엽던데. 남자 친구 있대?"

"아뇨. 걔는 중국이…."

"기회가 있네!" 데렉이 말했다.

"씬은 그냥 친구예요." 내가 말했다. "그리고 중국이 아니라 한국계 미국인이고요."

"암튼. 그거나 저거나." 데렉은 어깨를 으쓱 들어 올렸다.

씬이 이 자리에 없는 게 천만다행이다. 만약 있었다면 씬이 데렉의 목구멍을 향해 주먹을 날려 버렸을 테니까.

11
주머니쥐

카파 알파 델타 기숙사는 겉으로 보기엔 그럴싸했다. 3층짜리 건물 외벽을 담쟁이넝쿨이 감싸고 있었고, 슬레이트 타일 지붕 중간에는 작은 창이 밖으로 나 있었다. 둥근 모양의 현관은 하얀색 페인트를 새로 바른 것 같았다.

"형은 여기서 살아요?" 내가 물었다.

"일단은 그런 셈이지. 가끔은 브리짓네 집에서 지내기도 하고." 데렉은 나를 슬쩍 보더니 말했다. "너네 식구들한테는 비밀이다."

그 말을 들으니 복잡미묘한 기분이 들었다. 데렉과 누나 사이의 비밀을 알게 된 건… 뭐랄까, 내가 좀 특별한 대접을 받는 것 같아 좋았지만, 동시에 역겨운 기분도 살짝 들었다. 나는 아무 대꾸도 하지 않았다.

기숙사의 내부로 들어서니 그곳은 거의 돼지우리였다. 중앙 홀은 아무데나 버려진 맥주 캔과 과자 봉지들로 가득 차 있었고, 바닥 타일은 끈적

끈적했다. 돌로 만들어진 거대한 크기의 벽난로는 쓰레기통으로 쓰인 지 오래인 것 같았다.

"여길 고치는 게 형이 하는 일인 줄 알았는데요." 내가 말했다.

"자선모금 행사가 끝날 때까지는 해 봐야 헛수고야. 어차피 다시 쓰레기로 뒤덮일 거거든."

사각 팬티에 심슨 대학교 추리닝 티를 입은 한 남자가 어디선가 나타나더니 우릴 보고는 그 자리에 멈춰 섰다. 플라스틱 컵에 담겨 찰랑거리는 맥주를 든 채로 데렉을 향해 경례하고는 큰 소리로 외쳤다.

"어이! 친구!"

데렉도 손에 맥주를 든 시늉을 하고는 경례에 답했다.

"벌써 시작했나 보다." 데렉이 말했다.

"내가 보기엔 자선모금 행사가 아니라 맥주 파티 같은데요."

"둘 다야. 자선모금 행사라고 부르고 소아암 환자들한테 모금된 돈을 줘. 그래야 경찰이나 대학 측에서 우릴 건드리지 않거든. 슈퍼 슬라이더에서 햄버거도 공짜로 지원받고. 저쪽으로 가 보자. 다들 밖에 있을 거야."

나는 데렉의 안내를 따라 아까보다 훨씬 더 바닥이 끈적한 주방으로 들어섰다. 그곳에서는 탱크톱과 짧은 운동복 반바지를 입은 두 여학생이 참깨빵으로 만든 루즈미트 샌드위치를 나눠 주고 있었다. 아이오와에 살아 본 적이 없다면 이 샌드위치에 대해 들어 본 적이 없을 것이다. 간단히 설명하자면 소스를 뺀 슬로피조(뭉친 분쇄육으로 만든 패티가 들어가는 일반적인 햄버거와는 달리, 뭉치지 않은 분쇄육을 소스에 버무려 빵 사이에 넣어 먹는 음식 – 옮긴이)라고 보면 된다.

데렉이 그중 한 여학생에게 물었다.

"저기 브릿, 랜돌프 봤어?"

"밖에 있던데." 브릿이라고 불린 여학생은 말하면서 우리에게 샌드위치를 권했다. 데렉은 한 손으로 샌드위치를 잡았다. 내가 샌드위치를 잡으려 하자 내 손을 찰싹 내리쳤다.

"넌 안 돼."

브릿은 불쌍한 눈으로 나를 봤다. "저런, 글루텐 과민증이 있구나."

"아니, 대회에 나갈 거야." 데렉이 대답했다.

기숙사 내부가 돼지우리였다면, 뒷마당은 완전 동물원이었다. 마흔 명 정도 되는 남자들과 열 명 남짓한 여자들이 떼를 지어 뭉쳐 있었는데, 대부분 맥주 통 주위에 모여 있었고 한 명도 빠짐없이 빨간 플라스틱 컵을 들고 있었다. 뭉개진 잔디밭 뒤편으로는 나무 문 여러 개를 대충 톱질해 이어 만든 긴 탁자가 놓여 있었다. 두세 명의 남자들이 그 탁자 뒤로 접이식 의자를 갖다 놓고 있었다.

데렉은 사람들 사이를 뚫고 지나가며 몇몇 기숙사 친구들과 알은체를 하고 인사를 나누었다. 나에게 관심을 두는 사람은 하나도 없었다. 데렉이 찾던 랜돌프라는 사람은 '데스체인'이라는 메탈 밴드의 티셔츠를 입고 자홍색으로 물들인 머리를 베컴 스타일로 하고 있었는데, 마당 한쪽에 선 채로 숯불에다가 꼬챙이에 낀 무언가를 굽고 있었다. 고기 굽는 냄새를 맡자 입안에 잔뜩 침이 고였다. 나는 꼬챙이에 끼워 굽고 있는 게 뭔지 보려고 가까이 다가갔다. 고깃덩이 끝부분에 살가죽째로 까맣게 그을린 긴 꼬리가 달려 있었다. 순식간에 식욕이 달아났다.

"어이, 데렉. 얜 누구야?" 랜돌프가 물었다.

"데이비드라고, 브리짓 남동생이야. 음식을 빨리 먹을 수 있대."

"후버 만났어?"

"아직."

"이 친구 좀 작지 않아?"

"그렇긴 한데, 먹성은 좋아."

"뭐, 참가비 20달러만 낸다면야 버거는 준비돼 있어."

나는 랜돌프에게 나의 전 재산이라고 할 만한 20달러를 건네주었다.

랜돌프는 그 돈을 자기 주머니에 넣었다.

"등록됐어. 너까지 남자 열여섯 명이야. 그리고 여자는 한 명."

"누구?"

"누구겠어? 앨리 부드로지."

"아." 데렉은 나를 보았다. "앨리는 작년에 2등이었어."

"근데 저건 뭐예요?" 나는 꼬챙이에 끼워 굽고 있는 걸 가리키며 물었다.

"뭐 같아 보여?" 랜돌프가 물었다.

"거대한 쥐?"

랜돌프는 웃음을 터뜨렸다.

"비슷해. 갓 죽은 아이오와 주머니쥐야."

나는 한 걸음 뒤로 물러섰다. 내가 절대 안 먹는 것 중 하나가 바로 주머니쥐 고기다. 먹어 보려고 시도해 본 적도 없다.

"얘는 우리 마스코트였는데, 차에 치였지 뭐야." 데렉이 말했다.

나는 구역질이 올라오는 걸 참았다. 내가 또 하나 못 먹는 게 있다면 그건 차에 치여 죽은 동물이다.

"슬라이더 버거 대회 참가자들이 다 모일 때쯤이면 이 녀석도 거의 다 익을 거야." 랜돌프가 말했다.

데렉은 나를 버려두고 자기 친구들과 어울려 이야기를 나눴다. 나는 이전에는 정원이었을 걸로 보이는 비교적 한적한 곳을 발견하고는 그리로 가서 금이 간 돌의자에 앉았다. 그런 뒤 사람들의 행동을 바라보았는데 대부분 맥주를 마시거나 크게 떠드는 게 전부라서 금세 지루해졌다. 아까 주방에서 봤던 여학생들이 만들던 루즈미트 샌드위치가 계속 머릿속을 떠다녔다. 바로 그때, 어떤 남자가 한 손으로 루즈미트 샌드위치 세 개를 담은 종이접시를 들고, 다른 한 손으로는 네 번째 샌드위치를 자기 입에 쑤셔 넣으며 내 쪽으로 걸어왔다. 혹시 나한테 음식을 끌어당기는 초능력 같은 게 있는 거 아닐까. 그 남자는 몸이 초록색이 아니라는 것만 빼면 딱 헐크 같았다.

"정신없는 파티다. 그치?" 그가 말했다.

"네, 그런 것 같아요." 그때 남자가 허리춤에 권총집을 차고 있는 게 눈에 들어왔다. 그런데 권총을 꽂는 자리에 권총 대신 맥주가 담긴 플라스틱 컵이 끼워져 있었다. 그는 벤치 위에 종이접시를 내려놓고는 마치 권총을 뽑듯이 맥주잔을 꺼내더니 꿀꺽꿀꺽 단숨에 비웠다. 그러고는 꺽, 크게 트림을 한 뒤 다시 권총집에 빈 컵을 끼웠다.

"너 배고프니?" 그는 샌드위치가 담긴 종이접시를 가리켰다.

물론 너무 배가 고프지만 지금은 먹으면 안 된다. 나는 상금 200달러가 절실히 필요하니까.

"괜찮아요." 내가 대답했다.

"이거 진짜 맛있는데."

"네, 그래 보여요. 그런데 제가 대회에 나가거든요."

그는 소리 내어 웃었다. "나도야!" 그러고는 샌드위치 하나를 집어 든 뒤 접시를 가리키며 말했다. "이건 네 몫으로 남겨 둘게." 그는 먹으면서 자리를 떠났다.

나는 접시에 남은 두 개의 샌드위치를 바라보았다. 손이 움찔거리면서 나도 모르게 서서히 접시로 향하고 있었다.

"후버 만났지?"

나는 깜짝 놀라 뻗던 손을 홱 거뒀다. 데렉이 바로 앞에 와 있었다.

"그 사람이 후버예요?"

데렉은 샌드위치를 쳐다보며 물었다.

"너 샌드위치 몇 개나 먹었어?"

"아홉 개요." 내가 말했다.

"제정신이야?"

"걱정 마요. 하나도 안 먹었으니까." 나는 말했다.

"다행이다. 왜냐하면…."

그때 경적 소리가 울리면서 데렉의 말이 끊겼다. 축구 경기에서 응원할 때 쓰는, '부부젤라'라는 이름의 긴 플라스틱 나팔 여러 대가 동시에 울렸다. 모두가 소리 나는 쪽을 쳐다봤다. 빨간색과 노란색이 섞인 티셔츠를 입은 사람들이 뒤뜰로 들어오고 있었다. 그들의 손에는 슈퍼 슬라이더의 로고가 박힌 빨간색과 노란색 상자가 들려 있었다.

그들은 곧바로 긴 탁자로 가서 가지고 온 것들을 진열하기 시작했다. 그중 두 명은 돌돌 말린 거대한 현수막을 풀어서 탁자 양쪽 끝에 단단히 고정했다. 그런 다음 다시 자기네 트럭으로 가서 엄청난 양의 치킨윙, 어니언 링, 할라피뇨 튀김이 담긴 쟁반을 들고 와 그걸 관중들에게 나눠주기 시작했다.

나는 입안 가득 침이 고였지만 데렉이 바로 옆에 서 있어서 한 조각도 받아먹을 수가 없었다.

"참가자 여러분!" 긴 탁자 양쪽 끝에 설치된 스피커에서 랜돌프의 목소리가 웅웅거리며 울려 퍼졌다. 옆을 보니 그가 마이크를 들고 서 있었다. "모두 자리에 앉아 주세요."

"우리 차례다." 데렉은 내 팔을 잡아서 탁자 쪽으로 데려갔다. 덩치가 커다란 몇몇 남자들이 이미 자리를 잡고 앉아 있었다. 나는 탁자 중간쯤에 자리를 잡았다. 각자의 자리 앞에 놓인 뚜껑 열린 상자 안에 30개의 슬라이더 버거와 1.2리터짜리 음료수가 담겨 있었다. 랜돌프가 뭐라 말하고 있었지만 내 귀에는 하나도 들어오지 않았다. 나는 너무 긴장해 있었다. 두 자리 옆에 여학생이 있는 게 보였다. 앨리인 것 같았다. 앨리는 별로 크지 않았다.

귓가에 낮은 목소리가 으르렁거리듯 울렸다.

"샌드위치 맛 어땠어?" 돌아보니 후버가 씩 웃고 있었다.

"진짜 맛있었어요. 두 개나 더 먹었는걸요." 내가 말했다.

"이제 좀 비슷해졌네." 그는 내 옆자리에 앉더니 꺽, 하고 크게 트림을 했다. "난 여섯 개 먹었거든."

랜돌프의 목소리가 계속 스피커를 통해 흘러나왔다.

"여러분, 올해부터 새로 적용된 규칙이 있는데요. 우리의 마스코트였던 포시에게 조의를 표하는 의미로 모든 참가자들은 주머니쥐로 만든 아주 맛있는 애피타이저를 먹으면서 경기를 시작하도록 하겠습니다!"

아까 루즈미트 샌드위치를 만들던 두 여학생이 탁자로 다가와 참가자들에게 작은 종이접시를 나눠 주었다. 그 위에는 아까 꼬챙이에 끼워 굽고 있던, 차에 치여 죽은 주머니쥐의 고기가 담겨 있었다.

"햄버거 먹는 경기 아니었어요?" 나는 아직도 피가 배어 나오는 덜 익은 주머니쥐 고기를 노려보며 소리쳤다.

후버는 나를 보더니 씩 웃었다. "와우, 주머니쥐 고기라니. 최고지!"

나는 내 뒤에 서 있는 데렉을 돌아보았다. "꼭 먹어야 돼요?"

데렉이 난처한 얼굴로 어깨를 으쓱 들어 올리는 순간 랜돌프가 마이크를 들고 내 말에 대답이라도 하듯 소리쳤다.

"제가 시작이라고 말하는 순간부터 초를 재기 시작합니다. 주머니쥐 고기는 햄버거를 먹기 전에 전부 드셔야 합니다. 모두 준비되셨습니까?"

"네!" 나 빼고 모두가 목이 터져라 큰 소리로 대답했다.

"시—작!"

후버는 자기 몫의 주머니쥐 고기를 그 큰 입에 밀어 넣고 두어 번 우적거리더니 꿀꺽 삼켜 버렸다. 나는 겁에 질려 그 모습을 바라보았다.

"데이비드! 시작해!" 데렉이 내 귀에다 소리쳤다.

나는 숨을 크게 들이쉬고서 주머니쥐 고기를 입에 넣었다. 하지만 도저히 씹을 수가 없었다. 목구멍으로 밀어 넣고 억지로 삼켜 보려고 애썼지만 그러다 그만 고깃덩어리가 목 중간에 걸리고 말았다. 나는 내 앞에 놓인 음료수를 들어 벌컥벌컥 들이켰다. 고기가 천천히 움직이기 시작하더니 곧 내려갔다. 나는 얼른 후버를 보았다. 후버는 벌써 세 번째 버거를 먹고 있었다.

"얼른 시작해!" 데렉이 소리쳤다.

나는 시작했다.

가장 시간이 많이 걸리는 건 포장을 벗기는 일이었다. 데렉과 함께 연습할 때는 미리 벗겨 놓고 했었다. 나는 양손을 동시에 쓰기 시작했다. 우선 상자를 찢은 다음, 포장을 벗기고, 버거를 납작하게 누르고, 입에 쑤셔 넣고, 우적우적 씹고, 삼킨다.

찢고, 누르고, 넣고, 씹고, 삼킨다. 여섯 개를 먹었을 때부터 나는 한 손으로 포장을 벗기고 다른 한 손으로는 동시에 버거를 누르는 나만의 시스템에 따라 움직였다. 곁눈으로 슬쩍 후버를 봤는데, 탁자 위에 널브러진 포장지만으로는 정확히 몇 개인지 알 수 없었지만 대략 나보다 다섯 개 정도 앞서 있는 것 같았다. 나는 목 넘김이 좀 더 수월해지도록 납작하게 누른 버거를 음료에 담갔다. 그게 효과가 있었다.

먼 거리에서 마이크를 통해 증폭된 랜돌프의 목소리가 들렸다.

"2분 지났습니다!"

"힘내!" 데렉이 소리쳤다.

관중들은 한목소리로 외치기 시작했다.

"후—버! 후—버! 후—버!"

열 개쯤 먹었을까, 그때부터 나는 무아지경에 빠지기 시작했다. 관중들의 외침이 흐려지더니 스피커를 통해 나오는 랜돌프의 말도 멀리서 새가 지저귀는 것처럼 들렸다. 내 귓가에는 열여섯 명의 참가자들이 우적거리고 꿀꺽 들이켜고 컥컥거리다 가끔씩 웩웩거리는 소리만이 크게 울릴 뿐이었다. 무아지경의 상태가 이어졌다. 나는 내 앞에 놓여 있는 간 소고기로 만든 햄버거를 하나씩 하나씩 손으로 들어 올려 나의 위장으로 쉬지 않고 밀어 넣었다. 주변 모든 게 느린 화면으로 천천히 움직이는 것처럼 느껴졌다. 나는 후버를 보기가 두려웠다. 왜냐하면 후버가 버거를 먹어 치우는 소리가 마치 거대한 바닷물이 출렁이는 소리처럼 들렸으니까.

그러다 갑자기 나는 내 상자에 아무것도 없다는 걸 알아차렸다. 나는 당황해서 주변을 둘러보았다. 이제 어떡하지? 옆에 있던 후버 역시 아연실색한 얼굴로 나를 보고 있었다. 후버의 상자 안에는 포장을 벗기지 않은 버거가 아직 세 개 더 남아 있었다. 모두가 나를 보고 있었다. 다른 참가자들은 가까스로 반 정도를 먹은 상태였다.

나는 후버의 상자로 손을 뻗었다. 그런 뒤 버거를 하나 집어 들어 천천히 포장을 벗겨 한입 베어 물었다.

"경기 끝!" 랜돌프가 소리쳤다.

관중들이 미쳐 날뛰기 시작했다.

사람들이 나에게 몰려와 내 등을 두드리고 내 손을 잡고 흔들어 댔다. 나는 방금 먹은 걸 게워 내지 않기 위해 꾹 참아야 했다. 랜돌프가 내 손을 잡아 나를 일으켜 세웠다.

"오늘의 우승자는 바로 이 위대한…." 그는 마이크를 입에서 뗐다. "이름이 뭐였지, 꼬맹아?"

"데이비드." 나는 가까스로 대답했다.

"바로 위대한 푸드 파이터, 데이비드입니다!" 그는 마이크에 대고 소리쳤다. "다윗과 골리앗!"

관중석에서 더 큰 함성이 터져 나왔다. 골리앗, 아니 후버조차도 함께 박수를 치고 있었다.

이어 랜돌프는 과장된 동작으로 작은 플라스틱 카드 한 장을 내게 내밀었다. 나는 뭐가 뭔지 어리둥절한 채로 그걸 바라보았다.

랜돌프가 나에게 어깨동무를 하고 힘껏 끌어안는 바람에 나는 그걸 떨어뜨릴 뻔했다.

"우승 상품은 200달러 상당의 슈퍼 슬라이더 기프트 카드입니다!" 그는 큰 소리로 외쳤다.

사방에서 박수와 함성이 터져 나왔다.

나는 그대로 얼어붙었다. 아니, 얼어붙었다는 말로는 표현할 수 없는 그 이상의 충격이었다.

뭐? 기프트 카드라고?

12
치리오스 한 알

“진짜 한 편의 영화 같았어.” 데렉은 족히 열 번은 넘게 이 말을 한 것 같다.

“영화 보는 줄 알았다니까.”

우리는 데렉의 토요타 소형차를 타고 집으로 돌아가고 있었다. 나는 도로에 이렇게나 많은 방지턱이 있는지 오늘 처음 알았다. 아스팔트 위에 작게 올라온 방지턱을 넘어설 때마다 위벽이 정신을 못 차리고 울컥거렸다.

데렉은 걱정되는 눈빛으로 나를 보았다.

“토할 것 같아?”

나는 배가 접히지 않도록 의자 앞쪽에 엉덩이를 걸치고 뒤로 눕듯이 앉았다.

“말만 해. 바로 차 세워 줄 테니까.” 데렉이 말했다.

나는 고개를 젓고 눈을 감았다. 그건 좋은 생각이 아니다. 나는 다시 눈을 뜨고 침을 꿀꺽 삼켰다.

"괜찮은 거야?" 데렉이 물었다.

"기프트 카드…." 나는 작게 중얼거렸다.

"그게, 나는 현금으로 준다고 말한 적 없다. 그리고 너 슈퍼 슬라이더에서 파는 햄버거 좋아하잖아. 안 그래?"

"난 돈이 필요해요."

"있잖아, 내가 너한테 그 카드를 살게."

데렉은 윗옷 주머니로 손을 넣어 두툼한 지폐 뭉치를 꺼냈다.

"내가 내기를 좀 하지 않았겠냐." 그가 말했다.

그 돈뭉치를 보고 있자니 복잡한 기분이 들었다.

"얼마나 땄어요?"

"200달러."

"좋아요." 내가 돈을 잡으려 손을 뻗자 데렉은 손을 휙 뒤로 뺐다.

"이 돈을 다 줄 순 없지. 이렇게 하자. 내가 50달러에 그 카드를 살게."

차가 시속 100킬로미터로 달리고 있지만 않았다면 나는 그를 차 밖으로 떠밀어 버렸을 것이다.

"관둬요." 기프트 카드를 바이바이닷컴에 파는 방법도 있을 것이다.

데렉은 어깨를 으쓱하더니 돈을 도로 윗옷 주머니에 집어넣었다.

"그러든가."

집에 도착하자 거의 밤 10시가 다 되어 있었다. 나는 간신히 차에서 몸을 빼낸 다음 토하지 않고 무사히 집까지 들어갔다. 엄마는 거실에서 텔레비전을 보고 있었고 알피는 소파 발치에서 잠을 자고 있었다. 내가 들어서자 둘 다 고개를 들어 나를 올려다보았다.

"브리짓 만났니?"

"아니요." 나는 천천히 아빠의 리클라이너 의자에 몸을 앉힌 후 서서히 몸을 폈다.

"맬은 어디 있어요?" 내가 물었다. 우리는 언제 어느 때고 맬이 어디에 있는지 알아야 한다.

"아빠가 차 태워 준다고 데리고 나가셨어." 맬은 차로 드라이브하는 걸 좋아한다.

"저 대회에서 우승했어요." 내가 말했다.

"대회?"

"자선모금 행사요. 거기서 슬라이더 버거 많이 먹기 대회를 했거든요. 5분 동안 30개를 먹었어요."

"데이비드!"

"아, 하나 더 먹었구나. 별로 힘들지도 않던데요."

"데이비드, 너 정말 어쩌려고 그래."

"실은 살짝 힘들었어요." 기름과 고기가 엉킨 덩어리가 속을 휘젓고 있었다. "그래도 200달러나 탔어요."

엄마는 고개를 돌렸다.

"좀 더 유용한 일을 해서 돈을 벌지 그러니?"

"예를 들면요?"

엄마는 고개를 절레절레 흔들었다. 나는 약간 도할 것 같은 느낌이 들어서 리클라이너 의자에서 몸을 일으켜 천천히 계단 쪽으로 걸어갔다. 등 뒤로 엄마의 따가운 시선이 느껴졌다.

주키의 핫도그 입찰자 수는 여전히 0이었다.

나는 침대에 드러누워 천장을 바라보았다. 전에는 천장에 온갖 재미난 모양의 금이 나 있었는데 지난가을에 아빠가 틈을 모두 메우고 페인트칠을 해서 지금은 그냥 부드러운 미색의 넓은 면일 뿐이다. 보고 있으면 꼭 마요네즈 같다. 마요네즈 많이 먹기 대회의 최고기록은 8분에 3.7리터이다. 나는 눈을 감고 슬라이더 버거의 분쇄된 고기 패티가 강을 이루며 내 소화기관을 느릿느릿 흘러가는 모습을 상상했다.

아니, 지금 상황이 얼마나 심각한데 내장기관에 든 고기 타령이나 하고 있지? 그럴 때가 아니다. 몇 주 안에 우편함으로 엄마의 카드 청구서가 도착할 것이고 거기에는 바이바이닷컴에서 청구한 2,000달러가 찍혀 있을 것이다. 그럼 내 인생은 거기서 끝이 나고 말겠지.

그때 휴대폰 진동이 울렸다.

나는 끙 소리를 내며 일어나 앉았다. 헤이맨에게서 온 문자였다.

어떻게 됐어?

나는 자판을 두드렸다.

우승했어.

200달러어치의 햄버거라. 햄버거를 더 먹는다는 생각만으로도 위장이 놀랐는지 꿀렁거렸다. 나는 전송 버튼을 누른 다음 전화기를 꺼서 침대 위에 툭 던져 놓았다. 몇 분 후, 현관에 설치된 방충망 덧문이 탕, 하고 닫히는 소리가 들렸다. 아빠와 맬이 돌아온 것이다. 맬이 계단으로 걸어 올라오는 소리가 들렸다. 나는 눈을 감았다. 내 방문은 열려 있었지만 나는 자는 척을 했다. 맬이 내 방문 앞에 서 있는 게 느껴졌다. 맬은 그저 나를 보고 잘 자라고 말하고 싶은 거다. 하지만 지금은 맬을 상대할 기분이 아니다. 가끔은 맬이 쇠사슬 달린 거대한 공처럼 느껴질 때가 있다. 아주 가끔, '맬이 없다면' 하고 바랄 때도 있다.

맬이 가까이 다가오는 소리가 들렸다. 맬이 내 얼굴 위로 나를 굽어보고 있는 게 느껴졌다. 그러다 뭔가가 내 입술에 슥, 닿았다. 순간 나는 머리를 홱 젖히면서 눈을 떴다. 맬이 치리오스 시리얼 한 알을 손에 들고 나에게 내밀고 있었다.

"됐어, 맬." 나는 이불을 당겨 머리까지 덮어 버렸다.

잠시 후, 맬이 축 처진 발을 끌며 방을 나가는 소리가 들렸다. 곧 방문이 닫혔다.

아, 나는 진짜 최악이다.

13
땅콩버터와 바나나

다음 날 아침, 나는 꽤 기분 좋게 눈을 떴다. 물론 주키 핫도그 사태가 생각나기 전까지만. 현재까지 입찰자 없음. 나는 아래층으로 내려갔다. 아빠는 식탁에서 커피를 마시면서 냉장고의 최신 트렌드를 다루는 잡지를 읽고 있었다.

"맬은 아직 안 일어났어. 엄마는 요가 갔고." 아빠가 말했다.

"누나는요? 누나는 어디 있는 거죠?"

"누나는 학교에 있지 않을까 싶은데. 전 과목 A를 받고 있겠지."

아빠는 내가 비꼬고 있다는 걸 전혀 알아채지 못하는 걸까?

"저는 주방에 있어요. 그리고 오렌지 주스를 컵에 따르고 있고요." 내가 말했다.

"나도 주방에 있단다. 아들과 대화를 하면서 말이지. 알피는 소파에서 자고 있어. 태양은 하늘에 떠 있고." 어쩌면 처음부터 눈치채고 있었는지도 모르겠다.

“아빠. 만약에요. 제가 이번 여름에 2,000달러가 필요하다고 하면요….”

“너 오토바이 살 건 아니지?” 아빠가 말했다.

“웬 오토바이요?” 내가 물었다.

아빠는 어깨를 으쓱하더니 말했다. “내가 너만 할 땐 그게 갖고 싶었거든.”

“오토바이는 아니에요. 암튼 그만한 돈이 필요하다고 가정하면요, 어떻게 돈을 마련하죠?”

“아르바이트를 해.” 아빠가 대답했다.

“무슨 수로 아르바이트를 해요? 전 겨우 열여섯 살인데.”

“신문 돌리기, 잔디 깎기, 심부름하기…. 글쎄다, 뭐 그런 것들? 그런데 그 돈이 왜 필요한데? 매주 너한테 10달러씩 주잖아.”

“달랑 피자 한 판 값이죠.” 내가 말했다.

“피자를 얼마나 많이 사 먹으려고?”

“그 말이 아니고요.”

“흠, 내 생각엔 네가 뭔가를 하겠다고 마음을 단단히 먹는다면 해답이 보일 거라 생각하는데. 모든 문제에는 해답이 있으니까.”

내가 이럴 줄 알았다.

배커빌에서는 나이 어린 10대들이 할 수 있는 여름방학 아르바이트가 그다지 많지 않다. 동네 잔디 깎는 일은 빌리 피셔가 꿰찼고, 지역 신문인 〈배커빌 보이스〉를 배달하는 일은 앨리슨 켈러가 한다. 별로 읽는 사람도 없는 신문이긴 하지만. 인터넷을 뒤져 겨우 피자 배달 아르바이트를 하나 찾았는데 그마저도 차가 있어야 할 수 있는 일이었다.

피자 생각을 하자 배가 고파져서 나는 식빵에 땅콩버터를 바르고 바나나를 썰어 넣어 샌드위치 두 개를 만들었다.

요가를 마치고 집에 돌아온 엄마가 내가 먹는 걸 보더니 말했다.

"저녁에 참치치즈 샌드위치 만들려고 했는데!"

"전 좋아요." 내가 말했다.

"그런데 지금 네가 마지막 남은 빵을 먹고 있잖아."

"아, 죄송해요. 좀 출출해서."

"너야 늘 출출하지."

"아빠가 저더러 아르바이트하래요." 내가 그리 말하자 엄마가 솔깃한 눈치였다.

"그래?"

"돈을 좀 벌어 보려고요." 나는 마치 다른 이유로 돈이 필요한 것처럼 말했다.

"맬을 돌봐 주는 건 어때? 내가 보니까 너 여름방학 내내 한가하더라. 요즘 같으면 엄마도 무슨 일이든 좀 할 수 있을 것 같은데."

"무슨 일이요? 엄마 딱히 하는 일 없잖아요."

아차. 마지막 말을 뱉자마자 나는 실수를 알아차렸다. 엄마는 눈에 힘을 주고서 엄마가 하는 모든 일을 나열하기 시작했다.

"요리하지, 장 봐다 놓지, 매달 청구서 챙겨서 돈 내지…."

물론 처음 듣는 내용은 아니었지만 최대한 집중해서 듣는 척했다.

"맬 데리고 치료받으러 다니지, 집 치워 놓지, 푸드뱅크에 봉사하러 다니지, 매주 네 할머니 쇼핑하고 미용실 가시는 거 모셔다 드리지…."

아직 안 끝났다.

"반상회 나가지, 네 아빠한테 오는 고객 메일 분류해 놓지, 마당에 잡초 뽑지…."

"네, 네, 알았어요. 알아들었다고요." 내가 말했다.

"아니. 아직 모르는 것 같은데!"

"알아요. 하지만 제 인생은요? 나도 내 생활이 있잖아요. 네?"

"너는 시간이 많잖아. 그래, 오늘 아침엔 내내 방에서 뭘 한 거야?"

"그게, 아르바이트 자리 찾고 있었어요."

엄마는 눈을 감더니 한숨을 내쉬었다.

"대체 돈은 뭐에 쓰려고? 우리가 용돈 주잖아."

"그 돈으론 햄버거 가게 한 번 갔다 오면 끝이에요."

"우리 집에 음식 잔뜩 있어. 우리가 너 굶기는 것도 아니고. 매일같이 그 슬라이더 버건지 뭔지를 30개씩 먹을 필요는 없잖아."

"일을 하면 책임감이 생기지 않을까요?" 내가 말했다.

"너는 이미 충분히 책임감이 넘쳐."

"그냥 일이 있으면 좋을 것 같아요. 짧게 하는 아르바이트니까 남는 시간에는 맬도 돌봐 줄 수 있고요."

"흠. 일단 아빠랑 얘기해 볼게."

조금만 더 밀어붙이면 될 것 같은 느낌이 들었다. 나는 접시를 싱크대에 넣었다.

"그럼 이따 봬요." 내가 말했다.

"어디 가는데?"

"글쎄요. 아마도 헤이맨네?"

"맬은 어쩌고?"

"맬이 왜요?"

"엄마 장 보러 가야 돼. 빵도 다 떨어졌잖아."

"제가 갈게요." 내가 말했다.

엄마는 나를 골똘히 쳐다보더니 천천히 고개를 끄덕이고는 지갑에서 20달러짜리 지폐 한 장을 꺼냈다.

"빵이랑 마요네즈 큰 거. 오렌지 주스는 아빠가 좋아하시는 걸로. 그리고 치리오스 시리얼 두 상자 사 오면 돼."

나는 돈을 받았다. "돈 안 모자랄까요?"

엄마는 한숨을 내쉬더니 20달러짜리 지폐 한 장을 더 건넸다.

"그럼 빵 두 봉지 사 와. 통밀 들어간 거 있지? 치리오스 시리얼 까먹지 말고. 잔돈 남겨 와야 한다. 알았지?"

"알았어요." 내가 대답했다.

"좋아." 맬은 비참한 표정으로 현관에 서 있었다. 입고 있던 티셔츠를 벗었다가 다시 입으려고 했는데 잘 안된 건지 소매에 머리가 낀 채였다.

"멋있네, 맬." 내가 말했다.

엄마는 혀를 쯧쯧 차고는 맬을 도와주러 다가갔다. 나는 엄마가 뭔가를 더 사 오라고 시킬까 봐 서둘러 밖으로 나왔다. 나오는 길에 우편함을 열어 보니 광고지 두 장과 전기요금 고지서가 들어 있었다. 이제부터 우편함을 수시로 살펴야 할 것 같다. 엄마의 비자카드 청구서를 미리 가로채면 수습할 시간을 좀 벌 수 있을 테니까 말이다.

포시즌 마트는 배커빌 번화가 끄트머리에 있는데 집에서는 걸어서 10분 정도 걸린다. 나는 혹시 구인광고를 낸 가게를 찾을 수 있지 않을까 싶어 슬슬 걸어 나가 보기로 했다. 아이오와의 다른 동네들과 달리 배커빌은 상권이 꽤 발달한 편이라 시내에는 레스토랑도 세 곳 있고 오래된 극장도 하나 있다. 바도 두어 개 있고, 꽤 괜찮은 잡화점도 있다. 유리섬유로 만들어진 6미터짜리 소, 배키도 있고 말이지.

배키는 번화가의 한가운데에 만들어진 풀밭 위에 있다. 그 풀밭은 중심도로와 1번가가 만나는 교차로의 한가운데에 보행자들의 편의를 위해 마련된 공간으로, 폭이 15미터 정도 된다. 아마 배키에 대해 들어 본 적이 있을지도 모르겠다. 배키는 여러 권의 여행 책자와 여행 사이트에도 실려 있고, 〈뉴욕 타임스〉에도 실린 적이 있으니까. 배키와 사진을 찍기 위해 아주 먼 지역에서 여기까지 오는 사람도 있을 정도니 배커빌의 자랑이라 할 만하다.

오늘 배키를 만나러 온 친구는 배키의 젖통에 핑크색 페인트를 덧칠해 주러 온 작업복 차림의 한 남자뿐이었다. 관광객들은 팔을 있는 대로 쭉 뻗어서 배키의 젖을 짜는 포즈로 사진 찍는 걸 좋아한다. 그래서 거기만 페인트가 벗겨지고, 매년 새로이 페인트칠을 해 줘야만 한다.

나는 중심가를 따라 쭉 걸어 올라갔다가 길을 건너 반대편으로 다시 내려왔다. 눈에 띈 구인광고라고는 크레이지 컬 미용실에서 미용사를 구한다는 것과 피고리노 피자 가게에 언제나 붙어 있는 배달원 모집 광고가 전부였다.

피고리노 피자 가게가 가까워지자 나는 좀 전에 밥을 먹었다는 걸 까맣게 잊고 자연스럽게 그쪽으로 이끌려 가게 안으로 들어갔다. '딱 한 조각만 먹자'고 다짐하면서.

그러나 피자 구워지는 강렬한 냄새가 코끝을 파고들자 나는 나도 모르는 사이에 소시지와 치즈를 추가로 얹은 미디엄 사이즈의 콤보 피자를 주문하고 있었다. 피자를 기다리다가 나는 계산대 옆에 처음 보는 포스터가 붙어 있는 걸 알아챘다. 포스터에는 미국 국기와 이탈리아 국기가 그려져 있고 피자 조각들이 글자 사이사이를 둥둥 떠다니고 있었다.

포스터에 적힌 문구를 읽자 내 심장이 쿵쾅거리기 시작했다. 나는 눈을 가늘게 떴다가 번쩍 크게 떠서 다시 한번 포스터를 읽어 보았다.

슈퍼 피고리노볼 대회

세계 최고의 피자 먹기 대회!

1등 상금 : 5,000$

날짜 : 8월 15일

장소 : 아이오와 주립 박람회장

아무래도 해답을 찾은 것 같다.

14
소시지와 치즈 토핑

파파가 정말로 이걸 하다니!

몇 달 전 일이다. 나는 주문한 피자가 나오기를 기다리며 칸막이 좌석에 앉아 있었는데, 가게의 사장인 파파 피고리노 아저씨가 가게 문을 열고 들어왔다.

"안녕하세요, 아저씨." 내가 인사하자 아저씨는 활짝 웃으며 팔을 벌리고 나에게 다가왔다.

"더그!"

"데이비드요." 내가 말했다.

"맞다, 데이비드! 우리 가게 최고 코객이쥐. 잘 지냈쥐?"

사실 아저씨한테는 모든 사람이 '최고 고객'이다. 타고난 장사꾼인 것이다. 아저씨는 스스로를 피자 업계의 커넬 샌더스(KFC를 창업한 미국의 기업인으로, KFC를 상징하는 마스코트이기도 하다 – 옮긴이)라고 말하곤 하는데 얼굴이 살짝 닮은 것 같기도 하다. 하얀색 스리피스 정장이나 끝이 말려 올라간 수염 같은 것 말이다. 다만 아저씨는 수염이 검은색이고 키가 160센티미터가 채 안 되는 게 다른 점이랄까. 게다가 아저씨는 나비넥타이 대신 두꺼운 금목걸이를 목에 걸고 있다. 그 목걸이는 새 매장을 열 때마다 한 줄씩 더 늘어난다. 아저씨는 총 23개의 매장을 가지고 있는데 대부분 아이오와주에 있고 시카고에 하나, 오마하에 두 개가 있다. 하지만 배커빌 시내에 있는 이 가게가 본점이고 나는 아주 어릴 때부터 아저씨와 알고 지냈다. 아저씨가 늘 내 이름을 까먹긴 하지만.

"잘 지내요. 아저씨는요?"

"우뤼는 아주 문제가 많줘." 아저씨는 금목걸이를 만지며 말했다. "장사가 좔 안돼."

파파 피고리노 아저씨에 대해 두 가지만 더 이야기하겠다. 첫째, 아저씨는 매주 수만 장의 피자를 팔면서도 장사가 잘 안된다고 투정 부리는 걸 좋아한다. 둘째, 아저씨는 이탈리아 억양이 섞인 말투를 쓰는데 전부 가짜다. 파파 피고리노의 본명은 엘우드 그론세스. 여기서 남쪽으로 16킬로미터 정도 가면 있는 시골 농가 출신이다.

"사람들이 예전만큼 피자를 마뉘 안 먹어. 그놈의 다이어트 때문에!"

"혹시 피자 다이어트라는 거 들어 보셨어요?" 내가 물었다.

아저씨는 그 말에 관심을 보였다. "피자 다이어트? 그거 좌암 마음에 드는데!"

"크러스트도 없고, 고기도 없고, 치즈도 없는 피자요."

"으, 별로인뒈. 그건."

"저도 그런 피자는 별로예요. 아, 이런 거 해 보시면 어때요? 피자 먹기 대회!"

"피자 먹기 대회?"

"네! 네이선 핫도그 먹기 대회처럼 하는 거예요. 그 사람들은 핫도그 먹기 대회 광고를 엄청 하거든요. 그래서 업계 최고로 장사가 잘되는 거고요!"

"그거 기발한데!"

"아저씨는 피자로 대회를 하시는 거예요. 10분 안에 누가 가장 많은 피자를 먹나."

아저씨는 먼 곳을 응시하며 잠시 생각에 잠겼다.

"나, 파파 피고리노는 그 생각이 아주 마음에 든다!"

"진짜 괜찮은 생각이라니까요!" 나는 들떠서 말했다.

그 말이 정말로 이렇게 실현되리라고는 생각해 본 적도 없다. 그런데 지금 내 눈앞에 그 포스터가 있고 내 눈으로 읽고 있다니. 전국의 모든 피고리노 지점, 그러니까 23개 지점에서 7월 4일에 지역 예선이 치러질 것이다. 지역 예선에서 1등을 해도 상금은 없지만 디모인의 아이오와 주립 박람회장에서 치러질 슈퍼 피고리노볼 전국 대회의 출전 자격이 주어진다.

그 대회엔 상금이 걸려 있다. 단 한 명의 우승자만이 5,000달러를 받게 되고 2등은 1년간 피자 무제한 이용권을 받게 된다. 3등에게는 파파 피고리노에서 특별 제작한 피자 전용 칼을 수여하고, 모든 참가자들에게는 파파 피고리노 티셔츠를 나눠 줄 거라고 한다.

참가비는 50달러였지만 대회에 참가하면 50달러어치 이상의 피자를 먹게 될 테니 그건 문제도 아니다. 그리고 확신하건대 나는 배커빌에 사는 그 누구보다도 빨리 먹을 자신이 있다. 그러니 결승 출전권은 보나 마나 내 꺼지.

나는 머리를 굴려 봤다. 참가비(그 이상의 피자를 먹을 테니 손해가 아니고) + 결승 출전권(은 보나 마나 내 것일 테니) = 이것이야말로 일생일대의 기회가 아니고 무엇이겠는가!

포스터를 열 번 정도 다시 읽고 있을 때 주문한 피자가 나왔다. 나는 피자를 들고 테이블로 가 자리를 잡고 피자가 식기를 기다렸다. 마치 영겁과 같은 시간이 흐른 뒤, 피자의 온도가 적당하다는 판단이 서자 휴대폰의 타이머 기능을 켰다. 그런 뒤 피자의 바다로 뛰어들었다. 풍덩!

4분 후, 나는 헤이맨에게 전화를 걸었다.

"3분 40초." 헤이맨이 전화를 받자마자 내가 말했다.

"그거 무슨 암호 같은 거야?" 헤이맨이 물었다.

"소시지와 치즈 토핑을 얹은 피고리노 콤보 피자를 먹는 데 걸린 데이비드 밀러의 세계기록이지."

"말도 안 돼!" 헤이맨이 말했다.

나는 헤이맨에게 피자 먹기 대회에 대해 설명했다.

"야, 우승은 네 꺼야!"

"그건 확실히 자신 못 하겠어. 작년에 주키는 10분 만에 42조각을 먹었거든. 그럼 한 조각 먹는 데 15초 정도 걸린 셈인데 나는 거의 그 두 배나 걸린 거잖아."

"그렇긴 해도 너는 소시지랑 치즈 토핑 추가한 거잖아."

"하긴. 그런데 진짜 좋은 소식은 대회 예선이 7월 4일에 열린다는 거야. 뉴욕에서 네이선 핫도그 대회가 열리는 날이거든. 선수들은 죄다 코니아일랜드에서 핫도그를 먹고 있겠지. 그나저나 나 참가비로 50달러 필요한데, 빌려줄 수 있지?"

"응?"

"응이라니?"

헤이맨이 휴대폰이 아닌 다른 쪽에다 뭐라 말하는 소리가 들렸다.

"피자 먹기 대회 나간다고 50달러 달라는데?"

"달라는 게 아니라, 빌려 달라고!" 나는 소리쳤다. "근데 너 누구랑 말하는 거야?"

"씬."

"너 어딘데?"

"씬네 집. 책꽂이 조립하는 거 도와주고 있어. 아야!"

"왜 그래?"

"씬이 나한테 책 던졌어. 음…. 도와주는 게 아니라 쳐다보고 있었다고 말했어야 되나 봐."

뒤에서 씬이 말하는 소리가 전화를 타고 들렸다.

"이제야 제대로 말하네."

대회 신청서를 챙겨 피자 가게를 나왔다. 4일이면 거우 열흘밖에 남지 않았고 이번 주 금요일까지는 참가비를 내야 한다. 머릿속에 헤이맨과 씬에 관한 생각이 맴돌았다. 나를 부르지도 않고 둘이서만 따로 만났다는 게 은근히 거슬렸다. 그냥 책꽂이 조립을 구경하는 일이라 해도 말이다. 그리고 또 하나, 헤이맨이 나한테 50달러 빌려주는 걸 꺼리는 느낌이 드는 것도 좀 신경 쓰인다. 녀석은 분명 그만한 돈이 있을 텐데 말이다.

이런저런 생각에 정신이 팔려 있던 나는 집에 거의 다 와서야 엄마 심부름을 까먹고 있었다는 게 생각났다. 나는 오던 길을 돌아 다시 포시즌 마트로 갔다. 엄마한테 받은 돈으로 피자를 사 먹는 바람에 돈이 꽤 비어서 간신히 목록에 있는 물건을 다 살 수 있었다.

집에 돌아오니 엄마는 주방에 계셨다.

"치리오스 시리얼 샀지?" 엄마가 물었다.

"전부 다 샀어요." 나는 장 봐 온 봉지를 주방 조리대 위에 올려놓았다.

엄마가 손을 내밀었다. "잔돈은?"

나는 장 보고 남은 1달러 17센트를 내밀었다.

"이게 다야?" 엄마가 물었다.

"제 용돈 하루 당겨서 썼어요." 엄마가 뭐라고 말하기 전에 나는 재빨리 덧붙였다. "아, 그리고 아르바이트 안 하려고요."

"그래?"

"네. 피고리노 피자 가게에서 피자 먹기 대회를 연대요. 거기 나가서 우승할 거예요."

"절대 안 돼." 엄마가 말했다.

내 얼굴에서 웃음기가 싹 사라졌다. "왜요?"

"굶주림에 허덕이는 사람들이 전 세계에 널려 있어. 그런 대회는 과잉과 폭식을 역겨운 방식으로 드러내는 것밖에 안 돼."

"이건 그냥 스포츠예요! 아빠도 늘 저한테 운동을 좀 더 하라고 말씀하시잖아요." 내가 말했다.

"먹는 건 운동이 아니야."

"운동이 될 수도 있어요. 조이 체스트넛처럼 10분 안에 핫도그 70개를 먹을 수 있다면요."

엄마는 혀를 한 번 끗, 차더니 눈알을 굴리고 나서 어깨를 축 늘어뜨렸다. '지금은 너랑 얘기하고 싶지 않아'의 3종 세트다.

"가서 맬 좀 보고 와." 엄마는 나를 보지도 않고 말했다.

15
육포

다음 날 아침, 나는 우편물이 올 때까지 집에 붙어 있었다. 혹시라도 엄마의 카드 청구서가 오면 가로채야 하니까. 이따가 헤이맨을 찾아가서 50달러를 빌려 낼 참이다. 얼굴을 직접 보면 분명 빌려줄 것이다.

우편물은 보통 10시 전후로 오기 때문에 나는 예의주시하고 있었다. 우편 배달부 아주머니가 우리 구역으로 들어서는 게 보이자마자 나는 밖으로 곧장 튀어 나가 우편함 옆에서 기다렸다.

"이거 기다리는 거니?" 우편 배달부 아주머니가 웃으며 나에게 커다랗고 두꺼운 봉투 하나를 내밀었다. 버질 B. 슈틀베커라는 사람으로부터 온 우편물이었다.

슈틀베커? 나는 얼떨떨한 기분으로 소포를 내려다보았다. 발신지는 일리노이주의 락포드였는데 내가 아는 사람 중에 락포드에 사는 사람은 없다. 그러다 곧바로 나는 그게 뭔지 알아챘다. 주키의 핫도그! 그동안 카드 청구서가 날아올 일에만 신경을 곤두세우고 있다가 이 모든 문제의 시작인 반쪽짜리 핫도그에 대해서는 완전히 까먹고 있었던 것이다.

나는 나머지 우편물을 빠르게 훑어보았다. 비자카드 청구서는 없었다. 나는 우편물을 현관 탁자 위에 던져두고 내 방으로 올라가서 봉투를 찢었다. 검은색 싸구려 플라스틱 액자 안에 진품 보증서가 들어 있었다. 그게 진품 보증서인지 어떻게 알았느냐고? 그야 문서의 맨 꼭대기에 이렇게 쓰여 있었으니까.

진품 보증서

액자 한가운데에는 주키 가라팔로의 사진이 실려 있었다. 사진 속의 그는 웃으며 반쪽짜리 핫도그를 들고 있었고 그 아래에는 멋들어진 글씨체로 이렇게 적혀 있었다.

나, 주키 가라팔로는 내가 이 반쪽의 핫도그를 먹지 않았음을 증명함.

나는 그 문장을 두 번 읽어 보았다. 표현이 좀 이상한 거 아닌가.

맨 아래에는 파란색으로 주키의 서명이 휘갈겨져 있었다.

그런데 핫도그는 어디 있는 거지? 나는 봉투를 다시 들여다보고 바닥에 꾸깃꾸깃한 화장지 뭉치가 있는 걸 발견했다. 그걸 꺼내어 돌돌 말린 화장지를 풀어 보니 은박지로 단단히 감싸인 작고 길쭉한 무언가가 나왔다. 나는 떨리는 손으로 은박지를 벗겼다. 그 안에는 검고 쪼글쪼글한 단

백질 뭉치가, 역시 쭈글쭈글하고 납작하며 돌처럼 단단하고 뼈처럼 바싹 마른 빵 사이에 들어 있었다. 모양새가 핫도그라기보다는 육포 같았다.

주키의 핫도그는 미라가 되어 있었다.

나는 뭘 기대했던 걸까? 물론 신선하고 통통한 먹음직스러운 핫도그가 아닐 거라는 건 알고 있었다. 그 대회는 거의 1년 전에 치러졌으니까. 그래도 뭐랄까, 나는 좀 더 핫도그다운 모양새를 갖추고 있지 않을까 내심 기대했었다.

나는 이 돌처럼 굳어 버린 유물이 디모인의 역사박물관에 전시되고 있는 모습을 애써 상상해 보았다. 나라는 사람은 대체 무슨 생각이었던 걸까? 어지간한 멍청이가 아니고서야 누가 이런 물건에 입찰을 하겠는가 말이다. 나는 천하의 멍청이였던 것이다.

순간 세계 최고의 멍청함을 절친과 공유하고 싶다는 충동이 일었다. 나는 곧바로 헤이맨에게 메시지를 보냈다.

주키의 핫도그 도착.

16
머스터드 소스

나는 곧장 헤이맨의 집으로 갔다. 대문을 열고 마당에 들어서자 뒷마당에서 웃음소리가 들려왔다. 나는 집을 돌아 뒷마당을 들여다봤다. 헤이맨이 배드민턴 라켓을 들고 이리저리 뛰어다니고 있었다. 녀석은 거칠게 라켓을 휘둘렀지만 번번이 공을 놓치고 말았다. 네트의 반대편에서는 씬이 웃고 있었다. 나는 집 모퉁이에서 발걸음을 멈췄다. 헤이맨은 다시 공을 주워서 씬에게 넘겼고 씬은 높이 받아쳤다. 씬이 움직이는 걸 보고 있으면 기분이 좋아진다.

씬이 키가 크다는 건 이미 설명했고, 어떤 식으로 큰 건지 다시 설명하겠다. 씬은 굉장히 유연해서 몸을 둥글게 만드는 능력이 있다. 초등학교 1학년 때 씬을 처음 만났는데, 그때는 두 발을 뒤로 꺾어 뒤통수에 갖다 대고 몸을 둥글게 말아 잔디 위에서 굴러다닐 수 있었다. 공처럼 말이다. 분명 지금도 할 수 있을 거다. 씬은 단순히 유연한 게 아니라 놀라울 정도로 우아하게 움직인다. 씬이 라켓을 휘두르는 모습을 보면 마치 물이 흘러가는 것 같다.

그에 반해 헤이맨은 마치 고릴라 같았다. 녀석은 공을 향해 휘적휘적 뛰어가서는 라켓을 거칠게 휘둘렀지만 공은 네트 한가운데에 냅다 꽂혀 버렸다. 헤이맨과 씬은 함께 웃음을 터뜨렸다. 헤이맨은 그런 척하는 것일 뿐, 그 정도로 둔한 녀석은 아니다. 씬을 상대로 이길 수 없다는 걸 알고 있으니 일부러 우스꽝스러운 짓을 하는 것이다. 녀석은 떨어진 공을 주워 공중에 높이 던졌다가 온 힘을 다해 라켓을 휘둘렀지만 이번에도 빗맞혔다.

그때 씬이 나를 발견했다.

"데이비드!"

헤이맨도 나를 보았다. 정말 찰나의 순간이었지만 헤이맨의 얼굴에 실망감이 스쳤고, 나는 그걸 알아볼 수 있었다. 녀석은 곧 얼굴에 웃음을 짓고서 라켓을 들어 나에게 알은체를 했다.

"슈퍼 슬라이더를 제패한 슬라이더 버거의 제왕이시다!"

씬은 네트 아래로 몸을 숙여 떨어진 공을 주워 들고는 라켓으로 통통 튀기기 시작했다.

헤이맨은 내 손에 든 봉투를 가리켰다. "그거야?"

"어. 아니." 나는 대답을 얼버무렸다. 씬이 여기 와 있는 줄도 몰랐고 과연 내가 천하의 멍청이라는 사실을 씬에게 알려도 좋을지 확신이 서지 않았으니까.

"에이, 줘 봐. 같이 보자." 헤이맨은 그렇게 말하더니 내 손에서 봉투를 채 가려고 손을 뻗었다. 나는 손을 휙 뒤로 빼고서 씬을 보았다. 씬은 딱히 나를 보지 않은 채 계속 라켓으로 공을 튀기고 있었다.

"내가 말했어." 헤이맨이 말했다.

"말했다고?" 이런. 내가 깜짝 놀라는 걸 보더니 헤이맨의 입이 헤벌쭉 벌어졌다.

"다 들었어. 굉장한 투자를 했더라." 씬은 여전히 나를 보지 않고 말했다. "똥멍청이."

"나도 알아. 고맙다."

"야. 보여 줄 거야, 말 거야?" 헤이맨이 말했다.

나는 마지못해 봉투를 열어서 진품 보증서를 꺼냈다. 헤이맨과 씬은 그걸 들여다봤다.

"핫도그는 어디 있어?" 헤이맨이 물었다.

나는 봉투에서 핫도그를 꺼내 포장을 벗겼다. 우리 셋은 미라가 된 핫도그를 말없이 내려다봤다.

"와." 헤이맨은 손가락으로 핫도그를 찌르며 말했다. "위에 뿌려진 머스터드 소스까지 바싹 말라 버렸어."

"조심해! 부서진단 말이야." 내가 말했다.

"정말로 이걸 사는 데 만 달러나 쓴 거야?" 씬이 물었다.

"이천 달러야." 내가 대답했다.

씬이 헤이맨을 쳐다봤다. "만 달러라며!"

"그냥 좀 부풀려 봤어." 헤이맨은 능글맞게 웃으며 그렇게 말했다. "네가 올린 경매에 입찰은 아직 없어?"

"한 명도 없어."

"그거 좀 이상하다. 너랑 같이 경쟁하던 사람 있잖아. 그 사람은 왜 다시 입찰하지 않지?"

"다시 경매에 나온 걸 모르는 거겠지. 지금 휴가 중이거나 뭘 하는 중일 수도 있고."

"넌 너랑 경쟁하던 입찰자가 왜 정확히 1,990달러에서 입찰을 멈췄는지 궁금하지 않아?" 씬이 물었다.

음…. 사실은, 생각해 본 적이 없다.

"그냥 난 상대방도 한도를 2,000달러로 해 뒀을 거라고 생각했어. 그럼직한 금액이잖아. 그런데 불행하게도 내가 먼저 2,000달러에 도달한 거고."

"그렇다고 해도 우연이라기엔 좀 이상한데." 씬이 말했다.

"씬 말이 맞아. 만약에 그 상대가 물건 가격을 올리려고 자기 물건에 입찰한 거라면?" 헤이맨이 말했다.

"자기 물건에는 입찰할 수 없어. 규정상 못 하게 되어 있거든. 나도 해봤지."

"그렇다고 했지. 그런데 네가 나한테 입찰해 달라고 부탁한 거 잊었어? 그 사람도 그럴 수 있잖아."

"뭐 그렇기는 한데, 상대방이 얼마를 최고한도로 설정해 뒀는지 알 수 있는 방법이 없잖아."

"네 컴퓨터를 해킹했다면 가능하겠지." 헤이맨이 말했다.

"아니면 바이바이닷컴을 해킹했든지." 씬이 말했다.

"에이, 말도 안 돼." 내가 말했다.

"어느 쪽을 해킹하든 그 사람이 2,000달러를 쓸 일은 없으니까. 돈을 내는 건 너야." 헤이맨이 말했다.

우리는 모두 잠시 생각에 잠겼다.

"어느 쪽이든 간에." 잠시 후 내가 입을 열었다. "2,000달러를 못 만들면 나는 끝장이야."

"그 대회에서 꼭 우승해야겠다." 헤이맨이 말했다.

"응. 일단 지역 예선부터 통과하고 8월에 피고리노볼 대회에서 우승해야 돼."

"그럼 됐네. 뭐가 문제야?" 헤이맨이 물었다.

"일단 참가비로 낼 50달러가 필요해. 나 지금 완전 빈털터리거든."

"아…." 헤이맨은 한 발짝 뒤로 물러섰다.

"그 돈 내가 빌려줄게." 씬의 말에 헤이맨이 깜짝 놀랐다.

"진짜야? 그럼 정말 고맙지! 있잖아, 내가 우승하면 상금에서 좀 떼 줄게."

"응? 그럴 필요까진 없는데." 씬은 말은 그렇게 해도 내심 반기는 눈치였다.

"10퍼센트." 내가 말했다.

"야, 그럼 나는?" 헤이맨이 끼어들었다. "나도 50달러 있어!"

"어제는 안 빌려준다더니."

"어제는 네가 나한테 '빌리고' 싶다고 그랬던 거지. 나 원래 친구 사이에는 돈거래 안 한다는 나만의 규칙이 있어."

"없는 거 다 알거든."

"진짜야. 어제까지는 있었어."

"그래서 이제는 50달러를 빌려주시겠다?"

"아니. 빌려주는 게 아니라 투자하겠다는 거야."

씬은 배드민턴 라켓으로 헤이맨의 머리를 통, 하고 때렸다.

"내가 먼저 말했거든."

"우리 둘 다 투자하면 안 돼?"

"50달러만 있으면 된다잖아." 씬이 말했다.

어라. 갑자기 모두가 나에게 돈을 주고 싶어 안달이네.

"있잖아, 필요하면 내 물건을 팔아서 돈을 마련할 수도 있어. 헤이맨 말이 맞아. 친구한테 돈을 빌리는 건 별로 좋은 생각이 아닌 것 같아."

"빌려주는 게 아니야. 투자하는 거라니까!" 헤이맨이 말했다.

"뭐가 됐든지, 일단 생각 좀 해 볼게."

둘은 나를 쳐다보더니 서로 마주 봤다. 씬은 어깨를 으쓱하더니 다시 라켓으로 공을 튀기기 시작했다. 헤이맨은 상처받은 표정으로 말했다.

"나는 우리가 삼총사라고 생각했는데."

나는 잠시 그 말을 곱씹어 보고 나서 말했다.

"좋아. 둘에게서 50달러씩 투자받을게. 훈련을 하려면 돈이 필요할 테니까."

"훈련?" 헤이맨이 물었다.

"응. 먹는 훈련."

17
피자 두 판

나는 참가비를 내기 위해 피고리노 피자 가게에 들렀다. 주로 카운터를 보는 비토가 내가 낸 참가비를 받고 카운터 뒷벽에 붙어 있는 목록에 내 이름을 휘갈겨 썼다. 나는 다른 참가자들의 이름을 보기 위해 몸을 들어 올려 카운터에 기댔다. 지금까지 지원자는 모두 다섯 명이었는데 그중 세 명은 내가 아는 사람이었다. 제이크 그로스맨은 피고리노의 단골손님인데 배커빌 고등학교 축구부에서 수비를 맡고 있다. 이 형은 지름 40센티미터 피자 한 판 정도는 순식간에 먹어 치울 수 있을 정도의 거구다. 쌍둥이인 팀과 토미도 목록에 있었는데 이 녀석들도 한 덩치 하는 건 마찬가지다. 쌍둥이네 가족은 시내 바로 남쪽에서 큰 규모로 낙농업과 유제품 제조업을 하는데, 피고리노는 이 농장에서 치즈를 납품받는다. 이 녀석들이 먹는 걸 직접 본 적은 없으니 실력이 어떤지는 알 수가 없다. 나머지 두 명은 모르는 사람이었다.

"어이, 카운터에서 떨어지라구." 비토가 말했다.

나는 카운터에서 몸을 내렸다. "저 피자도 먹을 거예요."

"오늘은 안 먹나 했다." 그가 말했다.

"두 판이요. 페퍼로니 피자로."

자, 진지하게 훈련에 임할 시간이다.

아무리 나라고 해도 앉은 자리에서 피자 두 판을 먹어 본 적은 없다. 나는 자리를 잡고 앉아 피자가 식기를 기다리며 10분 안에 내가 얼마나 많은 피자를 먹을 수 있을지 계산해 봤다. 며칠 전에 나는 4분 동안 가까스로 한 판을 먹었다. 그 속도를 유지할 수 있을까? 좀 더 빨리 먹는 것도 가능할까? 조이 체스트닛은 보통 피자 한 조각을 먹는 데 15초가 걸리는데, 피자 한 판을 여덟 조각이라 치고 계산해 보면 조이는 4분 동안 피자 두 판을 먹을 수 있다는 얘기다.

나는 피자의 한가운데를 만져 봤다. 아직 너무 뜨겁다.

피자가 식기를 기다리고 있는데 한 남자가 가게로 들어와 카운터에 서서 비토와 이야기를 나눴다. 남자는 다부진 체격에 나이가 지긋해 보였다. 희끗희끗한 수염이 깔끔하게 손질되어 있었다. 농기계 제조회사 '존디어'에서 새로 발매한 모자를 쓰고, 주름 하나 지지 않은 짙은 색의 청멜빵바지 안에 풀 먹여 다린 것 같은 샴브레이 셔츠를 입고 있었다. 내가 본 사람들 중 최고로 잘 차려입은 농부였다.

나는 피자가 적당히 식은 걸 확인한 후 휴대폰의 타이머 기능을 켰다. 시작 버튼을 누른 다음 피자를 먹기 시작했다. 첫 번째 조각은 평소처럼 먹었다. 우선 뾰족한 끝부분을 크게 베어 물고 나머지 부분을 두 입 만에 먹어 치웠다. 남은 크러스트는 길게 잡고 세 입 만에 순식간에 먹어 버렸다. 두 번째 조각은 여섯 입 만에 해치워 버린 다음 물을 꿀꺽 들이켰다. 세 번째 조각을 먹을 때는 전략을 바꿔서 피자를 반으로 접어 다섯 입에 먹었다. 그런데 그렇게 먹으니까 바닥의 빵 부분이 목을 넘어갈 때 좀 뻑뻑하게 걸렸다. 그래서 다음에는 그 반대로 치즈가 있는 윗면이 겉으로 가도록 반을 접었다. 그래, 이거다!

다섯 번째, 여섯 번째, 일곱 번째, 여덟 번째 조각까지 먹고 나서 타이머를 흘끗 봤다. 2분 50초. 나는 두 번째 판을 시작했다.

첫 번째 조각이 내려가다 중간에 걸렸다. 나는 물을 벌컥벌컥 들이켠 다음 자리에서 일어나 조이 체스트넛 점프를 했다. 몸을 쭉 편 자세로 뒤꿈치를 세게 쿵쿵 굴렀다. 네 번쯤 뛰자 걸렸던 게 내려갔다. 나는 새로 한 조각을 들고 뒤집기—접기—우적—우적—우적 시스템을 다시 가동했다.

서서히 속도가 떨어지기 시작했다. 턱이 아파 왔고, 손이 마치 물속에 있는 것처럼 느껴졌다. 나는 계속 먹으면서 생각했다. 어떻게 하면 무아지경에 빠질 수 있는 거지? 슬라이더 버거 먹기 대회에서 나는 완전히 무아지경에 빠져서 기계처럼 먹을 수 있었다. 피자는 좀 더 기술이 필요한 것 같다. 한입 한입이 모두 느낌이 다르다.

마지막 한 조각을 먹을 때는 마치 넓고 기름진 골판지를 먹는 것 같았다. 씹는 것조차 너무 힘들었다. 그대로 그냥 꿀꺽 삼키려 하자, 목구멍 바로 뒤에 걸려 꼼짝도 하지 않았다. 나는 자리에서 일어나 다시 조이 점프를 했지만 이번에는 소용없었다. 나는 억지로 쿨럭쿨럭 기침을 해서 피자를 입안으로 끌어 올려 더 씹은 다음 물을 들이켰다. 그러고 나서 조이 점프를 몇 번 더 하자 피자는 그제야 식도를 타고 넘어갔다. 나는 바로 시간을 확인했다.

7분 32초.

완전히 낙담해서 나는 자리에 푹 꺼지듯 주저앉았다.

"어린 친구가 턱 놀림이 아주 빠른데."

나는 위를 올려다봤다. 멜빵바지를 입고 있던 그 노신사가 내 뒤에 서 있었다.

"그런데 속도 조절하는 연습을 좀 해야겠어."

'저도 알아요'라고 하려고 소리를 냈더니 목소리 대신 걸쭉한 트림만 나왔다.

"진짜 챔피언들은 역전승을 하지." 그가 말했다.

나는 '먹는 거에 대해 뭘 아신다고 그래요?'라고 말하고 싶었다. 하지만 마지막에 먹은 한 조각이 아직도 식도를 타고 내려가고 있었고, 그걸 게워 올리고 싶지는 않아서 아무 말도 하지 않았다.

"주문하신 거 나왔어요." 비토가 큰 소리로 말했다.

"걱정 말렴. 차차 알게 될 테니까." 노신사는 그렇게 말하고 자기가 주문한 피자를 가져와서는 내가 앉은 테이블에 피자를 놓고 바로 내 앞에 앉았다. 나는 몸을 꿈쩍도 할 수가 없어서 있던 자리에 그대로 앉아 있었다. 그는 자신의 치즈 피자를 조심스럽게 조각조각 떼어 낸 다음 일어나 화장실로 갔다. 그런 뒤 1분 후 자리로 돌아왔는데 종이타월로 꼼꼼하게 손을 닦고 있었다. 그는 자리에 앉더니 깔끔하게 다린 셔츠 깃 사이에 냅킨을 꽂고는 나를 쳐다보며 윙크했다.

나는 충동적으로 내 휴대폰을 켠 뒤 타이머를 맞추고 기다렸다. 그가 첫 번째 조각을 들자마자 시작 버튼을 눌렀다.

그는 전혀 서두르는 것처럼 보이지 않았다. 한입 한입 베어 물며 꼭꼭 씹은 다음 삼켰다. 냅킨으로 입가를 꼭꼭 눌러 닦았고 한 조각 먹을 때마다 커피도 홀짝였다. 하지만 그가 먹는 모습에는 아주 규칙적이고 기계적인 움직임이 있었다. 엄청난 양을 먹으면서도 전혀 서두르지 않았기 때문에 마치 우아한 발레를 하는 것 같았다. 보고 있자니 이상하게 기분이 편안해졌다. 나는 그가 피자 한 판을 모두 먹는 동안 계속 지켜보고 있었는데, 그 모습에 너무 도취된 나머지 그가 마지막 조각을 다 끝냈을 때 타이머를 멈추는 걸 까먹을 뻔했다. 정신을 차리고 타이머 시간을 확인한 나는 내 눈을 믿을 수가 없었다.

정확히 3분이었다. 내가 첫 번째 한 판을 먹었을 때보다 겨우 10초 더 걸린 것이다. 빨리 먹으려는 노력조차 하지 않았는데.

노신사는 만족스러운 미소를 지으며 커피를 홀짝였다. 그러고는 지갑을 꺼내 테이블에 팁을 올려 둔 다음 나를 보고 고개를 살짝 끄덕였다.

"또 보세, 비토." 그는 비토에게 인사를 하고 가게를 나섰다.

"저 사람 누구예요?" 나는 비토에게 물었다.

"에곤 벨트." 비토는 엄지를 휙 들어 올려 뒷벽에 붙은 참가자 목록을 가리켰다. "좀 전에 등록한 사람."

빵빵하게 차오른 나의 배 위로 심장이 덜컹 내려앉았다.

18
양배추

에곤 벨트!

에곤 벨트가 누군지 여러분은 모르겠지만 나는 아주 잘 알고 있다. 10년 전, 에곤 벨트는 네이선 핫도그 먹기 대회에서 4등을 했다. 그리고 아직도 10분 동안 치즈튀김 3킬로그램 먹은 기록을 보유하고 있다. 그런데 최근에는 특별히 활동을 안 해서 나는 그가 은퇴했다고 생각하고 있었다.

나는 그대로 자리에 앉아 골똘히 생각했다. 과연 내가 예선을 통과해서 결승에 나갈 수나 있을까? 벨트 씨는 내가 태어나기 훨씬 전부터 푸드 파이터로 활동한 프로다. 게다가 아저씨가 피자를 먹는 모습은 거의 즐기는 수준이었다. 입에 피자를 쑤셔 넣지도 않았고, 접어서 먹지도, 물에 담그지도, 조이 점프를 하지도 않았다. 그런 사람이 정말로 진지하게 먹는다면 얼마나 빨리 먹을 수 있는 걸까? 마음이 어지러워졌다. 내가 예선에서 벨트 씨를 이길 수 있는 방법은 없다.

나는 내가 먹은 자리에 흩어져 있는 피자 부스러기를 보았다. 그런 뒤 벨트 씨가 앉았던 자리를 보았다. 부스러기 하나 떨어져 있지 않았다.

하지만 일단 속도로는 내가 이겼다. 어쨌거나 나는 첫 번째 피자를 2분 50초 만에 끝내 버렸으니까. 게다가 내 피자는 페퍼로니였고 벨트 씨의 피자는 토핑 없는 플레인 치즈 피자였으니 어쩌면 가능성이 있을지도 모른다.

"이봐." 비토가 카운터 위로 몸을 내밀고 나를 보고 있었다. "괜찮은 거야?"

나는 고개를 끄덕였다. "그냥… 생각 좀 하고 있었어요. 에곤 벨트 씨는 배커빌에서 무슨 일 하세요?"

"할리붓 사람이야."

할리붓이라면 우리 동네에서 16킬로미터밖에 떨어져 있지 않다. 에곤 벨트가 아이오와 출신이라는 건 몰랐다.

"가끔 이 동네에 들러." 비토가 말했다.

"피자를 진짜 빨리 드시던데요." 내가 말했다.

비토는 고개를 끄덕이고 말했다. "아마 이번 대회에서 우승할걸."

순간 울컥하고 화가 치밀었다. "벨트 씨는 치즈 피자였잖아요. 전 페퍼로니 피자였는데도 제가 더 빨랐다고요." 내가 말했다.

"그래. 그렇긴 해도 너는 애써서 턱을 마구 움직여 가며 먹었잖아. 에곤은 애쓰는 기색 하나 없이 먹던걸. 그 사람, 치즈 튀긴 걸 3분 만에 10킬로나 먹었다고 들었는데."

"10분 동안 3킬로그램 먹은 거예요."

비토를 어깨를 으쓱 들어 올렸다. "어쨌든 참 대단하지 뭐야."

"그야 그렇지만, 누가 대단한지는 보면 알게 되겠죠."

에곤 벨트가 나보다 덩치도 크고 경험이 많을지도 모른다. 하지만 나에게는 우승을 해야만 한다는 절실함이 있다. 나는 테이블을 빠져나와 똑바로 섰다. 아니 '거의' 곧은 자세로 섰다. 아직도 소화가 덜 된 크러스트가 몸속을 콕콕 찔러 댔다. 비토가 다시 말을 걸었다.

"참, 이걸 주는 걸 깜빡했다." 그는 종이 한 장을 내밀었다.

종이에는 작은 글씨가 빽빽하게 프린트되어 있었다.

"이게 뭐예요?" 내가 물었다.

"참가 동의서. 네가 아직 미성년자라서 부모님 중 한 분한테 서명을 받아 와야 한다."

이건 또 뭐야. 부모님과 협상해야 할 골칫거리가 하나 더 늘어나다니.

에곤 벨트를 이기려면 준비해야 할 게 정말 많은데 남은 날은 겨우 9일뿐이다. 나는 다시 가게로 들어가 피자 한 판을 더 주문할까도 생각해 봤지만 가진 돈도 별로 없는 데다 비토의 부정적인 기운을 마주하고 싶지도 않아서 관뒀다. 피자 말고도 위의 용량을 키우고 먹는 속도를 높이는 방법은 많다. 나는 훈련에 적절한 음식을 구입하기 위해 집으로 돌아가는 길에 포시즌 마트에 들렀다.

유명한 푸드 파이터인 고바야시는 훈련할 때 커다란 포도송이를 통째로 먹는다고 한다. 조이 체스트넛은 몇 리터나 되는 우유를 마시고 주키 가라팔로는 잎이 빼곡하고 둥근 양상추를 먹는다. 내가 인터넷에서 읽어 본 모든 정보에 따르면 위를 늘리는 데 가장 효과적인 건 생양배추다.

나는 주방 조리대 위에 장 본 것을 내려놓았다. 엄마는 서재 책상에 앉아 청구서 같은 걸 보고 있었다. 그 모습을 보니 아직 엄마의 카드 청구서가 오지도 않았는데 죄책감이 밀려왔다. 나는 맬을 보러 위층으로 올라갔다. 맬은 침대 위에 드러누워 자고 있었는데 침대 모서리에 머리를 떨구고 까딱이면서 코를 골고 있었다. 나는 내 방으로 가서 컴퓨터를 켰다. 여전히 내가 올린 경매에 입찰한 사람은 없었다. 나는 누런 봉투를 열어 안에 든 주키의 핫도그와 진품 보증서를 꺼내 바라보았다. 그걸 보고 있자니 내가 지구 최고의 멍청이가 된 기분이 들었다. 잠시 그러고 있다가 다시 봉투 안에 그것들을 담아 책상 서랍에 넣어 두고 아래층으로 내려갔다.

엄마는 주방 조리대 앞에 서서 양배추 네 통을 바라보고 있었다.

"코울슬로를 엄청 많이 만들 수 있겠는데." 엄마가 말했다.

"맬은 자고 있어요." 나는 보고했다.

"네 아빠 코울슬로 싫어하셔. 웬 양배추를 이렇게 많이 사 왔어?"

"세일하더라고요. 하나도 안 드셔도 돼요." 나는 말했다.

"혹시 학교 과제 같은 걸 하려는 거니?" 엄마는 희망을 품고 물었다.

"엄마, 방학한 지 벌써 3주나 됐어요."

"설마 이걸 혼자 다 먹으려는 건 아니지?"

"저 양배추 좋아해요." 물론 거짓말이다.

엄마는 고개를 절레절레 흔들고는 주방 밖으로 나갔다. 잠시 후 뒷마당으로 난 문이 열리는 소리가 들렸다. 장미를 돌보려나 보다. 장미 돌보기는 엄마가 뭔가를 상대하기 싫을 때 하는 일 중 하나다.

나는 양배추를 마주하고 섰다. 겉껍질은 좀 거북하게 생겨서 껍질은 벗겨 내고 한 통을 여섯 조각으로 잘랐다. 그런 다음 조리대 의자에 앉아 양배추를 먹기 시작했다.

혹시 여러분이 완벽히, 극단적으로 비참한 기분을 느끼고 싶다면 피자 두 판을 먹은 다음에 생양배추를 통으로 최대한 빨리 먹어 보는 걸 추천하는 바이다.

엄마가 다시 주방으로 돌아왔을 때 나는 주방 바닥에 널브러져 누워 있었다. 바닥에 있는 나를 발견한 엄마는 조리대 위에 흩어져 있는 양배추 부스러기를 보고 다시 바닥의 나를 내려다보았다.

"데이비드, 대체 무슨 짓을 한 거니?"

"훈련이요." 나는 간신히 대답했다.

19
슈퍼팩

다음 날, 나는 슈퍼 슬라이더 햄버거 가게로 갔다. 얼굴에 여드름 자국이 난 종업원에게 주문할 것들을 잔뜩 불렀다. 이 형은 배커빌 고등학교 야구팀 멤버였던 걸로 기억한다.

"슈퍼팩 두 개랑 딸기 맛 음료 두 잔 얼음 빼고요." 그는 내가 주문한 걸 다시 불러 확인하고는 덧붙였다. "포장이지?"

"아뇨. 여기서 먹을 거예요." 내가 대답했다.

그는 눈을 끔벅이며 입을 벌리고 서 있었다. "슈퍼팩 하나에 슬라이더 버거가 25개라는 건 알고 있지?"

"네, 알아요." 나는 그에게 기프트 카드를 내밀었다.

주문한 것들이 나오기까지 10분이 걸렸다. 준비되어 나온 슈퍼팩을 테이블로 옮겼다. 그런 뒤 봉투를 열어 슬라이더 버거를 꺼내서 한 줄에 열 개씩 총 다섯 줄로 늘어놓았다. 나는 휴대폰을 꺼내 타이머를 맞췄다. 이건 마치 햄버거 지휘 본부석에 앉아 있는 기분인걸.

점화 준비 완료되었습니다.

발사!

데렉의 기숙사 사건 이후로 나는 프로나 다름없다. 왼손으로 햄버거 포장지를 벗기는 동시에 오른손으로 다른 버거를 입에 밀어 넣었다. 시작하자마자 나는 거의 곧바로 나만의 리듬을 타기 시작했다. 그리고 곧 무아지경에 빠졌다. 사람들이 나를 쳐다보고 있는 게 느껴졌지만 나는 사람들을 보지 않았다. 햄버거가 줄줄이 내 입속으로 밀려 들어왔다. 마치 씹지도 않고 꿀꺽꿀꺽 염소를 삼키는 한 마리의 비단뱀이 된 것 같았다.

모든 걸 먹어 치웠을 때 타이머는 10분 6초를 가리키고 있었고, 손님들과 직원들이 모두 내 자리를 둘러싼 채 나를 보고 있었다. 역겨워하는 사람들부터 놀라워하는 사람들까지 다양했다. 매장 매니저인 도티 씨는 나에게 다가와 자기 자신을 소개했다. 그는 키가 작고 둥글둥글한 체형으로, 밝은 노란 바탕에 빨간색과 하얀색이 엇갈린 줄무늬가 들어간 유니폼 셔츠를 입고 있었다. 그의 앞머리는 햄버거빵 색깔이랑 비슷했는데 숱이 많아 두툼했고, 본래의 자기 턱 뒤로 두툼한 이중 턱이 마치 해먹처럼 걸려 있었다. 얼굴 중앙에 오밀조밀한 이목구비가 모여 있는 모습이 그 자체로 거대한 햄버거를 연상시켰다. 그는 나에게 슈퍼 슬라이더 왕관을 씌워 주었다. 그 왜 유치원에서 밥 다 먹으면 애들한테 씌워 주는 그런 거 말이다. 나를 둘러싼 사람들에게서 박수갈채가 터져 나왔다.

햄버거 슈퍼팩이 생양배추를 통으로 먹었을 때만큼 소화장애를 일으키진 않았지만 속이 좀 불편했다. 집으로 돌아가는 길 중간쯤, 배키가 서 있는 풀밭에서 갑자기 속이 너무 부대껴 가던 길을 멈추고 잔디밭에 누워 버렸다. 나는 바로 헤이맨에게 전화를 걸었다.

"무슨 일이야?" 헤이맨이 말했다.

나는 배키의 젖통을 바라보며 끙끙댔다.

"왜 그래?"

"움직일 수가 없어. 나 좀 도와줘."

"너 지금 어딘데?"

"배키 젖통 아래."

"나 지금 씬이랑 씬네 엄마랑 같이 쇼핑몰 와 있어." 쇼핑몰이란 우리 동네에서 북쪽으로 몇 킬로미터 정도 떨어진 고속도로 근처에 있는 아울렛 매장을 말한다. "씬이 나 옷 사는 거 도와준다고 해서."

"왜?"

"씬이 새로운 스타일로 바꿔 보라잖아."

"애초에 네가 스타일이라는 게 있었냐?"

"몰라, 지금은 생겼어. 근데 왜 못 움직여?"

"10분 만에 슬라이더 버거 50개를 먹었거든." 내가 말했다.

"야! 장난 아니다. 그 정도면 기록에 올라가는 거 아니야?"

"아니야. 조이 체스트넛은 8분 만에 크리스털 103개를 먹었거든." 내가 대답했다.

"크리스털이 뭔데?"

“크리스털 버거. 슈퍼 슬라이더에서 파는 거 같은 거야. 아이오와에는 없지만.”

“너 정말 도움이 필요하긴 하냐?”

“잠깐만.” 나는 몸을 옆으로 누인 다음 손과 무릎으로 지탱해 서서히 몸을 돌려 엎드렸다. 그런 다음 배키의 젖꼭지를 부여잡고 천천히 몸을 일으켜 세웠다.

“아니. 괜찮아진 것 같아.” 내가 말했다.

“다행이네. 나 지금 셔츠 입어 봐야 되거든. 나중에 전화할게.”

“그래.” 나는 전화를 끊고 비틀거리며 집을 향해 걸어갔다. 헤이맨과 씬 사이에 대체 무슨 일이 일어나고 있는 걸까?

잘 돌아가고 있는 건 훈련뿐이다.

20
스펀지

사실 우리 부모님은 굉장히 걱정이 많은 편이다.

햄버거 가게에서 집으로 돌아온 나는 곧장 위층으로 올라갔다. 그런 다음 내 방 침대로 기어 들어가 세 시간 동안 꼼짝 않고 누워 있었다. 내가 저녁 식사도 거르겠다고 말하자 엄마는 내가 죽은 게 아닌지 확인하기 위해 2층으로 올라와 나를 살폈다.

"슬라이더 버거 먹었거든요. 그래서 배 안 고파요." 내가 말했다.

엄마는 천천히 내 쪽으로 다가오더니 말했다. "대체 얼마나 많이 먹었길래?"

물론 거짓말을 해야 한다는 건 나도 잘 안다. 하지만 나는 내가 해낸 것이 너무 자랑스러워서 그냥 솔직하게 말했고, 엄마의 얼굴에 공포와 역겨움이 섞이는 걸 보고서야 역시 실수였다는 걸 깨달았다.

한 시간 후, 부모님 두 분이 함께 내 방으로 찾아와 내 침대 양옆으로 자리를 잡고 앉아 '대화의 시간'이 도래했음을 알렸다. 나는 쿠션을 잡고 가슴에 꽉 끌어안았다. 왠지는 모르겠는데 그냥 그러면 기분이 좋다.

"네 엄마가…." 아빠가 시작했다. "너 먹는 문제 때문에 걱정이 아주 이만저만이 아니야."

"먹는 문제요?" 내가 따라 말했다.

"네가 출전하고 싶어 하는 먹기 대회 말이야."

"이미 신청했어요." 내가 말했다.

"그래. 그것 때문에 네가 스스로에게 하는 짓 좀 봐라. 햄버거 50개라니? 이게 말이나 되냐?"

"음료수도 두 잔 마셨어요." 내가 말했다.

엄마와 아빠는 나를 말없이 바라보았다.

"데이비드." 아빠는 입술을 꾹 다물고 엄마를 한 번 쳐다보더니 다시 입을 뗐다. "수천만 명의 사람들이 먹을 게 없어 굶어 죽고 있다는 사실은 제쳐 두고라도, 그렇게 음식을 몸에다 쑤셔 넣는 게 네 건강에 얼마나 위험한지 알고나 있니? 비만에 질식, 식도도 손상될 수 있고 위랑 장에도 무리가 갈 거야. 또 콜레스테롤 문제도 있고, 간이랑 신장에 부담을 주는 건 물론이고. 그 밖에도 얼마나 많은 문제가 있는지 알고 있니?"

"이번 한 번만이에요." 내가 말했다.

"한 번? 어제도 양배추 한 통을 모조리 먹어 치웠다던데."

양배추 먹기 전에 피자 두 판을 먹었다는 건 말하지 않는 게 좋을 것 같다.

"대회에 나가서 우승 한 번만 해 보고 싶어요. 아니, 두 번이네요. 4일에 있을 예선전이랑 다음 달에 있을 피고리노볼 대회요. 저 잘할 수 있어요!"

"네가 잘할 수 있는 일이라고 해서 뭐든지 다 해도 괜찮은 건 아니야. 지금 네가 끌어안고 있는 쿠션 속에 든 깃털도 먹을 수 있겠지. 그렇다고 네가 그걸 해야 한다는 뜻은 아니잖아."

"깃털 아니에요. 이거 스펀지예요." 내가 말했다.

아빠는 한숨을 내쉬었다. "데이비드, 대체 왜 이러는 거니?"

어쩌면 지금이 모든 걸 털어놓을 수 있는 절호의 기회인지도 모른다. 곧 날아올 엄마의 비자카드 청구서를 막기 위해 돈이 필요해서 이러는 거라고 털어놓는 거다. 하지만 나는 말하지 않았다. 사실 그게 대회에 나가는 이유의 전부는 아니다. 또 다른 이유는 엄청난 양의 음식을 빨리 먹는 게 내가 진짜 잘하는 거의 유일한 일이고, 그럴 때만 내가 최고가 된 기분이 들기 때문이다. 뭔가를 먹고 있을 때면 맬도, 주키의 핫도그도 또 엄마의 비자카드도 생각나지 않는다. 뭔가를 먹을 때는 온전히 음식에만 집중할 수 있고, 그러면 나머지 일은 전부 사라진 것처럼 느껴진다. 심지어 지금 같은 순간에도 커다란 햄버거 자루 속으로 뛰어들어서 부모님의 걱정을 상대하지 않을 수 있다면 얼마나 좋을까 생각한다.

"모르겠어요. 그냥 하는 거예요." 나는 대답했다.

놀랍게도 아빠는 내 대답이 논리적인 대응인 양 받아들이는 것 같았다. 이렇게 대화의 시간이 끝나나 했는데 아빠가 다시 말을 시작했다.

"네가 먹는 이런 음식들은 무슨 돈으로 구하는 거니?"

나는 슈퍼 슬라이더 기프트 카드에 대해 말했다. "그리고 저축해 둔 돈도 조금 있어요."

씬과 헤이맨의 투자금에 대해서는 말하지 않았다.

"피고리노볼 대회에서 우승하면 5,000달러나 받는다고요!"

"하지만 우승하지 못하면 한 푼도 못 받는 걸로 알고 있는데."

"2등은 1년 동안 무료로 피자를 먹을 수 있어요. 공짜 피자를 365판이나 먹을 수 있는 거죠."

엄마는 줄곧 아무 말도 하지 않고 있다가 이 말에 얼굴을 찌푸렸다.

아빠가 다시 말을 이었다. "데이비드, 네가 이걸 못 하도록 우리가 강제로 막을 수는 없어. 네 돈이고 네 몸이야. 하지만 나는 네가 시간을 좀 더 생산적인 일에 쓰라고 권하고 싶구나. 여름방학 동안 일 구하는 건 생각해 봤니?"

"대회에서 우승하는 게 제 계획이에요."

두 사람은 한 몸에 머리 두 개가 붙은 생물체처럼 서로를 마주 봤다.

"엄마랑 얘기를 좀 나눠 봤는데…." 뭐, 그러셨을 거다. "너도 알다시피, 맬을 돌보는 데 네가 아주 큰 도움이 되고 있어."

"좋아." 맬이 굳은 표정으로 내 방문 앞에 서 있었다. 맬은 우리가 말다툼하는 걸 좋아하지 않는다.

"괜찮아, 맬. 우리 그냥 얘기하는 거야." 내가 말했다.

맬은 보통 아이처럼 보였다. 진짜로 말을 할 수 있는 보통 아이 말이다. 하지만 녀석은 눈에 보이지 않는 무언가를 뚫어져라 보고 있었다. 우리는 볼 수 없는 무언가를.

잠깐 뜸을 들인 후 아빠가 물었다. "아르바이트로 맬을 돌봐 주는 건 어떨 것 같니?"

"맬을 돌봐 주는 건 지금도 하고 있는 일이에요." 내가 말했다. "우리 모두의 일이잖아요. 누나만 빼고."

"그러니까 나는 좀 더 공식적인 걸 말하는 거란다. 음… 종일제랄까? 돈을 받고 하는 거지."

"제 동생을 돌봐 주는 대가로 저한테 돈을 주신다고요?"

"개학 전까지만. 그럼 엄마도 남는 시간을 활용할 수 있을 테고."

"엄마도 일을 해 볼까 생각 중이야."

나는 깜짝 놀랐다. "네?"

"몇 주만이야." 갑자기 엄마의 말투에 활기가 돌았다. "다시 가르치는 일을 해 볼까 해. 미네소타에 있는 어학캠프에서 말이야."

"어학캠프요? 그치만… 엄마는 영어밖에 못 하시잖아요?"

엄마는 웃었다. "그래, 영어밖에 못 하지. 영어 집중 프로그램에서 이민 온 아이들에게 영어를 가르칠 거야. 멕시코, 중국, 중동… 여러 곳에서 이민을 오잖니. 이건 엄청난 기회야. 엄마는 이런 기회를 정말 오랫동안 기다려 왔단다. 하지만…." 엄마의 눈길이 맬에게 닿았다. 맬은 여전히 문 앞에 서 있었다. "그동안 할 수가 없었지."

내가 입을 열었다. "잠깐만요, 저더러 맬이랑 집 안에만 있으란 말이에요? 하루 종일?"

"좋아." 맬이 말했다.

"안 좋아!" 나는 맬이랑 하루 종일 지내는 모습을 머릿속에 떠올려 봤다. 물론 맬은 내 동생이고 나는 녀석을 사랑한다. 하지만 맬이랑 한 번에 두 시간 이상 함께 있으면 녀석이 모아 놓은 물건들과 함께 벽에 걸려 있는 기분이 들 것 같다.

"하루 종일은 아닐 거야. 내가 일하러 가 있는 동안만이야." 아빠가 말했다.

"아빠는 하루 종일 일하시잖아요!"

"일을 좀 줄일 거야."

"겨우 6주만이야." 엄마가 말했다.

"6주요? 여름의 절반이에요!"

"말했다시피, 너한테 그에 맞는 적당한 용돈을 줄 생각이야." 아빠가 말했다.

아하, 이제야 알겠다. 나는 부모님들이 쓰는 고전적인 수법에 걸려들고 만 것이다. 엄마 아빠는 우선 내가 뭔가를 간절히 원하게 만든다. 그런 뒤 나에게 그걸 주면서 동시에 엄청난 임무를 부여하며 뒤통수를 치는 것이다. 역시나, 이게 벽에 박제되는 게 아니고 뭐란 말인가.

나는 숨을 크게 들이마신 다음 내뱉었다.

"얼마나 주실 건데요?"

나의 질문에 아빠는 이 거래를 약간 무르고 싶어 하는 것 같았다. 하지만 엄마는 미소를 짓고 있었다. 이 대화에서 승기를 잡았다는 걸 이미 알고 있는 것이다.

"음…. 20달러?"

"한 시간에요?"

"하루에."

나는 생각하는 척했지만 사실 우리 모두 나에겐 선택권이 없다는 걸 알고 있었다.

"알았어요." 나는 말했다. "그치만 다음 주 토요일은 피고리노 대회 예선전이에요. 7월 4일이요."

"엄마 일은 7일에 시작해." 엄마가 말했다.

나는 몇 초간 뜸을 들인 후 대답했다. "좋아요. 대신 여기에 서명 하나만 해 주세요."

나는 비토에게 받은 동의서를 내밀었다. 아빠는 서류를 살피더니 얼굴을 찌푸렸다.

"여기에 네가 대회 도중 다치게 되더라도 우리는 아무 법적인 대응을 할 수 없다고 쓰여 있는데?"

"저 안 다쳐요." 내가 말했다.

"좋아!" 맬이 크게 외쳤다.

우리는 모두 고개를 돌려 맬을 보았다. 맬은 두 손으로 문틀을 부여잡은 채 바닥을 무섭게 노려보고 있었다.

21
피자 크러스트

다음 날 아침, 나는 10시가 되어서야 일어났다. 나는 심지어 바이바이닷컴도 확인하지 않고 아래층으로 내려갔다. 엄마가 맬을 치료교실에 데리고 가셨을 시간이다.

주방 식탁 위에 동의서가 놓여 있었다. 아빠가 서명해 준 것이다. 사실 좀 놀랐다. 어젯밤 내가 동의서를 내밀었을 때 아빠는 일단 자고 나서 보자고 하셨는데, 그건 보통 거절을 의미한다. 그런데 서명을 해 준 걸 보면 아무래도 엄마가 그 일을 간절히 원하는 것 같다.

자축하기 위해 나는 어젯밤 먹고 남은 라자냐를 먹고 소화를 위해 몇 분 쉬었다가 헤이맨의 집으로 향했다.

도착했을 때 헤이맨의 집 현관문은 활짝 열려 있었다. 배커빌에서는 그리 드문 일도 아니다. 나는 안으로 걸어 들어갔다. 주방 조리대 위에 있는 작은 텔레비전에서 아침 토크쇼 방송이 나오고 있었다. 싱크대는 설거지거리로 가득 차 있었고 아침 식사를 해 먹은 냄새가 아직 남아 있었다. 식탁 위에는 구운 베이컨 세 줄이 담긴 접시가 놓여 있었다.

나는 큰 소리로 헤이맨을 불렀다. 잠시 후 안쪽에서 꺽꺽대는 목쉰 소리가 들려왔다. 나는 베이컨이 담긴 접시를 들고 그중 하나를 질겅질겅 씹으며 거실을 가로질러 헤이맨의 방으로 갔다.

헤이맨의 방에서는 한참 동안 빨지 않은 운동화에서 나는 것 같은 냄새가 났다. 녀석은 아직도 침대에 누워 있었다.

"야, 벌써 11시야!"

"그래서?"

"그래서라니. 너 진짜 못 봐 주겠다." 나는 접시를 내밀었다. "베이컨 좀 먹어 봐."

헤이맨은 가늘게 눈을 떴다. 차갑게 식어 빠진 베이컨 두 줄을 보더니 접시를 손으로 밀쳐 내고는 이불을 끌어당겨 머리끝까지 덮었다.

"뭐가 이렇게 신났어?" 헤이맨의 목소리는 꽉 잠겨 있었다.

"신날 거 없어." 나는 녀석의 침대 발치에 앉아 두 번째 베이컨을 먹었다. "피자 먹으러 갈래?"

헤이맨은 이불을 살짝 내려 나를 빼꼼 내다봤다. "나 방금 일어났어. 아직 아침도 안 먹었다고."

"그럼 토핑으로 계란 하나 얹어 먹어."

"진심이냐?" 헤이맨이 말했다.

"내가 살게."

"그러시겠지, 내 돈으로!"

“피고리노는 11시 반에 문 열어.”

헤이맨은 한숨을 푹 내쉬더니 이불을 걷었다. 녀석은 아직도 어제 입던 청바지 차림 그대로였다. 자리에서 일어난 헤이맨은 바닥에 놓인 빨래 바구니에서 아무 티나 집어 들더니 냄새를 맡아 보고 그냥 입었다.

“새로 산 셔츠 안 입고?” 내가 물었다.

“그 옷에 피자 묻는 거 싫어.”

“보여 줘.”

헤이맨은 옷장을 열어 카우보이 스타일의 짙은 청남방을 꺼냈다. 주머니에는 진주로 된 단추가 달려 있었고 등에는 빨간색과 노란색 실로 ‘말 달리자’라는 문구가 수놓여 있었다.

나는 참지 못하고 웃음을 터뜨렸다.

헤이맨은 나를 노려보더니 셔츠를 다시 옷장 안에 쑤셔 넣었다.

“씬 말로는 이게 역설적인 거래. 하, 그게 대체 뭔 소린지.”

헤이맨이 신발을 신는 동안 나는 마지막 남은 베이컨 한 줄을 마저 먹었다.

피고리노에 도착하니 정오가 지나 있었고 나는 슬슬 배가 고파 와서 치즈 피자 세 판을 주문했다.

“그렇게 배가 고프면 그란데BLD 피자를 주문하지 그러냐.” 비토가 눈썹을 치켜올리며 말했다.

그란데BLD 피자라 하면, 단언컨대 피고리노에서 가장 미친 피자라 할 수 있다. 일반 피자가 보통의 웨딩 케이크라면 그란데BLD는 온갖 화려

한 장식으로 치장된 3단 웨딩 케이크라고나 할까.

일단 그란데BLD 피자는 말도 안 되게 두껍다. 얼마나 두껍냐면 피자에 수직으로 손가락을 꽂으면 손가락 두 마디가 쑥 들어가는데, 그게 바닥이 아니라 두 겹짜리 도우를 뚫고 들어가기 전의 깊이다. 그 두터운 도우 위에는 빨간 소스가 발려 있다. 하지만 볼 수가 없다. 왜냐, 엄청난 양의 모차렐라 치즈와 아이오와산 체다 치즈가 그 위를 덮고 있으니까. 그리고 그 위에는 200그램 이상의 이탈리안 소시지와 페퍼로니가 또 잔뜩 올라가 있다. 아직 끝이 아니다. 채 썬 피망과 양파, 버섯, 그린 올리브, 블랙 올리브, 절인 아티초크 하트가 또 한 무더기 올라가 있고 거기에 양을 가늠할 수 없을 만큼 엄청난 양의 통마늘이 올라가 있다. 믿을 수 없겠지만 아직도 안 끝났다. 그 위에 두껍게 썬 베이컨이 격자 모양으로 놓여 있고 그 한가운데에 바삭하게 튀긴 해시브라운이 둥지를 틀고 있는데 그 안에는 반숙 달걀이 자리를 잡고 있다. 그리고 (이제 정말 끝이다) 맨 위에 파슬리 가루까지 흩뿌리면 그란데BLD 피자가 완성되는 것이다!

아침, 점심, 저녁까지 한 번에 해결하고 싶다면 이 피자 한 조각이면 충분하다.

나는 이 피자를 실제로 본 적도 있고 안에 뭐가 들어가는지 전부 알고 있다. 그야 메뉴에 재료가 다 적혀 있으니까. 하지만 실제로 먹어 보려고 시도한 적은 없다. 그란데BLD는 39.95달러나 하는 데다 미리 한 시간 전에 주문해야 한다.

"아니에요." 나는 대답했다.

비토는 어깨를 으쓱하더니 내 주문을 받아 적었다.

헤이맨은 작은 사이즈의 베이컨치즈 피자를 주문했다.

"엄마가 나 먹으라고 남겨 둔 베이컨을 네가 다 먹어 버려서 주문한 거야."

우리는 자리를 잡고 앉아 피자가 나오길 기다렸다. 헤이맨은 계속 자기 휴대폰을 들여다보고 있었다.

"뭘 그렇게 보고 있어?" 내가 물었다.

"하임리히 구명법. 혹시라도 네가 먹다가 질식할까 봐서."

"네가 있어서 정말 든든하다고 내가 말했던가?"

첫 번째 피자는 순식간에 해치웠다. 2분 30초. 피자 크러스트를 물에 담가 뒀다 먹는 방법을 썼더니 속도가 확 올라갔다. 물론 맛은 정말 우웩이지만. 두 번째 피자 역시 상당히 빨리 먹을 수 있었다. 2분 46초. 그런데 세 번째 피자의 절반쯤 먹었을 때 딱딱한 크러스트 조각이 목구멍을 타고 내려가면서 옆으로 방향을 틀더니 그대로 멈춰 버렸다. 다행히 틈이 있어 코로 숨을 쉬면 공기가 드나들기는 했지만 크러스트는 딱 걸려서 옴짝달싹하지 않았다. 자리에서 일어나 제자리 뛰기를 해 봤지만 아무 소용없었다. 나는 고개를 앞뒤로 비틀며 목을 둘러싼 근육에 힘을 주어 쥐어짜 보았다. 기침을 해서 도로 게워 올려 보려고도 했지만 빵 조각은 지브롤터 바위처럼 꼼짝도 하지 않았다.

헤이맨이 걱정스러운 눈으로 나를 보고 있었다.

"괜찮아? 숨을 못 쉬겠어?"

나는 고개를 가로젓고서 컵을 들어 물을 들이켰다. 일부는 빵 조각 사이로 흘러 내려갔지만 일부는 폐 쪽으로 흘러들었다. 그 바람에 기침이 터져 나왔고 입안에서 반쯤 씹다 만 피자 조각들이 튀어나왔다. 나는 삼킬 때 쓰는 목 근육으로 빵 조각을 으깨 버리려고 안간힘을 썼다. 크러스트의 날카로운 모서리가 식도를 긁으며 내려가는 느낌이 들었지만 어쨌든 목을 누르는 느낌은 서서히 줄어들었다. 크러스트가 움직이고 있었다. 나는 다시 뒤꿈치를 높이 들었다가 아래로 힘껏 쿵, 하고 굴렀다. 그렇게 조이 점프를 세 번쯤 하자 크러스트가 부서지면서 아래로 미끄러져 내려갔다.

나는 소파 위로 그대로 주저앉았고 눈앞에 남은 네 조각의 피자를 절망적인 기분으로 바라보았다.

"너 괜찮아?" 헤이맨이 다시 물었다.

나는 고개를 끄덕였다. 그러자 목에 통증이 느껴졌다.

"정말 괜찮은 거야?"

나는 어깨를 움츠렸다. 사실 전혀 괜찮지 않았다. 나는 피자 한 조각을 집어 들어 뾰족한 끝부분을 아주 조금 베어 물고는 여러 번 씹은 다음 삼켜 보았다. 마치 뜨겁게 달궈진 부지깽이가 내 목구멍을 뚫고 지나가는 것 같았다. 나는 도로 뱉어 내려고 했는데 그러자 통증이 더 가중되었다. 나는 그대로 눈을 감고 의자 깊숙이 푹 쓰러졌다. 패배한 기분이었다.

"데이비드." 헤이맨이 나를 불렀다.

기분이 이상했다. 헤이맨은 절대 내 이름을 부르지 않는다. 그건 내가 녀석을 헤이든이라고 부르지 않는 것과 마찬가지다.

손으로 목을 만져 보았더니 겉에 손을 대는 것만으로도 아팠다.

"괜찮아?" 헤이맨이 세 번째인가 네 번째로 물었다.

"크…." 나는 입을 열었다. 목소리가 마치 유리 파편을 비집고 새어 나오는 흐느낌처럼 들렸다. 내 기분이 딱 그랬다. 나는 헤이맨을 보았다. 녀석의 까칠까칠한 턱과 걱정과 혼란이 뒤섞인 눈이 보였다. 하지만 가장 크게 다가온 것은 창피함과 고통의 밧줄에 얽어매인 나의 쪼그라든 미래였다. 내 식도는 심하게 상해 버린 게 분명했다. 나는 남은 생애 동안 죽과 부드러운 주스만으로 비참하게 연명해야 할 것이다. 거기다 성대마저 망가져 버렸으니 '크…' 소리밖에 낼 수 없게 될 것이다. 나는 맬과 마주 앉아 대화하는 모습을 상상해 봤다.

— 크….

— 좋아.

— 크….

— 좋아.

— 크….

"뭐라도 마셔 봐." 헤이맨은 자기 콜라를 내 쪽으로 내밀었다.

나는 컵을 들어 얼음이 든 차가운 콜라를 한 모금 마셨다. 나쁘지 않았다. 나는 콜라를 좀 더 마셨다.

"고마워." 여전히 컥컥거리기는 했지만 제대로 된 말이 나와서 일단 안심이었다. 나는 콜라를 조금 더 홀짝였다. 차가운 느낌이 좋았다.

"나 진짜 무서웠어." 헤이맨이 말했다.

"나도." 목소리가 한결 부드러워졌다. "그런데 목이 완전히 망가진 것 같아." 실제로 소리 내서 말하니까 그 가능성이 더 현실적으로 다가왔다.

헤이맨이 말했다. "내가 보기엔 더 먹을 공간이 없었던 것 같아. 이미 6분 동안 피자 두 판을 먹어 버렸으니까."

"6분? 진짜야?"

"6분 하고 26초."

내가 기대했던 것보다 훨씬 빨랐다. 나는 침을 꿀꺽 삼켰다. 그러자 또 다시 고통이 느껴졌고 좀 전에 내 식도가 박살 났다는 생각이 되살아났다. 피고리노볼 예선전에 참가할 기회마저 사라져 버렸다.

이제 내 인생은 끝났다.

22
피망과 아티초크

내가 올린 주키 핫도그의 경매 역시 종료되었다. 입찰자는 단 한 명도 없었다.

나는 침대에 누워 옆으로 몸을 둥글게 말고 눈을 꼭 감은 채로 목이 욱신거리는 것을 느꼈다. 나 자신에게 미안했다. 조만간 엄마의 카드 청구서가 도착할 것이다. 부모님은 다시는 나를 믿지 않으실 거고 나는 그 돈을 평생에 걸쳐 갚아 나가야 할 것이다. 아마 내가 고등학교를 졸업할 때까지 매일같이 맬을 돌보라 하실지도 모른다. 엄마와 아빠가 나와 눈을 마주치길 꺼리는 모습을 떠올려 보았다. 누나는 분명 '나는 네가 언젠가는 이렇게 사고 칠 줄 알았어'라는 표정으로 우쭐거리겠지. 그냥 이대로 잠들어서 10년 후쯤에 눈을 떴는데 모든 게 달라져 있다면 얼마나 좋을까. 그런데 이렇게 머릿속이 윙윙 울려서는 10년은커녕 한숨도 못 잘 것 같다.

침대 매트리스가 움직이는 느낌이 들었다. 누군가 온 것이다. 아마도 알피겠지. 녀석은 잠깐 내 귀를 핥은 뒤 내가 아무 반응을 해 주지 않으면 그대로 나갈 것이다.

그런데 아무 기척이 없었다. 나는 알피의 털이나 축축한 코가 만져질 거라고 생각하며 보지도 않고 뒤로 손을 뻗었는데 옷이 스쳤다. 나는 몸을 돌려 반대쪽으로 누워 눈을 떴다.

맬의 얼굴이 코가 스칠 정도로 내 얼굴 가까이에 와 있었다.

"좋아." 맬이 말했다.

나는 다시 몸을 돌려 원래의 자세로 돌아가 태아처럼 몸을 웅크렸다.

"저리 가, 맬."

"좋아." 맬은 그렇게 말했지만 방을 떠나지 않고 내 근처에서 움직이고 있었다. 곧 맬이 내 옆에 자리를 잡고 누운 게 느껴졌다. 맬의 따뜻한 숨이 뒷목에 닿았다. 뒤돌아보지 않고도 녀석이 내 자세를 그대로 따라 하고 있다는 걸 알 수 있었다. 우리는 마치 살아 있는 쌍둥이 쉼표 같았다.

"맬, 나 좀 자고 싶어."

"좋아."

그다음 순간 의식이 돌아왔을 때는 엄마가 저녁을 먹으러 아래층으로 내려오라고 우리를 큰 소리로 부르고 있었다.

우리가 아래층으로 내려갔을 때 엄마는 피자를 자르고 있었다. 수프 같은 삼키기 편한 음식을 기대했는데.

"오늘 밤은 우리 셋뿐이야." 엄마가 밝게 말했다.

식탁 위에는 우유를 붓지 않은 치리오스 시리얼이 한 그릇 놓여 있었다. 맬은 앉자마자 손으로 시리얼을 먹기 시작했다.

엄마가 입을 열었다. "그 피자 대회에서 우승하겠다는 네 의지가 워낙 확고한 것 같아서 준비했어. 이렇게 훈련을 하면 네가 좋아할 줄 알았는데."

"아… 음…. 고마워요." 나는 잔에 우유를 한가득 따라서 한 모금 마셨다. 놀랍게도 목이 아프지 않았다. 낮잠을 잔 게 도움이 된 것 같았다.

"앞으로 몇 주 동안 맬을 돌보는 일에 동의해 줘서 엄마는 정말로 고맙게 생각하고 있어, 데이비드."

엄마가 내내 너무 밝고 명랑해서 머리가 아파 왔다. 엄마가 이렇게 나랑 맬, 아빠 곁을 떠나는 게 전에 없던 최고의 일인 것처럼 행동하고 있어서 도무지 적응하기 힘들었다.

"어… 알았어요." 내가 대답했다.

"좋아." 시리얼 파편을 튀기며 맬이 말했다.

"하지만 다음 주 토요일까지는 집에 계시는 거 맞죠?"

"그럼. 다음 주 토요일까지는 있을 거야. 그래야 너도 참여할 수 있지. 그, 뭐라고 했더라?"

"예선전이요."

"그래, 예선전." 엄마는 피자를 식탁 위에 올려놓았다.

"자, 먹자! 이건 야채 피자지만 오븐에 있는 건 페퍼로니 피자야."

나는 여러 개로 나뉜 조각 중 하나를 집어 들어 끝부분을 아주 조금 베어 물었다. 그런 뒤 그걸 여러 번 씹은 다음 천천히 삼켜 보았다. 아무 문제없이 내려갔다. 나는 우유를 한 모금 마시고 나서 또 한입을 그렇게 씹어 천천히 삼켰다. 느낌이 괜찮았다! 게다가 맛까지 좋았다. 나는 아티초크 하트와 초록 피망의 맛을 새삼 다시 느꼈다. 나는 조금 더 먹어 보았다. 한입 한입 주의 깊게 꼭꼭 씹었고 피자를 한입 먹을 때마다 우유도 한 모금씩 마셨다. 엄마가 나를 쳐다보고 있었다.

"네가 이렇게 천천히 먹는 건 처음 보는 것 같아."

"맛있네요." 내가 말했다. 이제 크러스트 부분이 남았다. 크러스트는 건너뛰고 새로 한 조각을 먹고 싶었지만 한 번도 그래 본 적이 없어서 그냥 일단 베어 물고 아주 오랫동안, 영원히 그러고 있을 것처럼 씹었다. 살짝 그을린 부분에서는 쓴맛이 났다. 치즈와 소스를 먹고 나서 느껴지는 끈적함을 씻어 주는 듯한, 병 닦는 솔로 소화기관을 닦는 듯한 그 느낌이 좋았다. 나는 꿀꺽하고 삼켰다. 성공이다! 첫 번째 조각을 먹는 데 5분 가까이 걸렸다. 하지만 태어나서 먹어 본 피자 중 단연 최고의 맛이었다. 식도의 상태도 괜찮은 것 같아 나는 속도를 유지하면서 계속 먹었다. 엄마가 오븐에서 두 번째 피자를 꺼내어 조각으로 잘랐다. 나는 페퍼로니 피자 한 조각을 더 먹고 식사를 끝냈다.

엄마가 의아하다는 눈으로 나를 보았다.

"왜? 별로야?"

"아뇨, 정말 맛있어요. 근데 오늘 밤은 별로 배가 안 고파서요."

크러스트의 재앙에서는 회복되고 있는 것 같지만 또 그런 일이 생기게 할 수는 없다.

"정말 괜찮겠어? 디저트로 아이스크림이라도 먹을래?"

"좋죠." 뭐, 적어도 아이스크림이 내 목구멍을 할퀴진 않을 테니까.

엄마는 그릇에 바닐라 아이스크림을 크게 한 숟갈 떠서 담았다.

"위에 초콜릿 시럽 뿌려 줄까?"

"네." 엄마가 이렇게나 다정하게 굴다니, 이거 혹시 꿈인가?

"견과류도?"

"아뇨, 괜찮아요. 그냥 부드럽게 먹을게요."

이미 치리오스 시리얼을 다 먹은 맬은 엄마가 내 앞에 숟가락과 아이스크림이 든 그릇을 놓는 걸 뚫어져라 바라보았다. 맬은 차가운 음식을 먹는 걸 싫어하지만(녀석은 적절한 온도를 가진 음식을 좋아한다) 아이스크림에는 환장한다. 다만, 먹는 게 아니라 보는 걸 좋아한다. 나는 아이스크림을 한 숟갈 떠서 맬의 시리얼 그릇에 담아 주었다. 내가 아이스크림을 먹는 동안 맬은 자기 몫의 작은 아이스크림 덩이가 서서히 하얀 웅덩이로 바뀌어 가는 걸 지켜보았다. 아이스크림이 녹는 걸 지켜본 적이 있나? 페인트가 굳는 걸 지켜보는 것보다 아주 약간 더 재미있다. 맬은 그걸 몹시 좋아한다.

23
요거트

다음 날, 나는 훈련을 하루 쉬기로 했다. 아침에는 요거트와 바나나를 먹고 점심에는 면이 들어간 치킨수프를 먹었다. 아무리 일류 운동선수라고 해도 때때로 쉬는 날이 필요하지 않을까. 물론 내 생각이지만. 대엿새 후면 나는 괴물처럼 피자를 먹어 치워야 하기 때문에 식도가 치료될 시간을 주고 싶었다. 컨디션은 완전히 평소와 같았지만, 크러스트 생각만 하면 정신이 혼미해졌다.

컴퓨터 앞에 앉아 잠재적 경쟁자들의 대회기록을 찾아 읽어 보고 있는데 씬에게서 문자가 왔다.

우리 집으로 올 수 있어?

씬네 집은 동네에서 가장 오래된 건물 중 하나다. 빅토리아 양식으로 지은 흉물스러울 정도로 큰 3층짜리 집으로, 집의 양 끝에는 탑이 올라가 있고 처마에는 화려한 장식이 둘러쳐져 있다. 이 집은 1920년대에 어느 부유한 양곡상이 고향인 이 도시에 돌아와 지은 것으로 그가 죽고 나자 폐가가 되고 말았다. 내가 아주 어렸을 때는 빈집인 채로 판자로 막혀 있어 유령의 집이라 불리기도 했다. 그러다 씬의 아버지가 이 집을 사서 가족들과 이사 온 것이 내가 초등학교 1학년 때였다. 그때부터 지금까지 씬과 나는 줄곧 친구로 지내 오고 있다.

씬네 가족은 그 후로 쭉 집 여기저기를 다듬고 보수하고 있다. 사실 지금은 정말 좋아 보인다. 유령은 얼씬도 안 할 것 같지만 집이 너무 크기 때문에 여전히 고칠 데가 많다. 내가 도착했을 때 씬의 아버지는 긴 사다리 맨 꼭대기 단에 서서 방진 마스크를 쓴 채로 3층 창문틀의 페인트를 긁어내고 있었다.

"아저씨, 안녕하세요." 내가 인사했다.

아저씨는 나를 내려다보고는 마스크를 턱으로 끌어 내렸다.

"데이비드, 페인트 벗기는 거 도와주러 들른 거니?"

"씬 만나러 왔어요." 내가 대답했다.

"그럴 줄 알았다. 씬은 네 친구 헤이든이랑 자기 방에서 컴퓨터 도사처럼 뭘 하고 있던데. 들어가 봐라." 아저씨는 마스크를 올려 쓰고 다시 페인트를 벗기기 시작했다.

나는 집 안으로 들어가 카펫이 깔린 회전계단을 올라갔다. 계단에는 떡갈나무로 만든 거대한 난간이 세워져 있는데, 씬이랑 나는 여기서 미끄럼을 타곤 했다. 씬의 팔이 부러지기 전까지는 재미있게 놀았는데 사고가 난 이후 타고 놀지 못하도록 아저씨가 난간 위로 큰 나무토막을 세워 버렸다. 헤이맨은 우리랑 난간 미끄럼틀을 타 본 적이 없다. 왜냐하면 헤이맨의 가족이 디모인에서 배커빌로 이사 온 건 우리가 4학년 때니까.

씬의 방은 두 개의 탑 중 하나다. 나는 둥근 모양의 방은 태어나서 처음 봤다. 씬은 뚜껑이 달린 앤티크 책상에 앉아서 컴퓨터에 뭔가를 입력하고 있었다. 책상 뒤 벽에는 한국 지도가 붙어 있고, 책상 옆 벽면에는 천장까지 닿는 책장이 있다. 씬은 내가 음식을 먹는 것처럼 책을 읽는다. 헤이맨은 바닥에 대자로 누워서 엑스맨 만화책을 보고 있었다.

"무슨 일이야?" 내가 물었다.

"쟤 지금 탐정 놀이하고 있어." 그렇게 말하는 헤이맨은 저번에 보았던 '말 달리자' 청남방을 입고 있었다.

"너한테 주키 핫도그 판 사람을 알아냈는데…." 씬이 입을 열었다. "슈틀베커라는 성이 흔하지는 않잖아. 찾아보니 일리노이주의 락포드 지역에 버질 B. 슈틀베커라는 사람은 한 명밖에 없더라고. 그래서 주키 가라팔로의 자료랑 네이선 핫도그 대회 자료랑 대조를 해 봤더니 이 사람이 나왔어." 씬은 내 쪽으로 노트북을 돌렸다.

나는 노트북 화면을 보자마자 그를 단박에 알아봤다. 어깨까지 내려오는 숱이 적은 금발, 약간 몰려 있는 파란 눈, 그리고 치약 광고에서 따다가 붙인 것 같은 저 미소까지.

"저 사람, 먹깨비 엘이야!" 내가 말했다.

"맞아." 씬이 계속 말했다. "기사를 찾아 읽어 봤는데, 이 사람 딱히 좋은 평이 없더라."

먹깨비 엘이라는 예명을 쓰는 이 작자는 대회에서 악명이 높은 참가자다. 여러 대회에서 우승을 했는데, 그 어떤 참가자들보다 부정행위를 많이 한 걸로 비난을 받고 있다.

"그 먹깨비가 나한테 주키의 핫도그를 팔았다고?"

"글쎄…. 뭔가를 팔기는 했지." 씬이 대답했다.

"뭔가라니, 그게 무슨 소리야?"

"버질 슈틀베커 이 사람, 이베이에서 꽤 이력이 화려하더라고. 주로 오래된 만화책이나 기념품, 사람들이 수집할 만한 온갖 것을 팔았어. 그런데 이 사람한테 물건을 산 사람들이 내린 평점을 보면 거의 바닥이야. 아마 그래서 지금은 이베이에서 바이바이닷컴으로 옮긴 것 같아." 씬은 의자 위로 무릎을 끌어 올리더니 긴 팔로 자신의 정강이를 감싸 안았다. 그러고는 의자를 빙그르르 돌려 내 얼굴을 마주 봤다. "내가 생각을 해 봤는데, 우리가 다 같이 그 핫도그 본 날, 위에 노란 뭔가가 있다고 했지?"

"응, 머스터드 같다고 했어. 그게 왜?"

"많이 먹기 대회에서 핫도그 위에 머스터드를 뿌려 먹는 사람이 있을까?"

그 말을 완전히 이해하는 데까지는 약간의 시간이 걸렸다. 완전히 이해하고 나자, 기분이 아주 더러워졌다.

나는 가까스로 입을 열었다. "그럼 주키의 핫도그가 가짜…라는 말이야?"

"아이고, 저 얼굴 좀 봐라." 헤이맨이 모니터 속의 남자를 가리켰다. "나라면 저 사람이 1달러 지폐를 5센트에 판다고 해도 안 사겠다."

"그런데 어떻게 가짜일 수가 있지? 진품 보증서도 같이 왔잖아!" 내가 말했다.

"그래서 주키 가라팔로도 찾아보고 있어. 이 사람은 훨씬 찾기가 힘들지만." 씬이 말했다.

"주키는 미스터리에 싸인 인물이야. 주키라는 이름도 아마 가명일걸."

"진짜 이름은 제레미야." 씬이 말했다.

"그런 걸 어떻게 알아낸 거야?"

"추리 하면 나잖아. 근데 이메일이나 다른 관련 정보는 전혀 찾을 수가 없어. 심지어 자기 웹사이트도 없고. 그 사람이랑 말을 할 수 있다면 주키의 핫도그가 진짜인지 알아낼 수 있다고 생각했거든. 만약 그게 가짜라는 걸 증명할 수 있으면 너는 돈을 돌려받을 수 있을 테니까. 바이바이닷컴 규정에 보면 제대로 된 물건을 받지 못하면 환불을 받을 수 있다고 되어 있거든."

"내 돈을 돌려받을 수 있어?"

"가짜라는 걸 증명할 수만 있다면."

"위에 머스터드가 뿌려져 있잖아!" 나는 자신만만하게 소리쳤지만, 그 말을 내뱉는 와중에도 그게 충분한 증거가 아니라는 건 알고 있었다. 먹깨비는 내가 직접 머스터드를 뿌렸다고 주장할 것이고, 일단 한번 미라처럼 굳어 버린 핫도그는 다른 핫도그랑 구분할 방도가 없다. 주키 없이는 이번 일이 쉽게 풀리지 않을 것 같았다.

씬과 헤이맨은 불쌍한 듯 동시에 나를 바라보았다.

"나 아무래도 먹깨비한테 먹힌 것 같아." 내가 말했다.

24
치리오스 시리얼

예선전 전날, 나는 딜레마에 빠졌다. 금식할 것인가, 아니면 잔뜩 먹어 둘 것인가. 인터넷에는 대회 전날 아무것도 먹지 않는 게 좋다는 글들이 있었다. 엄청나게 허기진 상태로 있어야 음식이 더 빨리 위와 창자로 퍼져 나가며 다른 음식이 들어갈 공간을 쫙쫙 넓혀 줄 것이라는 이론이다. 위를 최대한 늘릴 수 있도록 대회 시작 몇 시간 전까지는 계속 먹어 두는 게 좋다는 의견도 있었다.

슈퍼 슬라이더 기프트 카드에 잔액이 조금 남아 있고, 냉장고에는 양배추도 한 통이 남아 있었다. 피자도 여러 판 살 정도로 돈은 충분한 상태다. 나는 먹어야 할지 말아야 할지 마음을 정하지 못한 채로 아침 식사를 하러 아래층으로 내려갔다. 맬은 식탁에 앉아 치리오스 시리얼을 먹고 있었다. 아빠는 이미 나가고 없었고 엄마는 서재에서 컴퓨터로 뭔가를 하고 있었다.

나는 졸린 기운이 가시지 않은 채로 냉장고를 열어 안을 살펴봤다. 요거트와 피클, 머스터드, 마요네즈, 그리고 계란과 우유가 있었다. 어젯밤 저녁으로 먹었던 생선튀김 남은 것 말고는 먹을 게 없었다. 생선튀김은 사실 별로다. 이름만 들어도 식욕이 사라질 정도니까. 그런데 맬이 그나마 먹는 유일한 단백질이 생선튀김이라서 엄마가 너무 자주 만든다. 채소 보관실에는 양배추, 샐러리, 당근, 양상추뿐 먹을 만한 게 전혀 없다. 식탁 위에는 커다란 빵 한 덩이가 놓여 있었다. 그걸로 토스트를 만들어 먹을 수는 있겠지만 별로 구미가 당기지 않았다.

나는 맬의 맞은편에 앉아 열려 있는 치리오스 시리얼 상자를 들어 내 손바닥에 한 움큼 부었다. 순간 맬은 빳빳이 얼어붙더니 내 손 한가득 담긴 시리얼을 바라보았다. 그러고는 자기 그릇에 담긴 치리오스 시리얼을 한 개 집어 입에 넣었다. 나도 그대로 맬을 따라 손에 있는 시리얼을 한 개 집어 입안에 넣어 보았다.

우리는 동시에 그것을 씹었다. 나는 맬을 보고, 맬은 내 손을 본 채로. 우리는 계속 그렇게 시리얼을 먹었다.

맬이 왜 이런 식으로 시리얼을 먹는지 알 것 같았다. 낱개의 동그란 시리얼 한 알은 특유의 바삭함과 고유한 식감을 가지고 있다. 우선 단맛이 난다. 그다음에 신맛이 났다가 약간 짠맛도 느껴진다. 그런 뒤 곡물과 밀, 귀리 맛이 끝에 남는다. 치리오스 시리얼 먹기 대회의 세계기록은 어떻게 될까. 갑자기 궁금하네.

맬과 나는 시리얼 한 통을 다 비웠다. 맬은 모험을 감행하기라도 하듯 용기 내어 내 얼굴을 쳐다보고 씩 웃더니 재빨리 고개를 돌려 버렸다.

"좋아." 맬이 말했다.

나는 컴퓨터로 주키 가라팔로가 몇 년 전에 한 인터뷰 영상을 다시 보았다. 주키는 펜실베이니아에서 열린 스크래플 먹기 대회에서 막 우승한 직후였다. 나는 스크래플이 뭔지 찾아봤다. 스크래플은 잘게 썬 돼지고기를 옥수수 가루랑 섞어서 반죽한 걸 튀겨 낸 요리다. 주키는 이 음식을 무려 4킬로그램이나 먹었다. 실로 엄청난 양이다.

"아, 이건 뭐 흐름 문제죠." 주키가 말했다. "저는 무슨 상태가 되는 거냐면, 그러니까 명상 상태가 된다고 할까. 목 넘김 근육이 R&B 노래처럼 리듬을 타는 거예요. 네. 이런 흐름이 없으면 아무것도 아니죠. 나보다 빨리 먹는 사람들도 많고, 엄청나게 큰 위를 가진 사람들도 많아요. 근데 나처럼 이렇게 흐름이 없으면 우승은 늘 내 차지죠. 왜냐면 나는, 흐름의 제왕이니까."

주키는 진짜 끝내주게 멋있다. 빡빡 민 머리에, 귀에는 여러 개의 피어싱이 달려 있고 늘 조종사들이 쓰는 선글라스를 끼고 다닌다. 언제나 청재킷을 입고 다니는데, 소매를 떼어 낸 형태라서 팔에 있는 문신이 그대로 드러난다. 그의 문신은 모두 패스트푸드 음식점 로고들이다. 맥도날드, KFC, 서브웨이, 기타 등등. 그는 팔에 회사의 로고를 새기고 그 회사로부터 광고비를 받는다.

"하지만 언제나 우승하는 건 아니지 않나요?" 진행자가 날카로운 질문을 던졌다. "조이 체스트넛이 네이선 핫도그 먹기 대회에서 3년간 우승하고 있거든요. 조이 체스트넛도 흐름을 타는 건가요?"

“하, 조이요. 그 사람은 다른 별, 아니 다른 우주에서 왔어요. 그 친구는 그러니까, 뱃속에 블랙홀이 있다니까요. 그게 다 어디로 들어가는지는 아무도 몰라요. 아마 4차원으로 빠질지도 모르죠.”

“이번 스크래플 대회에 조이 체스트넛이 참가하지 않아서 참 다행이었겠어요?”

“아 뭐, 난 누가 대회에 나오든 상관없어요. 난 그냥 먹는 게 좋아요. 무슨 말인지 알죠?”

주키는 그야말로 일류다.

아래층에서 끼익, 하는 쇳소리가 나서 나는 깜짝 놀라 벌떡 일어섰다. 이건 우편함이 열리는 소리다. 나는 엄마보다 먼저 우편물을 받기 위해 우당탕탕 정신없이 아래층으로 뛰어 내려갔다.

아차, 한발 늦었다. 내가 맨발로 달려가 미끄러지듯 도착했을 때, 엄마는 이미 우편물 다발을 들고 현관에 서 있었다. 엄마가 나를 보았다.

“데이비드, 괜찮니?”

“네.” 대답은 그렇게 했지만 속으로는 제발 그 안에 비자카드 청구서가 없기를 간절히 바라고 있었다. “우편물 온 소리가 들려서요.”

“기다리는 거라도 있어?”

“아뇨. 딱히.”

“흠, 아마 전부 청구서일 거야.” 엄마는 현관 탁자 위에 우편물 다발을 내려놓았다.

“엄마는 잠깐 좀 뛰고 와야겠다. 맬은 지금 뒷마당에 있는데 같이 있어 줄 수 있지?”

엄마가 나가자마자 나는 우편물을 훑었다. 아니나 다를까 비자카드 청구서가 있었다! 나는 그 청구서만 탁자 위에 내려놓은 다음 벽 쪽으로 살살 밀었다. 청구서는 탁자와 벽 사이의 틈으로 쏙 빠졌다. 봉투가 바닥에 떨어지며 가벼운 '톡' 소리가 났다. 이 탁자는 워낙 크고 무거워서 이 뒤까지는 아무도 청소하지 않는다. 혹시 엄마가 나중에 발견하더라도 아마 우연히 넘어간 거라고 생각하실 거다. 다음 청구서가 오기 전에 나는 피고리노볼 대회에서 우승해 있을 테니까(제발!) 엄마 카드로 쓴 2,000달러를 지불할 수 있을 것이다.

좋은 방법은 아니지만 현재로서는 이게 내가 할 수 있는 전부다. 탁자 앞에서 몸을 돌리다 나는 맬이 복도에 서서 나를 보고 있는 걸 발견했다. 내가 쳐다보자 맬은 고개를 돌렸다. 맬은 찌르레기나 까마귀의 것으로 보이는 까맣고 긴 깃털을 손에 들고 있었다.

"내일이 바로 그날이야, 맬. 응원해 줘."

맬은 깃털을 앞으로 들더니 마치 신부님이 축복을 내리듯이 깃털을 앞뒤로 흔들었다. 그러더니 쿵쿵 발소리를 내며 계단을 올라갔다. 자기 방 벽에 새로운 깃털을 붙이기 위해.

25
팬케이크

토요일, 누나가 아침을 먹으러 집에 들러서 엄마가 팬케이크를 만들었다. 누나는 훌륭한 소식을 잔뜩 안고 왔다. 우선 생물 실험에서 A를 받았고 대학 입학처에서는 직급이 올랐고 데렉이 어쩌고저쩌고…. 누나의 자랑을 듣느니 멜이 시리얼 먹는 걸 보고 있는 게 훨씬 재미있다.

나는 팬케이크를 먹는 대신 사과 주스를 종이팩째 들고 마셨다. 위에 음식이 오래 남아 있는 건 내키지 않았다. 대신 주스를 양껏 마셔서 위가 살짝 늘어나게 하고 싶었다. 대회가 오늘 정오라 위는 피자를 위해 비워 둬야 할 것 같았다.

누나는 신나게 자기 자랑을 늘어놓다가 나를 보더니 말을 멈췄다.

"우웩. 왜 팩째 들고 마시는 거야?"

"설거지 안 만들려고." 내가 대답했다.

누나는 엄마를 보았지만 엄마는 그저 싱긋 웃고는 어깨를 으쓱 들어 올렸다.

"데이비드는 오늘 대회에 나가거든." 엄마는 그래서 팩째로 주스를 마셔도 되는 것마냥 대답했다.

"대회 허락했어요?"

"데이비드도 이제 자기 일은 알아서 결정할 만큼 컸잖니." 정말 그러기라도 한 것처럼 엄마는 말했다.

나는 엄마를 안아 주고 싶었지만 당연히 그러진 않았다. 우리 가족은 서로 잘 안아 주지 않는다. 맬이 발작을 일으켰을 때만 빼고. 발작을 일으키면 우리는 맬을 끌어안는다.

"보러 와." 나는 누나에게 말했다. "직접 보면 재미있을 거야."

"데렉이 자기네 기숙사에서 있었던 일 말해 줬어. 너 로드킬당한 동물도 먹었다며."

"딱 한입이었어." 내가 말했다.

엄마는 나를 쳐다보고는 뭐라 말을 하려다 그냥 입을 닫고는 고개만 살짝 흔들었다.

"먹기 대회도 하나의 스포츠야. 이런 대회가 어떤 건지 조금만 알아도 내 말을 이해할 텐데." 내가 말했다.

"그게 역겹다는 것 정도는 알아." 누나가 말했다.

"이건 웨이트 트레이닝이나 체조 같은 엄연한 하나의 스포츠야. 인간이 몸의 한계 영역을 얼마나 확장시킬 수 있는가 하는 문제라고."

"그러시겠지." 누나가 말했다.

"누난 그냥 싫은 거지. 내가 이걸 잘하니까." 내 말에 누나는 깜짝 놀란 표정을 지었다.

"그게 대체 무슨 말도 안 되는 소리야?"

"맞잖아. 누나는 누나가 모든 걸 잘해야 직성이 풀리니까."

"나도 못하는 일 많아."

"하나만 대 봐. 먹는 거 말고. 내가 누나보다 잘하는 게 뭐가 있어?"

누나는 잠깐 동안 생각한 뒤 말했다. "네가 나보다 맬을 더 잘 돌보잖아."

"좋아." 맬이 말했다.

"그거 말고?" 내가 물었다.

누나는 마치 나를 처음 본 사람 보듯 멍하니 쳐다만 보았다.

내가 말했다.

"누난 나에 대해 아무것도 몰라. 안 그래?"

26
아침, 점심 그리고 저녁

나는 배키의 동상 아래서 헤이맨을 만났다. 아주 뜨겁고 습한 데다 바람 한 점 없었다. 우리는 젖통을 새로 칠한 배키가 만든 잔디 위의 그늘에 자리를 잡고 앉았다.

"참가자가 전부 몇 명이야?" 헤이맨이 물었다.

"마지막으로 확인했을 때는 열두 명이었어."

피고리노 피자 가게 앞 도로는 차량 이용이 통제되고 있었고 여러 명의 남자들이 그 앞에 설치된 낮은 무대 위로 긴 테이블을 옮기고 있었다. 무대는 빨강, 초록, 흰색의 이탈리아 국기로 장식되어 있었는데 무대 위에는 빨강과 초록 글씨로 번갈아 '제1회 피고리노볼 피자 먹기 대회 예선전'이라고 쓰인 현수막이 커다랗게 걸려 있었다. 피자 굽는 냄새가 후텁지근한 공기 속으로 퍼져 나갔다. 그 냄새를 맡자 속이 요동치기 시작했는데, 그게 배가 고파서인지 아니면 긴장해서인지는 알 수 없었다. 둘

다인지도 모르겠다.

"피자를 대체 얼마나 많이 만드는 거야?" 헤이맨이 말했다.

"흠, 일단 나는 최소 네 판은 먹을 거야. 다른 사람들은… 글쎄, 장담하는데 두 판도 채 못 먹을걸?"

"또 목에 걸릴까 봐 걱정 안 돼?"

"그건 어쩌다 한 번 그런 거야." 부디 그게 사실이어야 할 텐데. "크러스트가 부드럽게 넘어갈 수 있도록 충분히 물에 담그면 괜찮을 거야. 씬도 온대?"

"온다고 했어. 야, 저기 팡고네 애들 온다. 걔네도 나가는 거야?" 헤이맨은 똑같이 생긴 금발의 헐크 두 명이 걸어 내려오는 걸 가리키며 말했다. 그 뒤로 두 명의 금발 여자애들이 함께 걸어왔는데, 그 애들도 쌍둥이였다. 팡고 집안에는 쌍둥이가 둘이다. 그중 여자 쌍둥이인 테사와 트리나는 우리보다 두 학년 위인데, 배커빌에서는 거의 아이돌급 인기를 누리고 있다.

"팀이랑 토미는 출전해. 여자애들은 아니지만." 그때 낯익은 얼굴이 눈에 들어왔다.

"저기 약국 앞에 서 있는 남자 보여?"

"덩치 큰 사람?"

"응, 데렉 형 기숙사에서 봤어." 나는 손을 흔들고 소리쳤다. "후버 형! 여기요."

후버는 우리를 잠깐 동안 멍하니 보더니 이내 나를 알아보고는 얼굴을 찡그렸다. 그는 길을 건너 우리에게로 다가왔다.

"어이, 꼬맹이. 네가 안 나오길 바랐는데." 후버가 말했다.

"이 대회 아이디어 제공자가 저예요." 내가 말했다.

그는 갑자기 큰 소리로 웃음을 터뜨렸다. "어련하겠냐. 아이구, 난 네 피자가 목에 걸리기만 바라야겠다."

"얘 지난번에 피자 먹다 목에 걸렸어요." 헤이맨이 끼어들었다.

후버의 얼굴이 밝아졌다. "그럼 나한테도 희망이 있는 거네!"

"어쩌다 한 번 그런 거예요." 내가 말했다.

"야야, 그나저나 조이 체스트넛이 출전한 건 아니겠지?"

"분명 지금쯤 네이선 핫도그 대회 때문에 코니아일랜드에 가 있을 거예요." 내가 대답했다.

"아, 그게 오늘이구나! 맞네."

"네, 프로들은 전부 뉴욕에 가 있는 거죠. 그러니 여긴 우리 같은 아마추어들뿐이에요." 나는 에곤 벨트에 대해서는 말하지 않았다.

"그럼 결국 너랑 나의 싸움이겠군. 안 그래? 거인들 간의 격돌!"

"아마도요."

후버가 테이블 준비를 하는 곳으로 가고 나서, 나는 씬이 우리 쪽으로 오고 있는 걸 발견했다. 씬은 손을 흔들며 길을 건너고 있었다.

"정보 획득." 씬이 말했다.

"너 아는 거 많은 건 우리도 알아." 헤이맨이 말했다.

"아니, 정보를 알아냈다고. 네 친구 버질 슈틀베커에 대해서."

"먹깨비는 내 친구 아니거든." 내가 말했다.

"하긴, 그 사람은 친구 찾기 힘들 것 같더라. 먹깨비를 싫어하는 사람들이 엄청 많더라고. 사람들이 인터넷에 먹깨비에 대해 올린 글을 전부 찾아봤는데 장난 아니야. 근데 그게 끝이 아니야. 그 사람이 또…"

그때 무대 스피커에서 갑자기 삐—익 하는 마이크 소리가 시끄럽게 울렸다. 씬은 말을 멈췄다. 무대 쪽을 보니 파파 피고리노가 무대 위에 올라 마이크 앞에 서 있었다.

"참가자 여러분!" 그는 마이크에 대고 큰 소리로 말했다. "모두 엄, 무대로 올라와 쥬시기 바랍니다!"

"가야겠다." 나는 참가자들이 모여 있는 무대 앞으로 달려갔다.

파파는 하얀 양복을 빼입고 있었는데 거들먹거리는 걸음걸이로 무대 위를 이리저리 가로지르며 특유의 가짜 억양으로 오늘, 이 역솨적인 자뤼에, 함께할 쑤 있쉬서, 너무나 자랑스럽다는 등의 이야기를 하고 있었다. 둘러보니 아는 얼굴이 예닐곱 명 보였고 나머지는 처음 보는 사람들이었다.

후버는 맨 앞 정중앙에 있었고, 그 옆에는 쌍둥이가 있었다. 우리 학교에서 가장 덩치가 큰 제이크 그로스맨도 와 있었고 축구부 코치인 햅 하드윅 선생님도 보였다. 모두 나보다 덩치가 컸고 하나같이 굶주린 얼굴을 하고 있었다. 건물 끝 쪽에서 에곤 벨트가 다가오는 게 보였는데 그는 전혀 서두르는 기색 없이 천천히 걸어 나오고 있었다.

파파는 노란색 긴 종이를 보며 규칙에 대해 설명했다. 시작종이 울리기 전까지는 피자 상자 뚜껑을 열면 안 된다. 한 판의 피자는 모두 여덟 조각으로 잘려 있는데 10분 안에 가장 많은 조각을 먹은 사람이 우승한다. 한 조각을 완전히 먹은 것만이 인정된다. 즉, 크러스트를 남기면 안 된다. 입안에 잔뜩 물고 있는 것까지는 인정되지만 끝내는 종이 울리고 60초 안에 입안에 든 것을 모두 삼켜야 한다. 그리하지 못할 경우 실격 처리된다. '행운의 역류'가 발생할 시 자동으로 실격 처리된다. 행운의 역류가 뭐냐고? 토하는 걸 듣기 좋게 말한 거지.

규칙이 얼마나 빈틈없이 꼼꼼한지 나는 감동 먹었다. 아마 다른 대회에서 베꼈을 것이다.

종이에 적힌 규칙을 전부 읽고 난 뒤, 파파는 우리를 보고 말했다.

"모두, 이해하시겠습니꽈?"

나는 손을 들었다. "담그기 해도 되나요?"

"담그기?" 파파가 물었다.

"크러스트를 물에다 담가도 되냐고요."

파파의 표정을 보니 충격을 받은 것 같았다. "아니, 왜 파파의 이 마쉰는 바삭바삭칸 크러스트를 물에 담그려고 하지?"

"뭐, 그냥요." 아, 이놈의 입방정. 프로들이 쓰는 팁을 다른 참가자들 앞에서 떠들어 대면 어쩌겠다는 거냐.

"마음대로 하렴. 원하면 그렇게 하든지." 파파는 가짜 이탈리아 말투를 쓰는 것도 잊고 그렇게 말했다. "자, 모두 올라와서 각자 자리에 앉으세요."

참가자들은 모두 무대 위로 올라와 긴 테이블 뒤에 놓인 각자의 자리를 찾아 앉았다. 파파는 스무 명 남짓 모여 있는 관중석을 암울한 표정으로 바라보았다. 분명 이보다 열 배는 많은 사람들이 모이길 바랐을 것이다.

배커빌에서 미국 독립기념일, 즉 7월 4일이 어떤 날이냐 하면, 보통은 아무 일 없이 조용히 하루가 흘러가는 날이다. 전에는 기념 행진도 했었지만 최근 몇 년 동안은 그마저도 하지 않았다. 사람들은 모두 나들이를 가거나 바비큐를 해 먹는 등 다른 일을 하느라 바쁘다. 게다가 불꽃놀이 대회마저 배커빌에서 남쪽으로 약간 떨어져 있는 배커빌 호수로 옮긴 터였다. 파파는 이번 대회가 사람들을 끌어들일 거라고 기대한 모양이다.

구경 나온 사람들은 대부분 참가자의 친구나 가족이었다. 나도 내 전담 응원팀인 헤이맨과 씬을 눈으로 찾았다. 헤이맨은 맨 앞줄에서 팡고 집안 여자 쌍둥이들이랑 수다를 떨며 바보같이 헤벌쭉거리고 있었고 그 주위에서 여러 명의 남자애들이 어슬렁거렸다. 씬은 헤이맨 뒤로 몇 발 떨어진 곳에 서서 팔짱을 낀 채 무표정한 얼굴로 녀석을 가만히 바라보고 있었다.

나는 결국 큰 탑 사이에 낀 것처럼 팡고 집안 쌍둥이를 양옆에 두고 거의 중간쯤에 앉게 되었다. 나는 몸을 앞으로 내밀어 다른 경쟁자들은 어떻게 앉았는지 살펴봤다. 에곤 벨트는 내 오른쪽으로 두 칸 옆이었고, 그 옆으로 햅 하드윅 선생님이 앉았다. 그 두 사람만이 서른이 넘은 참가자였다. 그리고 그쪽에 세 명의 참가자가 더 있었는데, 동네에서 본 적은 있지만 정확히 누군지는 모르겠다. 내 왼쪽으로는 제이크 그로스맨, 후버, 그리고 내가 모르는 사람 둘이 더 있었다. 이렇게 열두 명의 참가자들이 모두 모였다.

비토는 철제 카트에 제일 처음 나눠 줄 피자 상자를 싣고 나왔다. 그는 참가자들 앞에 피자를 한 상자씩 내려놓았다. 상자 크기는 내가 평소 먹는 지름 40센티미터짜리보다 훨씬 컸지만 상관없다. 피자는 피자니까. 그런데 왜 한 상자씩만 주는 거지?

비토는 다시 가게 안으로 들어갔다. 피자를 더 가지고 나오겠구나 생각하고 있는데 물이 가득 담긴 플라스틱 컵을 쟁반에 받쳐 나왔다.

후버는 설마, 하는 눈빛으로 물을 바라보며 말했다. "맥주는 없어요?"

"맥쥬는 안 됩뉘다." 파파가 대답했다.

"말도 안 돼!" 후버가 말했다.

파파는 후버를 쏘아보았다. "허튼소리를 하며는, 당장에 실격 처리해 버립니돠!"

후버는 입을 다물었다.

파파는 늘어선 피자 상자를 죽 훑어보고는 상자를 조금씩 움직여 가지런히 정렬했다.

"이걸 다 먹고 나면 그다음엔 어떻게 해요?" 내가 질문했다.

"이걸 먹고도 더 먹을 수 있다고?" 파파는 놀란 목소리로 되물었다.

"조이 체스트넛은 파미글리아 피자를 10분 동안 45조각이나 먹었는데요." 내가 말했다.

"너는 조이 체스트넛이 아니잖뉘." 파파가 말했다. "그뤼고 이건 그 회사 피자도 아니고 말이야."

"저 지금 엄청 배고파요." 내가 말했다.

파파는 곰곰이 생각하더니 참가자들을 죽 훑어보았다.

"저도우 완죤 배고퐈요우!" 후버가 파파의 말투를 흉내 내며 말했다.

"거기, 똑똑칸 청년." 파파가 말했다. "이걸 다 먹을 수 있다면 새 피자를 갖다주지."

점점 더 많은 사람이 몰려들었다. 다들 어디서 나타나는지 몰라도 이제 거리의 관중은 두 배로 불어나 있었다.

파파가 마이크를 잡았다. "조아요우, 조아요우, 이쥐 빅 이벤트를 시작할 시칸이 된 것 같네요우. 지큼 이 시갹, 이 위대한 아이오와주의 전 지역에 위치한 피고리노볼에서는 세계 최고의 피자 파이터들이 세계 최고의 피자를 즐기기 위해 준비하고 있습니다. 거대한 위를 가진 전사들 중에서 한 명, 오직 단 한 명만이 세계 최고의 피자 먹기 대회인 피고리노볼 대회에 진출할 수 있습니다!" 파파는 너무 흥분해서 특유의 억양을 쓰는 것조차 잊고 계속 외쳤다. "배커빌 여러분, 이 굶주린 도전자들을 큰 박수로 맞아 주십시오!"

파파가 살짝 옆으로 비켜섰다. 관중석의 모든 사람들이 우리를 보며 박수를 치고 있었다. 나는 앞쪽에 있는 씬과 헤이맨을 보았다. 두 사람이 가까이 있는 것처럼 보이면서도 동시에 멀리 있는 것처럼 느껴졌다. 이게 무대 공포증이라는 건가? 아니면 그냥 흥분해서 그런 걸까? 내 심장이 미친 듯이 날뛰며 갈비뼈를 두들겼다. 양손은 덜덜 떨리는 게 중력마저 사라져 버린 느낌이었다.

"여러분, 준비되셨습니까!" 파파가 마이크에 대고 큰 소리로 외쳤다.

준비가 됐냐고? 모르겠다! 이 모든 상황이 비현실적으로 느껴졌다. 내가 다른 차원의 현실에서 다른 사람 몸에 들어간 건 아닐까? 잠깐만 멈춰 달라고 소리치고 싶었다. 잠깐, 잠깐만요! 다시 시간을 되돌려 줘요!

"시—작!"

나는 피자 상자의 뚜껑을 열었다. 치즈 피자가 있을 거라고 생각했는데 거기에는 아주 거대한 뭔가가 놓여 있었다. 그란데BLD 피자가!

나는 그란데BLD 피자를 바라보았다. 아침, 점심, 저녁, 하루 세끼를 한 번에 해결할 수 있는 피자. 한 가족이 먹을 수 있는 6인용 피자. 두께가 무려 6센티미터나 되는 말도 안 되게 큰 피자. 두 겹으로 된 크러스트의 가장자리는 높고 단단한 바위 절벽 같았다. 크러스트를 보는 것만으로도 목이 따끔거렸다. 피자는 두툼한 여덟 개의 조각으로 잘려 있었는데, 한가운데에는 닭을 한 마리 얹을 수 있을 정도로 큰 해시브라운 둥지가 있고 그 안에는 반숙한 달걀이 들어 있었다. 마무리는 파슬리 가루였다. 정말 그란데BLD 피자였다!

나는 고개를 들었다가 다시 테이블을 내려다보았다. 대부분의 참가자들은 BLD를 본 충격에 이걸 어떻게 공략해야 할지 몰라 뜨악해하고 있었다. 후버만 해시브라운으로 만든 둥지를 양손으로 뜯어내 신나게 먹고 있었다. 후버는 계란 노른자를 입으로 쏙 빨아 먹더니 남은 계란을 모조리 입안으로 쑤셔 넣었다. 계란 노른자가 그의 턱을 타고 흘러내렸다.

우리도 너 나 할 것 없이 모두 피자의 바다로 뛰어들었다.

해시브라운 둥지는 비교적 쉬웠다. 나는 무리하지 않고 20초 정도 만에 둥지를 끝내 버리고 첫 번째 피자 조각을 집어 들었다. 한 조각이 거의 500그램은 나가는 것 같다.

나는 뾰족한 끝부분을 거칠게 입안으로 밀어 넣은 다음 베이컨, 채소, 소시지, 크러스트가 겹겹이 쌓인 피자를 힘껏 씹었다. 맛 따위는 중요하지 않았다. 나는 모든 에너지를 씹는 데에 집중했다. 크러스트만으로도 거의 빵 한 덩이만큼이나 두꺼웠다. 잘 구워 놓은 마분지를 씹는 느낌이었다. 우적, 우적, 우적, 꿀꺽! 또다시 우적, 우적, 우적, 꿀꺽! 나의 우주가 사라지고 있었다. 나는 오직 씹고 마시는 기계가 되었다. 우적, 우적, 우적, 꿀꺽! 크러스트의 가장자리는 상온에 둔 지 일주일 지난 베이글만큼이나 딱딱했다. 나는 그걸 물컵에 담갔다 빼서 맹렬히 먹어 치웠다. 그렇게 절반쯤을 먹다가 멈춘 뒤 나는 다음에 먹을 피자 조각의 크러스트를 뜯어서 미리 물컵에 담가 두었다.

에곤 벨트는 이미 첫 번째 조각을 끝낸 뒤 새로 시작한 두 번째 조각의 피자를 입안 가득 넣고 전혀 서두르는 기색 없이 사색하는 얼굴로 씹고 있었다. 나는 왼쪽을 봤다. 후버 역시 두 번째 조각을 먹고 있었다. 내 양옆에 앉은 쌍둥이는 아직도 첫 번째 조각을 들고 씨름하고 있었다.

나는 재빨리 두 번째 조각의 안쪽을 다 먹고 크러스트까지 먹어 치웠다. 미리 물에 담가 놓는 방법이 효과가 있었다. 세 번째 조각도 똑같이 미리 크러스트를 뜯어 담가 두었다.

"5분 남았습니다!" 파파가 마이크에 대고 크게 외쳤다.

나는 다시 한번 재빨리 경쟁자들을 눈으로 훑었다. 일부는 이미 포기한 상태였다. 하지만 에곤 벨트는 마치 기계 같았다. 그는 벌써 네 번째 조각을 먹고 있었다. 후버와 나는 거의 막상막하였지만 그의 빨개진 얼굴과 당황하는 눈빛으로 봐서 후버 역시 한계에 다다랐다는 걸 알 수 있었다.

나는 다시 맹렬히 피자를 향해 돌진했다. 점점 몰입의 경지가 가까워지고 있음을 느꼈다. 다른 참가자들이나 관중들의 시선에 관한 생각이 사라지고 있었다. 나의 온 우주는 오직 양손과 입, 치아, 식도로 축소되었다. 시간이 서서히 흘러갔다. 나는 심지어 자리에서 일어나 뛰는 조이 점프조차 하지 않았다. 나의 위는 무한대로 넓어지고 있었다. 내 치아는 돌처럼 단단한 크러스트를 산산이 부숴 버리고 있었다. 식도가 열리고, 피자가 흘러 내려갔다.

마이크를 타고 나온 파파의 목소리가 혼미한 정신을 파고들었다.

"1분 남았습니다!"

나는 후버를 보았다. 그는 여섯 번째 조각을 들어 정신없이 먹고 있었지만 나와 에곤 벨트만큼 먹지는 못했다. 쌍둥이는 반이나 남은 피자를 흐리멍덩한 눈으로 바라보고 있었는데 더 먹을 의지가 없어 보였다. 햅하드윅 선생님은 이미 자리를 박차고 나간 뒤였다. 제이크 그로스맨은 침통한 얼굴을 한 채 자기 의자에 뒤로 기대어 앉아 있었는데, 끝내지 못한 세 번째 조각이 그대로 남아 있었다.

나는 일곱 번째 조각을 먹으면서 몸 안에 압력 같은 게 차오르는 것을 느꼈다. 에곤 벨트는 보일 듯 말 듯한 미소를 지은 채 의자에 기대 앉아 있었다. 수염에 기름이 좀 묻긴 했지만 여전히 깔끔해 보였다. 그의 피자 상자 안에는 BLD가 딱 한 조각 남아 있었다.

따라잡을 수 있다! 나는 미친 듯이 씹으며 크러스트를 물에 담갔다. 그런 뒤 입안에 든 걸 삼켰다. 남은 건 크러스트뿐이었다. 나는 물컵에 넣어 둔 크러스트를 꺼내 입안에 쑤셔 넣었다. 바로 그때 파파가 외쳤다.

"그만!"

에곤 벨트와 나의 눈이 마주쳤다. 나는 입안에 남아 있던 크러스트의 마지막 조각을 맹렬히 씹었다. 그런 뒤 꿀꺽! 그 순간 에곤 벨트가 나를 보며 윙크했다.

우리는 동점이었다.

27

도넛 하나, 커피 한 잔

사실 그다음 몇 분간의 기억은 흐릿하다. 사람들이 미친 듯이 소리를 지르며 박수를 치고 있었다. 파파는 내 손과 에곤 벨트의 손을 잡았고 우리는 자리에서 일어났다. 나는 금방이라도 토할 것 같았는데 에곤 벨트는 겨우 도넛 하나에 커피 한 잔 먹은 것 같은 얼굴로 미소를 지으며 관중을 향해 양손을 흔들었다. 파파가 마이크에 대고 큰 소리로 말했다.

"동점입니다, 여러분! 동점이에요! 공동 1등이 나왔습니다!"

파파의 말이 계속 이어졌지만 뭐라고 하는지 내 귀에는 하나도 들리지 않았다. 나는 그저 얼른 무대 아래로 내려가 어디에든 눕고 싶었다. 몇 시간 같은 몇 분이 흐르고 파파의 할 말이 바닥난 뒤에야 나는 단상에서 기어 내려올 수 있었다. 헤이맨이 달려와서는 내 등을 쳤다. 그러자 지진이라도 난 것처럼 내장기관이 요동치기 시작했다. 나는 초인적인 힘으로 방금 먹은 것들이 올라오는 것을 참아 냈다.

비토는 관중들에게 무료로 피자를 나눠 주고 있었다. 사람들이 입에다 피자를 욱여넣는 모습만 봐도 현기증이 났다. 나는 비틀거리며 배키가 있는 곳으로 가, 그늘진 잔디밭을 찾았다. 헤이맨과 씬은 내 양옆에서 각자 말을 걸었다. 헤이맨은 내게 진짜 대박이었다고 말했고, 씬은 나에게 괜찮은지 물었다.

"나 좀 누워야겠어." 나는 웅얼거리고서 쓰러지듯 몸을 누인 다음 쭉 폈다. 씬과 헤이맨은 걱정스러운 눈으로 나를 보았다. BLD가 내 몸 안에서 탈출하려고 몸부림치는 것 같았다. 잠시 후, 후버가 우리 쪽으로 다가왔다.

"꼬맹이, 대체 그걸 어떻게 해낸 거냐." 아쉬움과 감탄이 섞인 말투로 후버가 말했다.

"나도 몰라요." 트림을 하고 싶었지만, 그랬다가는 다른 것들까지 함께 튀어나올 것 같았다.

"나는 그 나이 든 아저씨가 너를 물 먹일 줄 알았는데, 갑자기 멈추더라. 너 운이 좋았어."

에곤 벨트. 나는 일단 몸을 옆으로 누인 다음 최대한 배가 눌리지 않도록 애쓰면서 가까스로 몸을 일으켜 세웠다. 후버가 손을 잡아 일어나는 걸 도와주었다.

"아무튼, 축하한다." 후버는 그 말을 남기고 길 건너로 가 버렸다.

"야야, 움직이지 마. 잠깐이라도 그대로 있는 게 낫지 않을까?" 헤이맨이 말했다.

"고맙다는 말 하려고."

"에이 뭘." 헤이맨이 말했다.

"아니, 너 말고 에곤 벨트 아저씨." 나는 아저씨의 존 디어 모자를 찾아 주위를 둘러보았다.

"어디 갔지?"

"피고리노 가게 뒤로 돌아가는 거 봤는데." 헤이맨이 말했다.

헤이맨과 나는 피고리노 옆으로 난 골목으로 갔다. 골목 안으로 들어서자 뒤집어진 상자 위에 앉아 있는 에곤 벨트가 보였다. 그는 약간 앞으로 몸을 숙인 채 뻣뻣하게 굳은 자세로 앉아 있었다. 두 손으로 무릎을 짚은 채 앞을 응시하고 있었는데, 마치 거기에 없는 무언가를 보고 있는 것 같았다. 그의 얼굴은 부자연스러울 정도로 창백했다.

"방해하면 안 될 것 같은데." 헤이맨이 속삭였다.

에곤 벨트가 고개를 홱 들어 올렸고 그의 눈길이 우리에게 닿았다. 아마도 헤이맨이 한 말을 들은 것 같았다.

내가 먼저 말을 걸었다. "벨트 씨?"

"응." 그가 대답했다.

"어… 그러니까 감사하다는 말씀을 드리려고요. 봐주셨잖아요."

"괜찮아." 그는 작게 트림을 한 후 말을 이었다. "규칙에는 한 조각을 다 먹어야지 반만 먹어서는 인정이 안 된다고 했다. 어차피 나도 마지막 한 조각은 다 먹을 수 없었어."

"그래도 아저씨랑 같이 먹을 수 있어서 영광이었어요."

"영광?" 들릴락 말락 한 목소리였다. 그는 한참 동안 눈을 질끈 감고 가만히 있었는데 정말 상태가 안 좋아 보였다. 얼굴이 핫도그빵 안쪽보다 더 하얘 보였고 얼굴 전체에 작은 땀방울이 송골송골 맺혀 있었다.

“이건 영광이 아니란다, 어린 친구.” 그는 잠시 뜸을 들인 후 말을 이었다. “그저 폭식과 자만심일 뿐이지.”

그는 웃으려고 했던 건지 이상한 소리를 냈는데 목에서 나온 건 결국 트림뿐이었다.

“하지만….”

“그게 다야. 자, 이제 가 봐라. 혼자 있고 싶구나.” 그는 침을 꿀꺽 삼켰다. 그의 얼굴은 전보다 더 창백해 보였다. 그의 이마에 맺힌 땀방울들이 흔들렸고, 그제야 나는 그의 온몸이 떨리고 있다는 걸 알아차렸다.

“얼른 가라니까! 내 말 들어. 넌 이 바닥이 어떤지 알고 싶지 않을 거다. 여기 있다간 못 볼 꼴을 보게 될 거야.”

나는 그가 무슨 말을 하는지 눈치채고 뒤로 주춤주춤 물러섰다. 그의 몸에 압력이 차오르고 있었다. 얼굴이 점점 부어오르더니 복부에 몰려 있던 피가 손끝, 발끝으로 퍼져 나가면서 창백했던 얼굴이 갑자기 새빨개졌다. 헤이맨도 그의 변화를 알아챘다. 우리는 뒤로 돌아 빠른 걸음으로 골목을 빠져나왔다. 잠시 뒤 우리 등 뒤에서 들려오던 소리에 대해서는 말하고 싶지 않다.

건물 앞으로 나와 보니 대부분의 구경꾼들은 떠난 상태였다. 비토는 길에 세워 두었던 라바콘을 거두고 있었고, 씬은 배키가 만든 그늘 아래서 우리를 기다리고 있었다.

"만났어?" 씬이 물었다.

"어. 그 아저씨 건물 뒤에서 역류 쇼를 하고 있더라." 헤이맨이 말했다.

씬은 얼굴을 찡그리고는 나를 봤다. "넌 괜찮아?"

"응, 좀 가라앉은 것 같아." 내가 말했다.

"아직 저기서 무료로 피자 나눠 주는 것 같던데. 너 혹시 배고파?" 씬은 씽긋 웃었다.

"아니, 별로."

"모든 일에는 다 처음이 있는 법이니까."

"난 아무래도 집에 가서 좀 쉬어야 할 것 같아." 나는 고개를 돌려 골목을 바라보았다. "아저씨도 괜찮으셔야 할 텐데. 진짜 안 좋아 보였어."

바로 그때, 에곤 벨트가 골목길을 빠져나왔다. 그는 비토를 도와 접이식 의자를 치우고 있던 파파에게로 가서 악수를 했다. 몸은 꼿꼿했고, 얼굴에는 미소가 드리워 있었다. 셔츠 깃도 정갈했고, 수염 역시 깔끔하게 빗질되어 있었다. 절대로 5분 전에 토하고 있던 사람으로는 보이지 않았다.

"살아 돌아오셨네." 헤이맨이 말했다.

"아저씨는 진정한 프로야." 나는 자랑스럽게 말했다.

28
지렁이

맬은 무릎을 꿇은 자세로 손으로 바닥을 짚어 조금씩 움직여 가며 뒷마당을 돌아다니고 있었다. 코가 얼마 전에 막 깎은 잔디에 닿을락 말락 가까웠다. 맬은 갑자기 멈추더니 마른 민들레꽃 한 송이를 집어 들어 천천히 관찰하다가 다시 원래 있던 자리로 조심스럽게 돌려놓았다. 지금까지 맬이 수집한 물건은 장미 꽃잎 한 장, V자 모양의 나뭇가지 한 개뿐으로, 둘 다 정원 테라스 가장자리에 고이 모셔져 있다. 그리고 나는 그 테라스 옆에 놓인 긴 의자에 한 시간째 앉아 있는 중이다.

맬은 도저히 인간이라고 볼 수 없을 정도로 참을성이 많다. 하지만 인간적으로 나는 견딜 수 없이 지루하다. 피크닉 테이블 아래 아무렇게나 널브러져 누워 있는 알피 역시 가까스로 지루함을 견디고 있는 중이다.

나는 아빠의 스릴러 소설 중 한 권을 골라 읽고 있다. 아빠는 엄청나게 많은 사람이 총에 맞거나 폭발로 날아가는 내용을 좋아하는데, 최첨

단 무기가 나오는 이야기를 특히 좋아한다. 실제 생활에서의 아빠는 더없이 평온한데 책 읽는 취향은 좀 잔혹한 쪽인 것 같다. 내가 지금 읽는 책은 해병대 출신의 남자가 주인공이다. 이 사람의 부인은 비밀정부의 암살조직에 의해 살해를 당한다. 그래서 주인공이 그 조직에 있는 사람들을 전부 찾아 죽이는데, 매번 다른 무기를 사용해 처단한다. 내가 62쪽까지 읽는 동안 목 졸라 죽이기 한 번, 물에 빠뜨려 죽이기 한 번, 사무라이 칼로 찔러 죽이기 한 번, 총 쏴서 죽이기 한 번이 있었고, 마지막으로 읽은 장면에서는 두 사람을 탱크로 밀어 죽였다. 아빠는 또 정치와 관련된 이야기도 좋아하는데, 이 책에도 그런 내용이 너무 많아서 나는 그 부분은 그냥 건너뛰었다. 사실 책의 내용도 내용이지만 집중이 안 되는 가장 큰 이유는 맬에게 있다. 잔디 위를 기어 다니는 맬을 보는 것 역시 지루하긴 마찬가지지만 어쩐 일인지 좀처럼 눈을 뗄 수가 없다. 최면술에 걸린 기분이랄까.

띵. 휴대폰 알림 소리에 나는 최면 상태에서 깨어났다.

뭐 해?

씬이었다. 메시지로 답할 기분이 아니라 씬에게 바로 전화를 걸었다.

"맬이 방금 나뭇가지 발견." 내가 말했다.

"대단한데. 괜찮은 나뭇가지야?" 씬이 물었다.

"훌륭한 나뭇가지야." 내가 대답했다.

"맬은 좋겠네."

"나 지금 폭력적인 살인 장면이랑 무기가 잔뜩 나오는 책을 읽고 있어."

"왜 그러고 있는데?"

"아빠 책인데 그냥 한번 읽어 보는 중이야. 너 찻숟가락으로 사람을 죽일 수 있다는 거 알아?"

"그걸로 푸딩을 잔뜩 떠먹여서 죽이는 건가?"

"아니 그게 아니라…. 아니다, 관두자. 바보 같아."

"바보 같다고 말할 수 있는 기회였는데."

"맬이 뒷마당에서 기어 다니는 거 보고 있는 중이야. 완전 재밌네. 와… 다음 몇 주간 계속 이럴 거라니 너무 기대된다."

"엄마는 언제 돌아오셔?"

"피고리노볼 대회 전날."

"훈련은 잘되고 있어?"

"쉬는 중이야." 사실, 예선전 이후로 뭔가를 먹으려고 할 때마다 에곤 벨트가 골목에서 구역질했던 소리가 생각나 식욕이 싹 사라졌다. "우리 집으로 건너와서 맬 보는 것 좀 도와줄래?"

"맬이 나뭇가지를 더 찾는다고 약속하면."

20분 후 맬은 이웃집 단풍나무에서 떨어져 날아온 나뭇잎 하나와 또 다른 신기한 모양의 나뭇가지를 주웠다. 맬의 무릎과 손바닥은 잔디 때문에 온통 초록 물이 들었고 눈빛은 점점 흐릿해졌다. 맬이 피곤해졌다는 뜻이다. 발작에 대비해 자동으로 내 정신이 또렷해졌다.

"나 왔어." 씬이 뒷문을 열고 들어왔다. "맬, 나뭇가지 계속 찾을 거야?"

맬은 빙긋 웃으며 여전히 바닥을 보고 있었다. 맬을 저런 식으로 웃게 만드는 사람은 별로 없다. 녀석은 씬을 좋아하지만 씬이 자기를 볼 때는 씬을 보지 않는다. 씬이 고개를 돌리자마자 바로 알아채고는 씬을 본다. 맬과 나는 씬이 마당을 가로지르는 걸 지켜보았다. 씬은 고양이처럼 아주 매끄럽고 유연하게 걷는다. 그래서 맬이 씬을 좋아하는 거라고 나는 생각한다. 맬은 사람들이 갑자기 움직이거나 쿵쾅거리며 다니는 걸 싫어한다. 그 때문인지 아장아장 걷기 시작하던 때부터 녀석은 줄곧 씬을 좋아했다.

씬은 테라스 난간에 줄지어 놓은 맬의 물건을 알아보았다.

"이야. 이거 멋진데, 맬." 씬의 말에서 진심이 느껴졌다.

맬은 씬이 한 말을 못 들은 것처럼 행동했지만 분명히 들었다는 걸 나는 안다. 씬은 내 옆에 놓여 있는 의자에 몸을 뉘었다. "넌 어때? 결승 때문에 긴장돼?"

"아마 시합 전에 지루해서 죽을지도 몰라. 긴장은 무슨."

씬은 빙긋 웃었다. "맬이 이렇게나 재미있게 해 주는데도?"

"넌 외동이라서 운 좋은 줄 알아."

"왜?"

"넌 늘 첫째이자 막내잖아. 나는 늘 중간에 끼여 있는 신세야. 누나에 남동생까지. 누나는 나가서 살긴 하지만 여기 올 때마다 나를 성가시고 하찮은 인간 취급해. 그리고 맬은, 봐. 같이 있어도 마치 나 혼자 있는 기분이잖아. 하지만 사생활 보장은 안 되고. 무슨 말인지 알지?"

"둘째 아이 증후군 같은 건가 봐, 너."

"진짜로 그런 게 있어?"

"몰라. 하지만 없다면 하나 있어야 할 것 같은데. 그건 그렇고, 난 여동생 있어도 괜찮을 것 같아. 남동생도 좋고."

"맬은 어때?"

씬은 진지하게 고개를 끄덕였다. "맬이라면 내가 데려가지. 얼마면 돼?"

우리는 맬을 바라보았다. 맬은 바닥에서 뭔가를 발견했는데 아마도 말라비틀어진 지렁이인 것 같다. 피크닉 테이블 아래서 그 모습을 쭉 지켜보고 있던 알피가 무엇인지 살펴보려고 총총 뛰어갔다. 맬이 알피에게 지렁이를 내밀자 알피는 킁킁 냄새를 맡더니 몸을 휙 돌려 원래 있던 자리로 돌아가 바닥에 앉았다. 맬은 다시 지렁이를 풀 위에 내려놓고 기기 시작했다.

"얼마 줄 건데?" 내가 말했다.

씬은 웃음을 터뜨렸고, 나는 헤이맨 없이 씬과 단둘이 이야기를 나눈 게 정말 오랜만이라는 걸 깨달았다. 그런 생각을 하고 있는데 대문이 열리는 소리가 들렸다.

"신사 숙녀 여러분!" 헤이맨이 활기찬 목소리로 떠들며 들어섰다.

나는 씬을 보았다.

"내가 여기 온다고 얘기했어." 씬이 말했다.

29
구운 치즈

헤이맨은 내가 더 먹길 바랐다.

"너, 대회 때의 몸 상태를 유지해야 돼." 헤이맨이 말했다.

"그러다 몸 망가지지." 씬은 그렇게 말하고는 자기 몫의 샌드위치를 한 입 베어 물었다. 나는 구운 치즈 샌드위치를 만들어서 각자에게 하나씩 주고, 맬에게는 감자칩을 한 그릇 담아 주었다. 맬은 피크닉 테이블 아래에 앉아 알피와 함께 감자칩을 나눠 먹었다.

"너는 위를 계속 늘려 놔야 한다니까. 자, 내 꺼 반 더 먹어." 헤이맨은 자기 의견을 굽히지 않았다.

"오늘은 별로 배가 안 고파."

"이래 가지고 되겠어?"

나는 어깨를 으쓱했다. "어차피 난 에곤 벨트한테 질지도 몰라."

"말도 안 돼! 그 사람은 늙었잖아. 게다가 나 너한테 투자했거든!"

"실패한 투자일지도 모르겠다."

"그런 소리 하지 마! 내 돈 가져가 놓고!"

"알았어, 알았어. 넌 빠지고 싶다는 거지? 내가 돈 돌려줄게."

"무슨 수로?"

"갚을 수 있을 때 갚을게."

"얼씨구, 한 10년 후에?"

"그만해." 씬이 끼어들었다. "데이비드도 최선을 다할 거야. 그렇지?" 씬은 나를 보았다.

"그럼."

"참, 너의 영웅인 주키 얘기 들었냐?" 헤이맨이 말했다.

"아니, 뭔데?"

"이번 핫도그 대회에서 5등 안에도 못 들었대."

그럴 리가! 네이선 대회가 며칠 전에 끝났는데도 나는 결과조차 찾아보지 않고 있었다.

"주키가 20개 먹고 나서 포기했나 봐. 그냥 자리에서 일어나서 무대 밖으로 나가 버렸어."

"분명 먹깨비한테 당한 걸 거야."

"먹깨비는 대회에 오지도 않았는데."

"그 사람은 출전 금지당했어." 씬이 말했다. "예선전이 있던 날에 내가 하려던 말이 바로 그거였어. 바지 속에 춘권을 넣은 게 걸렸대."

"핫도그 대회에서 바지 속에 춘권을 쑤셔 넣으면 규칙에 어긋나는 거야?" 헤이맨이 물었다.

"아니! 2주 전에 필라델피아에서 있었던 먹기 대회에서 그랬다고."

"정말 먹깨비답다. 근데 그게 나한테 무슨 득이 되는 것도 아니고." 나는 복도 탁자 뒤에 떨어져 있는 비자카드 청구서를 떠올렸다.

씬이 마치 내 생각을 읽은 듯 물었다. "카드 청구서 도착했어?"

나는 고개를 끄덕였다.

"어떡할 거야?"

"대회 끝날 때까지는 숨겨야지." 계획을 입 밖에 내고 보니 확실히 바보 같이 느껴졌다. 헤이맨과 씬은 또다시 나를 불쌍한 눈으로 보았다.

"친구…." 헤이맨이 말했다. "자, 어서 먹어야지."

씬과 헤이맨이 가고 나서 나는 맬을 따라 방으로 올라갔다. 맬은 장미 꽃잎과 단풍나무 잎사귀만 가지고 올라갔다. 나뭇가지들은 기준에 미치지 못한 것 같다. 나는 맬이 작업을 하도록 두고 아래층으로 내려와 주방을 치웠다. 아빠가 곧 집에 돌아오실 텐데 그때까지는 맬을 지켜보거나 나의 암울한 미래에 관해 생각하는 것 말고는 달리 할 일이 없었다.

결과는 둘 중 하나일 것이다. 하나는 내가 대회에서 우승하지 못한다, 그리고 내 인생은 끝이 난다. 또 하나는 내가 대회에서 우승을 하고 엄마의 청구서 비용을 지불한다. 하지만 내 인생은 여전히 끝이 나고 만다. 엄마 아빠가 다시는 나를 믿어 주지 않을 테니까.

누나는 언제나 완벽 그 자체고 맬은 그냥 맬이다. 하지만 나는 계속해서 실망만을 안겨 줄 게 뻔하다. 다시는 좋아하는 음식도 내 뜻대로 양껏 먹을 수 없을 것이다. 내가 그나마 잘하는 유일한 일이 먹는 것이라도 말이다.

그때 휴대폰 알림이 울렸다. 나는 헤이맨이 또 음식을 더 먹으라고 보낸 거려니 하고 무시해 버렸다. 그러자 몇 초 후 전화벨이 울렸다. 화면을 보니 데렉이었다.

"여보세요." 나는 최대한 무관심한 목소리로 전화를 받았다.

"안녕, 데이비드! 잘 지내?"

"그럭저럭이요."

"있잖아, 나한테 좋은 생각이 있어. 듣자 하니 너 예선전에서 아주 대박이었다며? 내가 볼 땐 네가 최종 우승이야."

"정확히 말하면 1등 한 거 아니에요. 에곤 벨트가 앞서 있었는데 갑자기 멈춘 거라고요."

"그건 후버한테 들었어. 그래도 그 사람은 늙었잖아. 너는 이제 막 전성기가 시작될 판이고. 야, 이런 먹기 대회 상금이 얼마나 큰 줄 알아? 난 피고리노볼 대회만 얘기하는 게 아니야. 돈을 긁어모으려면 제대로 된 관리가 필요하다고. 근데 내가 너한테 그걸 해 줄 수 있을 것 같거든. 너 조이 체스트닛이 얼마나 벌어들이는 줄 알아?"

"몰라요."

"그래서 너한테 매니저가 필요한 거야! 단순히 이기기만 하는 게 다가 아니야. 홍보해야지, 협찬도 받아야지, 사례비 챙겨야지, 네 기술로 돈을 벌 수 있는 방법이 정말 많다니까!"

데렉의 말이 하도 빨라 뭐라고 하는지는 알겠는데 말하는 의도를 이해할 수가 없었다.

"기프트 카드 같은 건 이제 필요 없어요."

“기프트 카드가 아니라 현금을 말하는 거야. 넌 나한테 돈 줄 필요 없어. 내가 네 수입에서 일정 부분을 가져가면 되니까. 일단, 피고리노볼 대회부터 시작하기로 하고 15퍼센트로 하자!”

“저기요, 형. 그만 끊을게요.”

“잠깐만, 일단 생각은 해 봐. 우린 진짜 괜찮은 팀이 될 거야.”

나는 전화를 끊었다. 데렉이 내 매니저를 한다니 어림도 없지. 나는 냉장고를 열었다. 야채칸에는 아직도 양배추가 한 통 그대로 남아 있었다. 나는 시든 겉껍질을 벗겨 내고 큼직하게 잘랐다. 그런 뒤 먹기 시작했다.

30
와플

이번 달은 '먹는 것의 달'이라고 할 만하다. '맬의 달'이라고 해도 될 것 같고.

통양배추, 큰 덩어리의 빵, 그릇 가득 담은 스파게티, 커다란 수박 한 통, 병째 들이켜는 물, 주스, 우유, 탄산음료…. 나는 하나의 입이자 원통, 그리고 '인간 양배추 처리기'다.

맬은 내가 먹는 모습을 보는 걸 정말 좋아한다. 그럴 수만 있다면 자기 방 벽에다 나를 꽂아 둘 게 분명하다.

나는 맬에게 새로운 음식을 먹이려고 시도해 보는 중이다. 모든 건 규칙의 문제였던 것이다!

사실 맬의 규칙을 알아채도록 도와준 건 헤이맨이었다. 이틀 전, 맬과 내가 점심을 먹고 있을 때 헤이맨이 우리 집에 들렀다. 나는 점심으로 먹으려고 두툼한 빵 사이에 살라미 소시지 여러 장, 치즈, 양상추, 양파를 넣어 샌드위치를 만들어 둔 채였고, 맬은 감자칩과 치리오스 시리얼을 각각 그릇에 담아 먹고 있었다. 맬은 음식을 섞지 않는다.

그때 헤이맨이 물었다.

"얘는 갈색이 아닌 건 안 먹는 거야?"

"치리오스 시리얼, 감자칩, 리츠 크래커, 생선튀김만 먹어."

"전부 갈색이잖아. 밝은 갈색. 초록색인 건 절대 안 먹어?" 헤이맨이 물었다.

"절대. 근데 피자 크러스트는 먹어. 소스가 한 방울도 안 묻어 있을 때만. 크러스트라도 탄 부분은 또 안 먹고."

"쿠키는?"

"아무것도 안 들어 있는 그냥 설탕쿠키는 먹는 거 본 적 있어. 근데 초콜릿이나 견과류 들어간 쿠키는 안 먹더라고."

"아, 그럼 밝은 갈색에다 음, 그 뭐냐, 동질의 음식만 먹는 거구나."

"동질의 음식?"

"전체가 같은 성질인 거 말이야."

"그럼 생선튀김은?"

"예외가 있다는 건 규칙이 있다는 증거지."

"말이 안 되잖아. 예외가 있다면 그게 무슨 규칙이냐?"

"맞다니까. 매운 건 어때? 고추 좋아해?"

"맬은 담백한 걸 좋아해. 바삭거리는 것도. 아마 그 소리를 좋아하는 것 같아. 대신 소리가 너무 크면 안 돼. 나초 같은 건 맬한테는 너무 시끄러운 거야."

"그럼 밝은 갈색이어야 하고 맛은 담백하고 살짝 바삭거려야 한다는 거네. 맬이 뭘 좋아할지 알겠다. 바로 와플이야!"

헤이맨의 말이 맞았다. 그날 밤 아빠가 집에 오시고 난 뒤 나는 마트로 가서 냉동 와플 한 상자를 사 두었다. 다음 날 아침, 와플 네 개를 토스터에 구워서 그중 하나를 접시에 담아 맬의 치리오스 시리얼 옆에 나란히 두었다. 맬은 와플을 못 본 것처럼 행동했다. 내가 자기를 보고 있다는 걸 알면 절대 새로운 음식을 먹어 보지 않을 게 뻔하다. 그래서 나는 등을 돌리고 조리대 앞에 선 채로 나머지 세 개의 와플을 먹었다. 내가 다시 뒤를 돌아봤을 때 맬의 와플은 사라져 있었고, 맬은 치리오스 시리얼을 보며 웃고 있었다.

그날 이후로 맬과 나는 새로운 음식을 계속 실험해 보고 있다. 지금까지 알아낸 결로는 프렌치토스트, 치리오스 외의 시리얼, 새우튀김은 안 먹는다. 하지만 맬의 메뉴에 와플이 새로 추가되었으니 나는 진전이 있다고 본다.

맬이 여덟 살 되던 해, 우리는 맬을 학교에 보내려 해 봤다. 일반학교 말고 발달장애가 있는 아이들이 다니는 특수학교였는데 결과는 완전히 참담했다. 학교에 간 맬은 비명을 멈추지 않았다.

그 이후로 우리는 맬에게 홈스쿨링을 해 주고 있다. 한 1년쯤 전에 맬은 "좋아"라고 말하는 걸 배웠다. 그 이후로 말할 수 있는 단어가 늘어난 건 아니지만 나는 맬이 똑똑하다는 걸 알고 있다. 물론 약간 다른 종류의 똑똑함이지만. 맬이 자기 방 벽에다 자기만의 작업을 하고 있을 때는 그 애가 아주 복잡한 사고를 하고 있다는 걸 알 수 있다. 하지만 바깥 세계로 나오면 사방천지에서 모든 것들이 그 애의 생각을 덮쳐 버리는 것이다.

맬을 데리고 밖으로 나갈 때는 엄청난 공이 든다. 우선 맬이 제일 좋아하는 검은색 아이오와 호크아이팀 후드티를 입혀야 한다. 섭씨 30도가 훌쩍 넘는 날씨에도 후드티는 필수다. 신발 끈은 적당히 묶어야 한다. 너무 꽉 매거나 느슨하면 나가지 않는다. 주머니에는 치리오스 시리얼을 한 움큼 넣어 주어야 한다. 그리고 또 음악이 필요하다. 맬은 음악을 좋아한다. 특히 영화 〈겨울왕국〉에 나오는 노래 중 한 곡을 굉장히 좋아한다. 장담하는데 그 곡만 만 번 이상은 족히 들었을 것이다. 맬이 그 노래를 천 번가량 들었을 때 아빠는 MP3 기능이 장착된 헤드폰을 사 주었다. 그래서 다행스럽게도 나머지 식구들이 미쳐 버리지 않고도 맬은 원하는 만큼 그 노래를 반복해서 들을 수 있게 되었다.

나는 맬의 신발 끈을 매 주었다. 그런 다음 세탁물 바구니에서 검정색 후드티를 꺼냈다. 냄새는 좀 났지만 맬은 신경 안 쓸 테니까. 그런 뒤 맬의 양쪽 주머니에 치리오스 시리얼을 부어 주었다. 맬은 헤드폰을 머리에 쓰고 자신의 전용 노래를 틀었다.

"준비됐지, 꼬맹이?"

"좋아!" 맬이 소리쳤다. 맬은 헤드폰을 쓰고 있으면 늘 목청껏 소리 높여 말한다.

알피를 집에 남겨 두고 우리는 집을 나섰다. 알피와 맬을 동시에 데리고 산책을 가는 건 불가능하니까. 알피는 집에 혼자 남아 있는 걸 좋아하지 않지만 이해해 준다.

우리는 늘 가던 대로 단지를 한 바퀴 도는 경로로 길을 나섰다. 주위에는 온통 맬의 관심을 끄는 것 천지였다. 맬은 제왕나비 날개 하나와 버드나무 잎사귀 두 개, 민들레 꽃송이 여러 개를 주웠다. 그러다 개미들이 분주하게 움직이는 개미언덕을 발견하고는 함께 잠깐 동안 그걸 구경했다. 우리는 바닥에 금이 간 곳은 절대로 밟지 않는다.

우리는 걸으며 치리오스 시리얼을 조금씩 먹었다. 닥스훈트를 데리고 산책을 나온 로즈 아주머니를 만나기도 했다. 맬은 닥스훈트의 머리를 쓰다듬었다. 맬은 개를 잘 다룬다. 단지 주위를 한 바퀴 도는 데에는 30분 정도 걸린다.

그렇게 산책을 마치고 집 근처까지 왔는데, 맬의 행동이 조금씩 이상해지기 시작했다. 마치 걷는 법을 까먹은 것처럼 불규칙적으로 걸었다. 양손은 주먹을 꽉 움켜쥐고 있었다. 숨소리가 점점 커지기 시작했다.

"꼬맹아, 우리 집에 거의 다 왔어." 내가 말했다. 맬, 조금만 더 참아다오. 백 걸음 정도만 더 가면 되는데…. "맬, 1분이면 도착해. 우리 가서 벽에다 주워 온 거 붙이자, 응?"

맬의 얼굴이 굳어 가기 시작했고 앙다문 이 사이로 가까스로 들이쉬고 내쉬는 숨소리가 점점 거칠어졌다.

"다 왔다니까, 맬! 오늘 산책 재미있었어, 그치? 아까 우리 개미도 봤잖아. 강아지도 쓰다듬어 주고 나뭇잎도 여러 개 찾았지? 자, 조금만 참아, 꼬맹아. 알피가 우리 기다리고 있어. 가서 와플 더 먹을까? 좋지?"

우뚝, 맬이 갑자기 멈춰 섰다. 맬은 두 주먹을 몸 옆에 딱 붙인 채로 그 자리에 꼼짝 않고 서 있었다. 발작을 일으키기 직전의 에너지로 몸 전체가 부들부들 떨리고 있었다.

"아, 이런. 맬, 꼭 이래야 돼?"

맬의 비명이 시작되었다.

나는 뒤에서 맬을 끌어안고 두 팔에 힘을 주었다.

맬이 울부짖으며 악을 써 댔다.

"맬, 괜찮아. 집에 거의 다 왔다니까."

맬은 계속해서 비명을 질렀다. 온 힘을 다해 날뛰고 미친 듯이 발을 구르며 내 정강이를 걷어찼다. 우리는 휘청거리다 존스톤 씨네 잔디밭으로 쓰러졌다. 나는 여전히 온 힘을 다해 맬을 꼭 끌어안고 있었다. 왜냐하면 그것 말고는 뭘 해야 할지 알 수 없었으니까. '이번 건 정말 너무 심하다.' 그런 생각을 하고 있는데 맬의 머리가 날아와 내 턱을 강타했다. 그냥 손을 놔 버리고 싶었지만 그럴 수는 없었다. 혹시라도 손을 놓으면 맬은 달려 나갈 것이고, 나는 달려가는 맬을 따라잡을 자신이 없으니까.

나는 등이 바닥에 가도록 돌아누웠고, 맬은 내 위에 올라탄 채로 마구 발을 휘둘러 나를 걷어차면서 쉬지 않고 비명을 질렀다. 그러다 내 머리가 맬의 헤드폰을 건드려 헤드폰이 바닥으로 떨어졌다. 몇 초 후, 나는 헤드폰에서 아무 소리도 나지 않는다는 걸 알아챘다. 음악이 나오지 않고 있다. 배터리가 바닥난 것 같았다. 그래서 발작을 일으킨 것이다.

나는 노래를 부르기 시작했다. 노래를 잘하는 편은 아니지만, 〈겨울왕국〉에 나오는 '렛 잇 고'만은 이미 수천 번을 들어 봐서 완벽히 기억하고 있었으므로 나는 최선을 다해 노래를 불렀다. 1절이 다 지나도록 아무런 변화가 없었다. 맬은 여전히 자기 머리로 내 어깨를 힘껏 들이받으면서 격렬히 내 다리를 걷어찼다. 그나마 신발 양쪽이 모두 벗겨져 있어서 다행이었다. 나는 계속 노래를 불렀다. 맬을 끌어안고 노래를 하면서, 내 안의 또 다른 나는 맬이 참 부럽다는 생각을 하고 있었다.

그래, 뭐. 맬이 발작을 일으키기는 하지만 일주일에 두세 번뿐이고 그렇게 오래가지는 않는다. 하지만 맬은 절대로 지루해 보이는 법 없이 언제나 자기가 뭘 해야 하는지를 알고 있지 않은가. 게다가 맬에게는 자기를 돌봐 주는 나와 엄마, 아빠가 있다. 혹 맬이 머리로 내 입을 들이받아 내 이가 몽땅 빠지더라도, 맬을 비난하거나 죄책감을 가지라고 할 사람은 아무도 없다. 왜냐하면 맬은 그냥 맬이니까. 엄마는 맬이 언젠가는 분명 말을 할 거라고 굳게 믿고 있지만, 설령 그러지 않더라도 우리는 언제나 맬을 사랑할 것이다. 맬에게 화를 내는 건, 달을 향해 고함을 치는 것과 마찬가지다.

어떤 면에서 맬은 천하무적이다. 늘 면제받고, 아무런 책임을 지지 않아도 되니까. 그런데 나는 남의 집 잔디밭 위에서 정강이를 신나게 걷어차이고 날아오는 머리에 턱을 받히며 뒹굴면서도, 내가 싫어하는 영화에 나온, 역시 좋아하지도 않는 노래를 불러야 한다. 그럼에도 나는 맬을 안고 있는 팔을 절대로 풀 수 없다. 왜냐하면 이 아이는 맬이고, 나는 나니까. 나는 맬이 죽도록 부러웠다.

2절의 중간쯤을 부르고 있을 때 맬의 비명이 멈추었고 몸에서 힘이 빠지는 게 느껴졌다. 마치 누군가가 스위치를 누른 것 같았다. 나는 계속 노래를 불렀다. 이제 맬은 울기 시작했다. 발작이 일어난 후에는 종종 흐느끼거나 몸을 떨기도 한다. 노래가 끝이 났고 나는 처음부터 다시 부르기 시작했다.

“좋아.” 맬이 말했다.

나는 아주 천천히 맬을 풀어 주는 동시에 혹시라도 또 날뛰면 붙잡을 태세를 취했다. 맬은 이제 괜찮아진 것 같았다. 나는 주위를 둘러보고 흩어져 있던 맬의 신발과 헤드폰을 주웠다. 이 망할 배터리 같으니라고. 존스톤 아주머니는 창문으로 우리를 내다보고 있었다. 길에는 차 한 대가 멈춰 서서 우리를 쳐다보고 있었다. 알 체이슨이라는 아저씨로, 옆 동네에 사는 은퇴한 농부다.

“너네 괜찮은 거냐?” 아저씨가 물었다.

“네, 괜찮아요.” 내가 대답했다. 맬의 얼굴 위로 눈물이 흘러내리고 있었다. 나는 맬의 어깨에 가볍게 내 손을 둘렀다. “그냥 살짝 발작이 있던 거예요.”

아저씨는 고개를 끄덕이고는 차를 출발시켜 떠났다. 그는 맬에 대해 알고 있다. 배커빌에 사는 모든 사람이 맬에 대해 알고 있다.

31
완탕

그날 밤 아빠는 중국요리를 포장해 오셨다. '제너럴 조'라는 식당의 닭요리와 완탕이었다. 나는 와플을 토스터로 구워 맬에게 주고 나서 아빠에게 맬의 발작에 대해 이야기했다. 그게 어떤 건지 아빠는 잘 알고 있어서 고개를 끄덕이며 내 이야길 들었다. 맬의 발작이라면 우리 가족이 벌써 수년째 겪고 있는 일이다.

"정말 똑똑하게 대처했구나." 아빠가 말했다. "노래 불러 준 거 말이야."

"고마워요." 나는 그렇게 말했다. 똑똑하다는 말은 내가 자주 들을 수 있는 말이 아니다.

맬은 와플을 다 먹고 나서 서재로 향했다. 아마 몇 번을 봤는지 셀 수도 없을 만큼 보고 또 본 〈겨울왕국〉을 보러 가는 걸 거다. 나는 내 포춘쿠키를 열어 보았다.

"용기 없는 자에게는 기회도 없다? 기회라면 벌써 며칠 전에 한 번 거절했는데.” 내가 말했다.

“그래? 어떤 거였는데?”

“데렉이 제 매니저를 하겠다고 했어요.”

“브리짓 남자 친구?”

“네. 전문적인 대회에서는 돈을 엄청나게 벌 수 있다면서요.”

“물론 거절했겠지? 부디 그랬길 바란다.”

“저는 딱히 매니저가 필요 없을 것 같아서요. 게다가 그 형 좀 짜증 나는 데가 있어요.”

아빠는 싱긋 웃었다. “데렉이 그런 면이 좀 있지.”

“맬도 그 형 싫어해요.”

아빠는 고개를 끄덕였다. “가끔 난 맬이 말로 할 수 있는 것 이상을 알고 있다는 생각이 들어. 너도 알겠지만 우리는 정말 운이 좋은 거란다. 맬은 그 애랑 비슷한 상황의 아이들과 비교하면 얼마나 쉬운 아이인지 몰라. 아빠 직장 친구 아들 중에 앤드류라고 열세 살짜리 애가 있는데, 그 애도 자폐증이야.”

나는 아빠가 정확히 그 단어를 쓰는 걸 듣고 깜짝 놀랐다. 우리 식구들은 보통 그 단어를 쓰지 않는 데다가 엄마는 심지어 싫어하기까지 한다. 맬의 주치의가 맬에게 자폐증이라는 진단을 내렸고, 엄마도 자폐증에 대해 알고 있으며, 자폐증에 대한 책을 책장 빼곡히 가지고 있으면서도 엄마는 그 말을 직접 쓰지는 않는다.

“어떤 면에서 보면 앤드류가 맬보다 더 발달 상태가 좋다고 할 수 있어. 말을 할 수 있으니까. 하지만 앤드류는 5분 이상을 혼자 둘 수가 없단다."

"왜죠?"

"자해를 하거든. 그 아이는 짜증이 나면 자기 머리를 벽에 들이받고 물건을 부숴. 그런 일이 매일 일어난다고 해. 그에 비하면 맬이 벌이는 일은 무난하지."

"그 사람들도 맬을 직접 겪으면 절대로 무난하다고 생각하지 않을걸요."

"그야 그렇지."

"맬이 말을 할 수 있다면 우리한테 뭐가 잘못됐는지 말해 줄 수 있을 텐데요. 우리가 고칠 수도 있고요."

"오늘 오후에 네가 노래를 불러서 맞춰 준 것처럼 말이지."

"맬의 신경을 건드린 게 뭔지 우연히 찍어서 맞혔을 뿐이에요."

"훌륭한 추측이었어."

"엄마는 늘 맬에게 뭐든 가르쳐야 한다고 말씀하시잖아요. 이렇게 행동하게 해라, 해도 괜찮은 게 뭔지 알려 줘라, 숟가락 쓰는 방법도 알려 주고 신발 끈 묶는 법도 가르쳐 줘라…. 그런데요, 실은 우리가 맬에 대해 배우고 있는 거예요. 맬에게 맞는 게 뭔지 알아 가면서요. 우리가 맬의 규칙을 배워야 하는 거죠."

"맬의 규칙이라." 아빠가 천천히 고개를 끄덕였다. "그 말 마음에 드는데."

"맬이 세상을 보는 눈은 우리랑 달라요."

"맬의 자폐증이 그 아이가 세상을 보는 방식이라는 뜻이니? 그리고 그걸 우리한테 가르치려는 거고?"

"오늘은 헤드폰 배터리는 반드시 충전해 둬야 한다는 걸 가르쳤죠."

아빠는 웃었다. "톡톡히 배웠나 보구나." 아빠는 나를 향해 말했다. "그건 그렇고 너는 어때?"

나는 어떠냐고? 나는 그 질문에 깜짝 놀랐다.

"괜찮아요. 대회 준비하며 지내고 있어요. 맬이 도와주거든요."

"맬이 도와준다고?"

"제가 연습하는 걸 지켜봐요. 썩 내키지 않는 음식을 먹을 때면 관중이 있는 편이 더 좋거든요. 제가 양배추 두 통을 먹을 때 지켜본다든가 하는 거예요."

아빠는 얼굴을 찌푸리지 않으려고 무척 애를 쓰는 것 같았는데 쉽지 않아 보였다.

"양배추 두 통을 먹었다고?"

"위를 늘리는 데 효과적이거든요."

"데이비드, 이 대회가 너한테 중요한 건 알아. 하지만 조심해야 돼. 네가 그렇게 장기에 무리를 줬다는 말을 들을 때마다 걱정이 되는구나."

"일시적인 거예요. 조심해야 한다는 것도 다 공부했고요."

"인터넷으로 했겠지. 분명."

"인터넷에도 좋은 정보 많아요. 저는 전구 알이나 고철 같은 걸 먹는 정신 나간 짓은 안 해요."

"그렇지만 양배추 한 통을 통째로 먹는 건 좀…." 아빠는 고개를 가로젓더니 한숨을 내쉬었다. "그냥 농구공 같은 거면 얼마나 좋냐."

"농구공을 왜 먹어요?"

"먹으란 말이 아니라…."

아빠는 잠시 뭔가를 생각하더니 말했다. "예전에 내 특기가 뭐였는지 아니? 알리야."

"알리요? 스케이트보드 묘기?"

"응. 고등학생 때 나는 디모인에서 가장 높이 알리를 할 수 있었어. 피크닉 테이블 높이 정도는 그냥 뛰어오를 수 있었지."

아빠는 충격받은 내 얼굴을 보고 활짝 웃었다. 나는 아빠가 스케이트보드를 탔다는 사실도 전혀 몰랐던 것이다. 거기다 알리는 정말 어려운 기술이다. 알리를 제대로 구사하면 보드를 띄워서 보도블록 난간, 혹은 그보다 높은 곳까지도 올라갈 수 있다. 알리를 하는 걸 보면 발이 꼭 보드에 달라붙어 있는 것처럼 보이기까지 한다. 참고로 나는 한 번도 성공한 적이 없다.

"프로가 되는 게 내 꿈이었어. 그런데 법원 앞 계단에서 360도 킥플립을 하다 양쪽 손목이 부러졌지."

"그래서 관두신 거예요?"

"손목이 낫고 나서 다시 보드를 타 봤지만 감각을 잃어버렸어. 더 어려운 기술을 시도하는 게 겁이 나더라고. 그래서 스케이트보드 스타가 되겠다는 꿈을 접고 대학에 갔단다."

아빠는 활짝 웃고서 어깨를 으쓱 들어 올렸다. "어쨌든, 뭔가를 잘할 때 어떤 기분인지는 아빠도 잘 알아. 일단 최고가 되고 나면 다른 건 아무것도 하고 싶지 않게 되지."

32
더 많은 치리오스 시리얼

그렇게 하루하루가 지나갔다. 나와 맬의 생활에는 일정한 패턴이 생겼다. 맬은 틀이 정해져 있는 걸 좋아한다. 우리는 매일 함께 동네를 산책했는데, 배터리가 바닥나거나 발작이 일어나는 일은 다시는 벌어지지 않았다. 맬은 자기만의 규칙을 좀 더 자세히 가르치고 있는 중이다. 그게 주로 지루함에 대한 것이라는 게 문제랄까.

대부분 '워'라는 카드 게임(영미 지역에서 주로 어린아이들이 많이 하는 카드 게임으로, 기본적으로 숫자의 높고 낮음을 겨룬다 – 옮긴이)을 지루하다고 생각할 것이다. 맬은 자기가 만든 카드 게임으로 나에게 새로운 차원의 지루함이 뭔지 가르쳐 주었다. 이름하여 '좋아'라는 게임인데, 테이블에 올려 둔 카드 더미에서 번갈아 가며 카드를 뒤집다가 얼굴이 그려진 카드가 나오면 함께 "좋아"라고 말한 뒤 치리오스 시리얼 한 개를 먹는 것이다. 게임을 시작하고 30분이 지난 시점에서 나는 혹시라도 내가 게임을 그만

두면 맬이 발작을 일으킬 것인지 세심히 관찰했다.

나는 카드의 진짜 이름을 말하는 식으로 살짝 변화를 시도해 봤다. 카드를 뒤집자 하트 모양의 잭(J)이 나와서 나는 이렇게 말했다. "하트 잭."

맬은 딱히 신경 쓰지 않았다. 그런데 내가 다이아몬드 킹(K)을 뒤집고 "스페이드 퀸(Q)"이라고 말하자 맬의 아랫입술이 비죽 나오고 눈 주위가 경직되는 게 느껴졌다. 나는 그만두었다. 확실한 건 맬의 규칙 중 하나는 반드시 원래 카드 이름대로 불러야 한다는 것이다. 맬이 카드의 이름을 알고 있다는 게 놀라웠다.

현관 벨이 울리면서 나의 감옥살이에 잠시 자유의 바람이 불었다. 헤이맨이 찾아온 것이다. 아니, 헤이맨인 건 맞는데 렌즈가 엄청 커다란 선글라스를 쓰고 있어서 다른 사람처럼 보였다.

"내가 맞혀 볼게. 다니엘 헤니?"

"비슷했어." 헤이맨이 말했다. "하지만 정답은 레지널드 사이먼 맨코스키야."

"신분 위장용 이름이야?"

"레지널드는 우리 할아버지야. 할아버지 물건을 좀 찾아봤거든. 백내장 때문에 늘 이 선글라스를 쓰셨지. 일반 안경 위에 덮어쓸 수 있어서 좀 커." 헤이맨은 모자를 살짝 기울였다. "이 모자도 할아버지 꺼. 어때?"

"잘 어울려."

"멋있는 넥타이도 몇 개 있었어. 나 이미지 변신을 좀 해 볼까 봐. 60년대 스타일로."

"씬한테 허락은 받았고?"

"이따가 들러서 보여 주려고."

"그러시겠지." 녀석의 자유로운 생활을 보고 있자니 억울한 기분이 들었다. 어떤 날은 집에 묶여 있어야 하는 게 정말 싫다. 사실, 매일이 그렇지만.

"무슨 일 있어?" 헤이맨이 물었다.

"딱히."

"좋아." 맬이 말했다. 맬은 아직 카드를 손에 든 채로 카펫 위에 앉아 있었다.

"안녕, 맬!" 헤이맨이 말을 걸었다. "잘 지냈어?"

"좋아." 맬은 고개를 들어 헤이맨을 바라보았다. 이럴 수가! 맬이 고개를 돌리지 않고 얼굴을 정면으로 바라보다니!

"맬, 카드놀이 하는 거야?"

"새로운 게임이야." 나는 규칙을 설명했다. "너도 같이할래?"

"어… 아니. 괜찮아. 그냥 내 새로운 스타일을 보여 주려고 잠깐 들른 거야."

"지난주에 맬이 엄청 심한 발작을 일으켰어." 왜 이런 말을 녀석에게 하고 있는 걸까? 아마도 내가 지금 겪고 있는 고충을 알아주길 바라는 거겠지. 헤이맨은 맬이 발작을 일으키는 걸 실제로 본 적이 없어서 그게 어떤 건지 정확히는 모른다.

"갑자기 헤드폰 소리가 죽어 버렸거든. 그랬더니 존스톤 씨네 집 바로 앞에서 완전 정신줄을 놔 버렸지."

"아직도 그 똑같은 노래를 계속 듣는 거야?"

"응. 녀석이 받아들이는 건 그게 유일하니까."

"아하, 자기가 좋아하는 노래가 있는 거구나. 알겠다."

'아니, 넌 몰라.' 나는 그렇게 말해 주고 싶었다.

"어떤 음악이냐보다는 방음이 중요한 것 같아."

헤이맨이 못 알아듣겠다는 표정을 지어서 나는 설명했다.

"맬은 뭔가를 하려면 그 과정에 정말 많은 준비가 필요해. 갑작스러운 소음도 안 되고, 자기 눈에 안 보이는 데서 들려오는 소리도 안 돼. 그러면 생각이 멈추나 봐." 이런 말을 입 밖으로 내 본 건 처음이었는데, 막상 해 놓고 보니 정말 말이 되는 것 같았다. 헤드폰은 음악을 들려주는 데 큰 의미가 있는 게 아니라, 그저 맬을 바깥 세계의 소음으로부터 막아 주는 필터인 것이다.

나는 한 가지 묘안이 떠올랐다. "나 그 선글라스 좀 빌려줘라."

"뭐? 절대 안 돼! 방금 찾은 거란 말이야."

"다시 돌려줄게. 응? 좀 빌려줘."

"씬한테 보여 줘야 돼."

"걘 네가 얼간이라는 거 이미 알고 있어. 그러니까 나 빌려줘."

헤이맨은 뒤로 물러섰다. "왜 이래 진짜. 그리고 씬은 내가 얼간이라고 생각 안 하거든."

"제발, 헤이맨. 오늘 하루만. 오늘 밤에 돌려줄게."

헤이맨은 선글라스를 벗었다. "이걸로 뭐 하려고?"

"효과가 있으면 말해 줄게."

헤이맨이 가고 나서, 나는 건조기에서 호크아이 후드티를 꺼내 맬에게 입혔다. 그런 뒤 충전기에 꽂혀 있던 헤드폰을 챙기고 신발 끈도 아주 적당한 세기로 묶어 주었다.

"맬, 우리 새로운 걸 해 보자. 좋아?"

"좋아…." 맬의 말투는 불확실했다.

나는 맬에게 헤이맨의 선글라스를 보여 주었다. 그런 뒤 내 얼굴에 써 보았다.

"이거 봐. 멋있지?"

맬은 선글라스에 관심을 보이더니 정확하게 내 눈을 쳐다보았다. 온몸에 전율이 흘렀다. 맬은 절대로, 그 누구의 눈도 똑바로 쳐다보지 않는다. 그런데 내가 선글라스를 쓰고 있으면 내 눈을 직접 볼 수 없으니 괜찮은 것이다. 나는 선글라스를 벗었다. 맬은 곧바로 눈을 돌렸다.

"꼬맹아, 이거 써 보고 싶어?"

맬은 선글라스를 가만히 바라보았다.

"이리 와 봐. 거울에 비춰 보자." 나는 맬을 현관 앞에 있는 전신거울 앞으로 데리고 갔다. 거울에 우리가 나란히 서 있는 게 보였다. 나와 내 동생. 나는 우리 둘이 얼마나 많이 닮았는지 새삼 깨달았다. 똑같은 머리 색, 똑같은 코, 똑같은 턱, 똑같은 눈썹까지 많은 곳이 닮았다. 하지만 동시에 다르기도 했다. 입을 다물고 있는 모습, 맬이 긴장한 채 어깨를 웅크리고 있는 모습, 거울에 반사되는 우리 모습을 내가 정면으로 바라보는 데 반해 맬은 약간 비스듬하게 바라보는 것까지. 나는 다시 선글라스를 썼다. 맬의 시선이 움직이더니 다시 거울 속의 나를 똑바로 바라보았다.

"이거 써 보고 싶은 거지, 맬? 선글라스 써 볼래?"

"좋아." 맬이 긴장하고 있다는 게 느껴졌다. 나는 다시 선글라스를 벗었다. 맬의 시선이 선글라스를 좇았다. 나는 그걸 맬의 손에 들려 주었다. 맬은 마치 새 잎사귀를 발견했을 때처럼 그걸 이리저리 돌려 보며 모든 각도에서 꼼꼼히 살폈다. 그렇게 30초 정도가 흐른 뒤, 맬은 선글라스를 썼다. 얼굴이 거의 절반이나 가려졌다.

맬은 거울을 바라보았다. 거울 속 맬의 얼굴에 미소가 번졌다.

33
덜 구워진 피자

맬은 완전히 달라졌다. 거대한 선글라스와 헤드폰과 후드티만 장착하면 맬은 스타 래퍼를 흉내 내는 보통 어린아이처럼 보였다. 우리는 오후의 밝은 햇살을 받으며 현관문을 나섰다. 맬은 왼쪽을 보고 나서 오른쪽을 보더니 듬성듬성 떠 있는 하얀 구름을 올려다보았다.

맬은 한 번도 그런 적이 없다. 늘 철저히 바닥만을 고집했었다.

우리는 진입로를 따라 걸어 내려갔다. 거짓말 안 하고 맬은 전보다 15센티미터는 더 키가 커진 것 같았다. 맬이 이런 식으로 걷는 건 본 적이 없다. 우리는 진입로 끝에서 왼쪽으로 틀었다. 맬은 걷는 내내 고개를 들고 있었고 주변을 둘러보았다. 기적이 일어난 게 틀림없다. 우리는 블록의 끝까지 다다랐다. 맬은 우리가 늘 가던 방향인 왼쪽으로 틀었다.

"맬."

내가 부르자 맬이 멈춰 섰다. 나는 반대쪽을 가리켰다.

"우리 모험 한번 해 볼까?"

맬이 고개를 들어 나를 보았다.

"새로운 건데, 해 보고 싶어?" 내가 말했다.

맬은 움직이지 않았다. 나는 거리를 가로질러 건넌 다음 뒤돌아 맬이 오는지 보았다.

맬은 금기를 깼다. 나를 따라 길을 건넌 것이다. 우리는 함께 새로운 길로 발걸음을 내디뎠다.

이건 분명 꿈일 거야! 맬은 괜찮아 보였다. 아니, 괜찮은 것 이상이었다. 우리는 마치 보통 사람들처럼 걸었다. 평범한 형제 둘이서 엘름 거리를 걷고 있다! 나는 맬이 말하는 모습을 상상했다.

— 나 이 선글라스 맘에 들어, 형. 전에는 왜 이런 생각을 못 했지?

"그러게, 맬. 내가 미처 몰랐어. 난 네가 내 눈이 보기 싫어서 안 보는 줄 알았지 뭐야. 완전 내 오해였어."

— 그러니까. 근데 이거 진짜 멋져. 나 이제 어디든 갈 수 있어.

"진짜 잘됐다, 맬. 우리 이제 뭐든지 다 해 보는 거야."

나는 크게 소리 내어 말했다. 물론 나만 말한 거지만 진짜로 대화를 나누는 기분이었다. 맬이 진짜로 소리 내서 말하는 것도 아니었고 헤드폰으로 '렛 잇 고'를 듣고 있으니 내 말을 듣는 것도 아니겠지만 말이다.

— 형, 나 이렇게 말할 수 있다는 게 너무 좋아!

"진짜 좋다. 그치? 네가 원하는 거 우리한테 다 말해."

— 완전 짱인데! 식구들은 내가 원하는 걸 하나도 몰라줬다니까.

"맞아, 그랬지. 맬, 미안해."

— 형, 있잖아. 배가 좀 고픈데.

아, 이런. 맬의 주머니에 치리오스 시리얼을 채워 두는 걸 깜빡했다. 나는 혹시 발작이 일어날까 긴장했지만 맬이 주머니를 뒤지고 있지 않다는 걸 알아챘다. 맬은 두 팔을 양옆으로 자연스럽게 흔들고 있었다.

— 형, 나 뭐 먹고 싶은 줄 알아? 피자!

누구의 생각이었을까. 맬? 아니면 나?
"맬, 피자 먹고 싶어?" 내가 물었다.
"좋아." 맬이 대답했다.

지금 우리가 하고 있는 이 모든 걸 나는 믿을 수가 없었다. 피고리노까지는 아홉 블록 거리였다. 나는 맬이 앞으로 나아갈 때마다 남은 블록의

수를 셌다. 맬은 잘 해내고 있었다. 이 상황이 꿈이 아니라니 믿기지 않았다. 우리 옆으로 여러 대의 차가 스쳐 갔고 두어 마리의 개도 짖으며 지나갔다. 조금 떨어진 곳에서 기차가 경적을 울렸고, 낯선 건물들과 나무와 자전거 탄 아이들, 그리고 맬을 놀라게 할 수 있는 수백 가지의 새로운 것들이 우리를 스쳐 지나갔다. 하지만 맬은 천하무적이었다.

시내로 접어들자 장애물의 수는 거의 두 배로 늘어났다. 주차장을 드나드는 차들이 많아졌고, 사람들도 많아졌다. 트럭에서 짐수레로 상자를 내리는 남자도 있었고, 배키가 있는 잔디밭에서 잔디를 깎는 여자도 있었다. 맬은 걸음을 멈추고 그 여자를 바라보았다. 그러고는 젖소를 가리켰다.

— 배키다.

"맞아, 배키야. 엄청 큰 젖소잖아."

이제 몇 걸음만 더 가면 피고리노다.

"맬, 우리 안으로 들어가서 피자 먹자. 넌 크러스트 먹을 수 있잖아."

맬은 나의 안내를 따라 문을 통과했다. 늘 그렇듯이 비토가 카운터를 지키고 앉아 있다가 우리를 올려다보았다.

"얘는 누구야? 네 동생?"

"네. 맬이에요." 내가 말했다.

맬은 매장 안의 테이블과 벽에 걸린 깃발들, 천장에서 돌아가는 선풍기까지 둘러보았다. 한낮이라 매장에는 아무도 없었다. 맬은 신이 난 강아

지마냥 킁킁거리며 냄새를 맡았다.

"얘도 너처럼 많이 먹어?" 비토가 물었다.

"맬은 좀 특별해서요. 자기가 원하는 것만 먹어요."

"그 맘 알지. 난 오크라(아욱과의 식물로 속이 끈적한 성질을 가지고 있다. 튀김이나 수프, 샐러드 등으로 다양하게 요리해 먹는다 – 옮긴이)는 안 먹거든." 비토가 말했다.

나는 페퍼로니 피자 한 판을 포장으로 주문했다.

"맬, 몇 분이면 될 거야. 여기서 기다릴래, 아니면 밖에서 그 젖소 보고 있을래?"

맬이 나가려는 낌새를 보이지 않아 나는 그냥 테이블에 자리를 잡고 앉았다. 우리 자리 옆 벽면에는 로마의 콜로세움 사진이 걸려 있었다. 맬은 윗부분이 파손된 그 고대의 건물을 올려다보았다.

"저게 세계에서 가장 오래된 건물이야." 맬이 헤드폰으로 음악을 듣고 있어서 나는 거의 고함을 치듯 큰 소리로 말해야 했다. "아마 피라미드만큼 오래됐을걸." 말해 놓고도 백 퍼센트 확신이 서지는 않았지만 일단 보기에는 그래 보였다.

이제 맬의 관심은 고춧가루 병으로 옮겨 갔다.

"그건 조심해야 돼, 맬. 매운 거야."

맬은 고춧가루 병을 내려놓고 파마산치즈 통을 집어 들고는 냄새를 맡더니 다시 내려놓았다. 다음에는 소금 병을 집어 들더니 빨간 체크무늬의 비닐 테이블보 위로 톡톡 소금을 뿌렸다.

"맬, 우리 어지르지는 말자."

"좋아." 맬은 그러더니 테이블에서 팔을 내리고는 앞뒤로 몸을 흔들기 시작했다. 가끔 하듯이 크게 흔드는 게 아니라 거의 알아챌 듯 말 듯 앞뒤로 살짝만 흔들었다. 맬이 진정하려고 할 때 하는 행동 중 하나다.

"계속 그렇게 하고 있어, 맬. 앞뒤로 흔들흔들, '렛 잇 고' 들으면서 차분하게." 그런데 늘 그런 건 아니지만 어떨 때는 앞뒤로 몸을 흔드는 게 발작이 오려는 전조일 때도 있다. "계속 노래 듣고 있어, 맬."

비토는 카운터에 몸을 기대더니 나에게 물었다. "네 동생 말은 하니?"

"그다지요. 피자 아직 안 됐나요?"

"3분 남았다."

"그냥 지금 주세요."

"덜 구워진 채로 가져간다고?"

"네, 저희가 배가 좀 많이 고파서요."

2분 후, 우리는 반쯤 굽다 만 피자를 들고 밖으로 나왔다. 예초기를 들고 있던 여자는 이제 배키의 발 주변에 난 풀을 다듬고 있었다. 맬은 가다가 멈춰 서서 그 여자를 바라보았다. 예초기 소리가 맬의 마음을 진정시켜 주는 것 같았다. 맬은 일정한 세기의 약한 소음을 좋아한다. 기차나 잔디 깎는 기계, 고속도로의 트럭 소리 같은 걸 좋아하는 것이다. 우리는 그렇게 몇 분 동안 잔디 깎는 걸 구경하고 집으로 향했다. 조금 덜 구워졌음에도 피자에서는 아주 좋은 냄새가 났다. 나는 상자를 열어 한 조각을 꺼내 걸어가며 먹었다. 맬이 나를 쳐다보았다. 살짝 덜 익은 맛이 나기는 했지만 굽다 만 것치고는 나쁘지 않았다. 나는 소스와 피자, 페퍼로니가 있는 부분을 다 먹고서 맬에게 크러스트를 주었다. 맬은 진지하게 크러스트를 받아 들고는 자기 주머니에 넣었다. 우리가 집에 도착했을 때 맬의 주머니에는 피자 크러스트가 가득했고 피자 상자는 비어 있었다. 집 앞에 브리짓 누나의 차가 주차되어 있는 게 보였다.

34
아이스크림과 후추

누나는 주방 조리대 앞에 앉아 통을 통째로 열어 놓고 초코 아이스크림을 먹고 있었다.

"안녕, 브릿지!" 내가 말을 걸었다.

"그렇게 부르지 마라." 누나는 나를 쳐다보지도 않고 말했다.

"좋아!" 아직도 헤드폰을 끼고 있던 맬이 큰 소리로 말했다.

"오늘은 수업 없어?" 내가 물었다.

누나는 우리를 무시했다.

"좋아!" 맬은 한층 더 큰 소리로 외쳤다.

브리짓 누나는 눈을 감더니 아이스크림을 한 순갈 떠서 입으로 가져갔다.

"맬이 누나가 자길 봐 줬으면 하는 것 같은데." 내가 말했다.

누나는 마치 세상에서 가장 어려운 일을 하는 것처럼 우리를 향해 몸을 돌렸다. 누나는 맬의 헤드폰과 알이 커다란 선글라스를 보고도 아무런 반응도 보이지 않았다. 맬과 나는 둘 다 실망하고 말았다.

"우리 둘이서 시내까지 걸어갔다 왔어."

"그래서?" 누나의 얼굴은 부어 있었다.

"발작도 안 했어. 선글라스를 쓰면 괜찮거든. 아이언맨이 슈트를 입은 것처럼 굉장한 능력이 생기는 것 같아."

"잘됐네." 누나의 눈가는 울긋불긋했고 입 주위는 창백했다.

"무슨 일 있었어?" 나는 최대한 다정하게 물었다.

"네가 상관할 일 아니야." 누나의 상태를 맬에 비유하자면, 발작이 시작되기 일보직전 같았다. 누나는 아이스크림 뚜껑을 덮어 옆으로 밀어 놓더니 나에게 말했다. "엄마 있는 곳 번호 좀 알려 줘. 내 휴대폰은 학교에 놓고 왔어."

"급한 일이 있을 때만 연락하라고 했는데."

"번호 있어, 없어?"

나는 내 휴대폰을 꺼내서 번호를 찾아 불러 주었다. 누나는 늘 가지고 다니는 공책에 번호를 받아 적었다.

"울고 있었어?" 나는 다시 한번 다정하게 물었다.

누나는 무서운 눈으로 나를 쏘아보았다. "바보 같은 소리 하지 마."

계속 이렇게 나오시겠다? 그럼 나도 가만 있을 수 없지.

"시험에서 C라도 받았나 봐?"

"그건 네 전문이고."

"아님, 데렉이 헤어지자고 하나?"

딩동댕. 누나는 눈을 가늘게 뜨더니 뭐라고 말을 하려 했다. 하지만 그보다 한발 먼저 내 입에서 말이 줄줄 쏟아져 나왔다.

"내 그럴 줄 알았다. 형에 비해서 누나가 너무 잘나서 그런 거지? 누나 머릿속엔 그 잘난 성적밖에 없으니까. 그래서 다른 사람은 전부 얼간이 취급하는 거잖아. 그거 알아? 나는 여기서 아주 많은 일을 하거든." 누나의 눈에 눈물이 차올랐지만 나는 멈출 수가 없었다.

"맬한테 헤드폰이 필요하다는 걸 알아낸 것도 나고, 선글라스를 씌운 것도 나야. 누나가 집을 떠나 전 과목 A를 받으면서 잘난 척하고 지내는 동안 나는 맬이랑 여기서 내내 함께 지낸다고!"

"입 다물어!" 누나가 울부짖듯 소리쳤지만 나는 계속했다.

"엄마는 늘 하고 싶었지만 맬 때문에 집 안에 묶여서 하지 못했던 일이 있었어. 평생 해 보고 싶어 하던 그 일을 하려고 떠난 거라고. 그게 가능했던 유일한 이유가 뭔지 알아? 내가 지금 여기서 맬을 돌보기 때문이야. 그런데 누나는 자기 문제밖에 생각을 못 하지. 자기를 진심으로 좋아하지도 않는 그 멍청한 남자 친구나 자기 자신 말고는 아무한테도 관심이 없으니까. 그리고…."

빠앙―! 그때 귀를 찢을 것 같은 경적 소리가 울렸다. 우리 집 앞 도로에서 난 소리 같았다.

누나가 내 뒤를 보면서 말했다.

"맬 어디 있어?"

현관문이 활짝 열려 있었다. 나는 밖으로 뛰어나갔다. 집 앞 도로 한가운데에 맬이 우뚝 서서 고개를 푹 숙이고 있었다. 곁에는 알피가 있었고 그 둘 앞에 노란색 소형 트럭 한 대가 멈춰 서 있었다.

시뻘건 얼굴의 트럭 운전사는 다시 한번 큰 소리로 경적을 울렸다. 빠앙—! 알피가 차를 향해 크게 짖더니 집으로 뛰어 돌아왔다. 맬은 꿈쩍도 하지 않고 서 있었다.

"맬!" 내가 큰 소리로 불렀지만 헤드폰을 낀 맬은 듣지 못했다.

트럭 기사는 창문을 내리더니 소리쳤다. "도로에서 꺼져, 이 멍청이들아!"

맬은 그 자리에 얼어붙어 있었다. 나는 달려가 맬의 팔을 잡고 끌어당겼는데 우뚝 선 소화전마냥 뻣뻣해져 있었다. 누나가 다른 쪽 팔을 잡아끌어 우리는 함께 맬을 차도 끝의 둔덕으로 데리고 왔다.

"그 녀석을 집에 가두든지 해!" 트럭 기사가 말했고, 나는 그제야 그가 누구인지 알아보았다. 조던 플루거. 누나의 동창으로, 몇 블록 떨어진 자기 부모님 집에서 아직도 얹혀살고 있다. 저렇게 덜떨어진 짓을 하고 다니는 게 저 인간의 특기다.

"죄송합니다." 내가 말했다.

"죄송 같은 소리 하고 있네! 너는 어쩌자고 모자란 놈을 풀어놓은 거야? 누가 죽기라도 하면 어쩌려고."

나는 트럭 쪽으로 다가갔다. "그런 식으로 부르지 마세요."

"뭐? 모자란 놈? 맞잖아. 아니야?"

"지금 여기서 모자란 놈은 당신뿐이야!" 나는 소리를 지르며 있는 힘을 다해 트럭을 걷어찼다. 조던의 눈이 휘둥그레졌다. 그는 어깨로 문을 밀치고 차 밖으로 나오더니 차에 난 흠집을 살폈다.

"이 쪼그만 놈이…." 그는 주먹을 불끈 쥐고서 나를 향해 돌아섰다. 곧 그의 주먹이 내 얼굴로 날아오리라는 걸 알았지만 상관없었다. 그가 나를 향해 주먹을 뻗으려는 순간, 누나가 우리 둘 사이에 서더니 조던의 얼굴에 뭔가를 들이댔다. 칙-. 뭔가가 분사되는 소리가 들렸고, 곧바로 조던이 비명을 지르기 시작했다. 조던은 그대로 고꾸라져서 바닥에 무릎을 꿇고는 두 손으로 눈을 가렸다.

"악! 내 눈에 무슨 짓을 한 거야! 눈이 안 보여!"

누나는 작은 스프레이 통을 든 채로 조던을 내려다보고 서 있었다.

"조용히 좀 해 줄래, 조던? 이거? 그냥 후추 스프레이야." 누나는 그렇게 말하고는 나를 보며 활짝 웃었다. "고등학교 때부터 이렇게 해 주고 싶었어."

우리는 맬을 집 안으로 데리고 들어왔다. 다행히 발작은 없었다. 오히려 그 반대였다. 맬은 극도로 피곤할 때는 거의 걷지도 못하고 눈도 제대로 뜨지 못하곤 한다. 오늘은 피고리노 피자 가게에도 다녀오고 트럭 사건도 있었기 때문에 완전히 지쳤던 것 같다. 우리는 맬을 2층의 자기 방에 데리고 올라가 침대에 눕혔다. 맬은 몸을 동그랗게 말았다. 나는 헤드폰과 선글라스를 벗기고 이불을 덮어 주었다. 몇 초도 지나지 않아 맬은 곧장 곯아떨어졌다. 이대로 몇 시간은 잘 것 같았다.

누나와 나는 다시 아래층으로 내려왔지만 누구도 아까의 말다툼에 대해 말을 꺼내지 않았다. 누나는 아이스크림 통을 다시 냉장고에 집어넣고는 차 키를 집어 들고 집을 나서려 했다.

"엄마한테 전화 안 할 거야?" 내가 물었다.

누나는 고개를 흔들었다. "나중에 얘기해 보려고."

나는 누나를 따라 함께 현관까지 나갔다. 조던의 노란 트럭은 이미 가고 없었다. 어쨌든 눈이 멀지는 않았나 보다.

"데렉 일은 안됐어." 내가 말했다.

누나는 고개를 끄덕였다. "우리가 해결할 일이지."

"진짜로 헤어진 건 아니야?"

"그 자식이 좀 얼간이 짓을 하잖아."

"그럼 언제든 그 호신용 스프레이를 뿌려 버려."

누나는 나를 쏘아보더니 이내 힘없이 웃었다.

"맬 잘 돌봐 줘서 고마워." 누나가 말했다.

35
비앙카 피자

"선글라스는 못 돌려줄 것 같다." 내가 헤이맨에게 말했다. "맬한테 그게 필요해."

"뭐? 안 돼!"

"그냥 싸구려 플라스틱 선글라스잖아. 내가 인터넷으로 찾아봤어. 새 것도 15달러밖에 안 하더라."

"아, 그래? 좋아. 그럼 20달러에 줄게."

휴대폰 너머로 웃음소리가 들렸다.

"씬 같이 있어? 잠깐 바꿔 줘 봐."

곧바로 씬이 전화를 받았다.

"맬이 헤이맨의 선글라스에 집착하게 됐어. 그러니까 헤이맨한테 그냥 맬 주라고 말해 줘."

곧바로 씬이 헤이맨에게 선글라스를 맬에게 주라고 말하는 소리가 들렸다.

"그거 우리 집 가보란 말이야!" 헤이맨이 징징거렸다.

"맬한테 그게 필요하다잖아." 씬이 말했다. 뭐라고 투덜거리다가 헤이맨이 승낙하는 소리가 들렸다. 최근 들어 헤이맨은 씬의 부탁이라면 뭐든 들어준다.

"고마워." 내가 말했다. "그나저나 너희는 뭐 하려던 참이야?"

"인디애놀라에 있는 극장에 갈까 하고. 헤이맨이 자동차가 폭파되는 영화가 보고 싶다나. 너도 갈래?"

나는 잠깐 고민했다. 그런데 요즘은 헤이맨, 씬이랑 같이 셋이서 어울리면 영 기분이 이상하다. 꼭 두 사람이 주인공인 로맨스 드라마에 나오는 엑스트라가 된 기분이랄까.

"난 그냥 집에서 쉬는 게 나을 것 같아. 아빠가 방금 치킨을 잔뜩 사 오기도 하셨고. 맬이 마법의 선글라스를 쓰면 치킨을 먹을지도 모르잖아."

"그러면 좋겠다."

"시도는 해 봐야지."

맬은 선글라스를 쓰든 벗든 치킨은 먹지 않아서 나는 와플을 구워 주었다. 우리 둘이 함께 걸어서 시내에 다녀온 이야기를 했더니 아빠는 감동을 받은 것 같았다. 나는 트럭 사건에 대해서는 말하지 않았다.

"그거 정말 말 된다." 아빠가 말했다. "맬은 감각적으로 뭔가를 수용하는 데 어려움을 느끼잖아. 선글라스가 시각적으로 완충작용을 해 주는 거네. 진즉에 알았어야 하는 건데."

"어쩌면 우리가 맬한테 방어복이 돼 줄 수도 있지 않을까요?" 내가 말했다. "어디를 가든 우리가 특별한 방어용 옷이 되어 주는 거죠. 헤드폰이나 선글라스처럼. 우리가 미쉐린 타이어처럼 맬을 감싸 주면 맬은 천하무적이 되는 거예요."

아빠는 소리 내어 웃었다.

맬이 말했다. "좋아."

아빠는 맬을 지그시 바라보며 말했다. "가끔 말이다, 맬. 난 네가 우리가 하는 말을 전부 이해하는 것 같다는 생각이 들어."

맬은 선글라스를 쓴 채 아빠를 똑바로 바라보고는 빙긋 미소 지었다.

나는 맬이 우리가 하는 말을 다 이해한다고 생각하지는 않는다. 그래도 정말 그런다면 어떨지 상상해 보는 건 재미있다. 나는 이상한 말을 마구 지어내서 맬을 시험해 본 적이 있다.

"맬, 알 우 드리브라키 카쿠 투 파노캭?"

"좋아." 맬이 대답했다.

"리볼리토! 상거르 도푸!"

"좋아."

이런 식이랄까.

하지만 맬은 자기에 대해 말하는 건 알아듣는다. 질문과 명령이 다르다는 것도 알고 카드의 이름도 알고 있다. 맬은 질문은 좋아하지만 명령은 좋아하지 않는다.

다음 날, 우리는 또 다른 모험을 떠났다. 사실 매일매일이 똑같은 모험이지만. 우리는 피고리노 피자 가게를 향해 걸어 내려갔다. 어제와 비슷했지만 단 하나, 오늘은 배키의 잔디밭을 손질하는 사람이 없었다. 맬은 멈춰 서서 거의 1분 이상 배키를 바라보았다. 그러고 있으면 어제의 그 여자가 예초기를 들고 다시 나타나기라도 하듯.

맬은 피고리노 피자 가게에 들어서자 훨씬 더 편안해 보였다. 전에 와 봤기 때문에 이제 낯익은 곳이 된 것이다. 비토의 기분이 좋아 보여서 다가올 대회에 대한 정보를 좀 캐내 보기로 했다.

"저기, 비토 아저씨. 결승전 때도 BLD 만드시는 거예요?"

"사장님이 BLD를 원하시면 BLD를 만들어야겠지."

"아, 그렇게 하신대요?" BLD만은 안 돼! BLD로 연습을 하려면 한 판에 50달러나 써야 한단 말이다.

비토는 어깨를 으쓱했다. "사장님은 언제나 자기가 원하는 걸 하셔. 내가 아는 건 정말 정신이 없을 거라는 것뿐이지. 결승전 참가자가 스물네 명인데 그러면 대체 BLD를 얼마나 만들어야 하는 거냐고. 절대 쉬운 일이 아니야. 게다가 우리 매장이 아니라 박람회장에서 만들어야 하니, 원. 위에다 해시브라운이랑 계란도 올려야 하잖아. 그것 때문에 추가로 오븐을 더 설치하는 것만 해도 큰일이지. 오븐 한 대당 500킬로그램은 나가는데 추가로 두 대는 더 필요할걸. 박람회장에서 보조로 일할 직원들까지 구해 둔 상태야. 사장님이 이번 행사에 돈 엄청 쓰셨어."

비토는 내가 그를 알게 된 이후로 여태까지 중 가장 길게 말을 늘어놓았다.

“파미글리아 같은 대부분의 대회에서는 그냥 치즈 피자를 쓰더라고요.” 내가 말했다. “그러면 더 많은 조각을 먹을 수 있으니까요. 사장님께 한번 물어보세요. 지역 신문에 ‘10대 참가자가 피고리노 피자를 50조각이나 먹어 치우다!’ 이렇게 기사가 나는 게 나을지 아니면 ‘10대 참가자가 피자 한 판을 거의 다 먹다!’ 이렇게 나는 게 나을지.”

“너 진짜로 50조각이나 먹을 수 있다고 생각해?”

“조이 체스트넛은 45조각 먹었는데요.”

“넌 조이 체스트넛이 아니잖아.”

“왜 다들 그 말만 하는 거죠?”

“네 생각엔 피자를 얼마나 준비해야 할 것 같냐?”

“치즈 피자를 만든다고 치고 참가자가 스물네 명이면…. 대략 75판에서 80판쯤?”

“80판? 무슨 계산이 그래? 모두가 너처럼 많이 먹지는 않는다고.”

“물론 그걸 다 먹지는 못할 거예요. 근데 보세요. 한 판을 여덟 조각으로 잘라 주잖아요. 근데 어떤 사람이 아홉 조각을 먹어요. 그래도 그 사람에겐 두 판을 줘야 돼요. 맞죠? 참가자 대부분 최소 그 정도는 먹을 거예요. 나랑 에곤 벨트는 아마 한 사람당 대여섯 판씩 먹을 거고요.”

비토가 고개를 끄덕였다. “음, 좋은 지적이야.” 그는 카운터에 몸을 기댄 채로 잠깐 동안 생각하더니 말했다. “BLD는 한 판 굽는 데 거의 30분이나 걸린단 말이야. 그런데 치즈 피자는 넣고 빼는 데 5분이면 충분해. 게다가 한 번에 한 장 이상 구울 수도 있고. BLD 24판보다 치즈 피자 80판이 더 쉽겠는데. 값도 덜 들고 말이지. 사장님이 좋아하시겠어.” 비토는 자리에서 벌떡 일어났다. "사장님한테 말씀드려야겠다. 그건 그렇고, 넌 무슨 피자 줄까?"

"소시지버섯 피자요. 아, 그리고 궁금한 게 있는데, 맬 주려고 하는데 혹시 어린이용 사이즈로 플레인 피자도 되나요?"

"플레인 치즈?"

"아뇨, 그냥 빵만 있는 거요. 소스 빼고, 치즈도 빼고요."

나는 고개를 돌려 맬을 보았다. 맬은 테이블에 앉아 비닐 테이블보의 체크무늬를 체스판 삼아 양념 병을 이리저리 움직이고 있었다.

"정말 그걸로 하겠다고? 알았다. 비앙카 피자 하나, 토핑 다 빼고."

"비앙카 피자요? 그런 피자가 있어요?"

"있지. 근데 아무도 주문한 적이 없어."

"역시 맬은 특별하네요."

36
축축한 크러스트

비앙카 피자는 맬을 완전히 사로잡았다. 맬은 매일 점심을 먹을 때쯤이 되면 내가 가자고 하지 않아도 자기에게 필요한 장비를 착용한 뒤 현관에 서서 나를 기다렸다. 나는 매번 외출할 때마다 약간의 변화를 주려고 시도해 봤다. 가는 길을 조금 다르게 한다든지, 더 빠르게 걷거나 천천히 걸으면서 속도에 변화를 준다든지. 깡충깡충 뛰는 것도 가르쳐 봤지만 실패했다. 한번은 비토에게 맬의 피자 한가운데에 페퍼로니를 딱 한 개만 얹어 달라고 했다. 맬은 별로 신경 쓰지 않는 눈치였다. 하지만 맬은 피자를 바깥부터 먹기 시작하더니, 자기가 싫어하는 부분만 정확하게 남겨 나에게 넘겼다. 완벽한 모양의 초소형 피자였다. 페퍼로니를 둘러싼 도우를 0.5센티 남기고 아주 조심스럽게 갉아 먹은 후였다.

"고마워, 맬." 내가 말했다.

맬이 피고리노 피자 가게에서 너무 편안해했기 때문에, 우리는 포장을 해 가는 대신 매장에서 먹을 수 있었다. 맬은 특히 콜로세움 사진이 있는 자리를 좋아했다.

나는 기술을 연마하는 데 집중하며 훈련을 계속해 나갔다. 피자의 부드러운 부분을 먹는 데에는 이미 성과를 내고 있었다. 토핑이 밖으로 나오도록 반을 접어서 우적, 우적, 우적 씹는다. 그다음은 내가 '무한 삼키기'라고 부르는 기술인데, 씹으면서 동시에 삼키는 게 비법이다. 일반적으로 참가자들은 씹고 나서 삼키고 다시 씹는다. 하지만 나는 계속 씹으면서도 음식을 삼킬 수 있도록 훈련했다.

크러스트 부분이 가장 힘든데, 물에 담그는 방법을 쓰면 된다. 나는 나만의 체계를 만들었다. 이런 식이다. 첫 번째 조각의 크러스트를 물에 담가 놓는 동안 그다음 조각의 부드러운 부분을 먹는 것이다. 물에 담가 놓은 그 몇 초 동안 크러스트가 부드러워져서 먹을 때 드는 시간을 몇 초는 줄일 수 있다. 물에 담갔다 먹는 크러스트의 맛이 썩 좋지는 않지만 어쨌든 빨리 넘어간다. 이건 어디까지나 맛이 아니라 기술 문제다.

매일 피자를 먹으니 훈련에 속도가 붙었다. 위를 늘리기 위해서 매일 양배추를 먹고 엄청난 양의 물을 마셨다. 내 위는 전보다 눈에 띄게 커지고 있었다. 물론 밖에서 알아볼 정도는 아니지만 저장할 수 있는 양은 확실히 늘고 있었다.

하루하루가 빠르게 지나갔고 맬과 나의 일상에는 틀이 잡혀 갔다. 헤이맨, 씬과는 거의 만나지 못했는데 둘은 언제나 함께 뭔가를 하는 것 같았다. 같이하자고 늘 나를 불렀지만 대부분 내가 맬과 있을 때였다.

헤이맨은 하루에 두세 번쯤 나에게 메시지를 보내고 전화를 걸었는데,

나는 슬슬 녀석에게 짜증이 나기 시작했다. 대회에서 받게 될 자기 돈으로 엑스박스를 새로 살 거라는 둥 매일같이 그런 소리뿐이었다. 혹시라도 시합에서 지면 어쩌나 싶어 나는 미리 죄책감이 들었다.

"일단 엑스박스는 보류 중이야. 대회 다음 날 사려고. 혹시라도 네가 질식하면 어떡해."

"우승은 못 할 수도 있지만 질식은 안 해." 내가 말했다.

"암, 그래야지. 암튼 우리가 너만 믿고 있다는 건 잊지 마. 나랑 씬이랑."

이러니 짜증이 안 날 수가 있나. 씬과도 이따금씩 통화를 하는데 씬이 매번 나에게 잘 지내고 있냐고 물어보는 것만 빼면 그럭저럭 잘 지내고 있다. 게다가 씬이 나를 걱정해서 물어보는 건지, 아니면 자기가 투자한 돈 때문에 그러는 건지 그것도 모르겠어서 이래저래 불편하다.

저녁 시간에는 주로 텔레비전이나 워킹데드 만화책을 보고 유튜브로 먹기 대회 영상을 찾아보며 지냈다.

엄마는 이번 주 금요일 오후면 집으로 돌아오신다. 떠난 지 얼마 안 된 것 같은 기분이 들지만 그래도 엄마가 돌아온다니 기분이 좋았다. 엄마가 맬의 변화를 보면 얼마나 기뻐하실까? 이제 마법의 선글라스만 있으면 전에는 생각도 못 했던 곳으로 맬을 데려갈 수 있다. 지난주에 아빠는 맬을 공구상점에 데리고 갔는데 맬은 그곳을 아주 마음에 들어 했다. 아빠가 행크 아저씨랑 이야기를 나누는 동안 맬은 볼트들이 있는 코너와 사랑에 빠지고 말았다. 맬은 특히 스테인리스 육각볼트를 좋아해서, 아빠는 육각볼트를 크기별로 사 주었다. 며칠 동안 맬은 볼트를 조였다

풀기를 반복하며 대부분의 시간을 보냈고, 이제는 그것들을 자기 방 벽에 붙여 놓았다. 엄마가 맬을 데리고 요가에 갈 수도 있을 것 같다. 볼트 세트만 쥐어 주면 한 시간은 혼자 그걸 가지고 노느라 바쁠 테니까.

나는 엄마의 카드 청구서에 대해서는 최대한 신경 쓰지 않으려고 노력했다. 현관 앞 탁자를 지날 때마다 청구서 봉투가 떠오르고 살짝 불안해지는 건 사실이지만 일단 그건 마음 한구석에 쑤셔 박아 두었다. 우선 대회에서 우승을 하는 거다. 이 문제는 그다음에 처리하면 된다.

금요일 아침이자 대회 전날, 나는 아침 식사로 양배추 두 통을 먹었다. 먹는 속도가 점점 빨라져서 지금은 한 조각을 14초 만에 먹을 수 있게 됐다. 나는 교통편도 모두 준비해 놓았다. 배커빌은 대중교통이 발달한 곳이 아니다. 아침 7시에 농장 지역에 사는 아이들을 모두 태워 디모인으로 가는 4-H버스가 있는데 특별히 씬과 헤이맨, 그리고 나까지 태워 주겠다고 했다.

준비는 끝났다.

37
연어

아빠는 일찍 퇴근하셨고 우리는 다 같이 대대적인 청소에 돌입했다. 집이 상당히 어질러져 있었기 때문에 치우는 게 보통 일이 아니었다. 하지만 두어 시간 열심히 청소를 하고 나자 엄마가 떠나기 전과 얼추 비슷해져 있었다. 심지어 맬도 차 마시는 탁자에 자기 볼트와 너트를 진열하고 자기 방 벽에 붙은 것들을 다시 배치하면서 우리를 도왔다. 처음으로 자기 침대를 스스로 정리하려고도 했다. 시트를 옆으로 돌려서 끼우긴 했지만 얼마나 가상한가.

일단 집 정리가 끝나자 우리 셋은 마트를 향해 원정을 떠났다. 엄마가 저녁 6시경에 돌아오실 예정이라, 근사한 저녁을 차려 놓고 맞이하고 싶었다. 우리는 그릴에 구울 연어, 샐러드, 바게트 하나, 냉동 와플 세 상자를 샀다. 맬은 그 어느 때보다도 얌전히 행동했지만 감자칩이 죽 진열되어 있는 걸 보고 몹시 흥분해서는 물결무늬가 나 있는 감자칩을 가져가겠다고 우겼다. 맬은 대용량 상품 코너에 갈 때까지도 감자칩을 조르다가 과일·채소 코너에 이르자 새로이 탐색을 시작했다. 맬은 울퉁불퉁하고 둥글납작한 초록색 채소 앞에서 멈췄다.

"그건 콜라비야, 맬." 아빠가 말했다. "그거 사고 싶어?"

맬은 그대로 지나쳐 방울양배추를 파는 곳으로 갔다.

"콜라비는 안 좋아할 것 같은데요." 내가 말했다. "초록색이잖아요."

아빠는 웃으며 말했다. "콜라비를 좋아하는 사람도 있을까?"

"대체 저런 걸 왜 파는 걸까요?"

"그게 미스터리란 말이야."

우리가 집에 도착했을 때에는 누나가 와 있었고, 아빠랑 내가 놓친 곳들을 깨끗하게 치우고 있었다.

"다들 정말 엉터리라니까." 먼지떨이로 냉장고 위를 털며 그리 말하면서도 누나는 웃고 있었다.

이렇게 우리 넷이 함께 일하면서 엄마가 돌아오길 기다리는 느낌이 너무 좋았다. 내 인생을 통틀어 이렇게 오랫동안 엄마를 보지 못한 건 처음이었다. 행복감과 흥분, 뿌듯함을 느끼고 있을 때 엄마 차가 차고로 들어오는 소리가 들렸다. 우리는 모두 달려 나가 짐을 내리는 걸 도왔다. 엄마는 우리 모두에게 선물을 사 왔다. 맬에게는 온갖 종류의 나뭇잎 사진이 실린 책을, 아빠에게는 미네소타 대학교 티셔츠를, 누나에게는 각양각색의 사인펜 세트를 주었다. 내 선물은 앞면에 페퍼로니 피자가 커다랗게 프린트된 티셔츠였다. 나는 받자마자 바로 입어 보았다. 얼핏 홍역 환자처럼 보이기는 했지만 정말 마음에 들었다.

“멋지다, 아들!” 엄마가 말했다. “내일 대회에 입고 나가면 어떨까 해서.”

“완벽해요!” 내가 말했다. 정말 모든 게 완벽했다. 아빠는 석쇠에 연어를 구우며 휘파람을 불고 있었고, 누나는 기쁜 얼굴로 청소를 하고 있었다. 맬은 선물받은 나뭇잎 책을 한 장 한 장 넘겨 보고 있었고, 나는 와인을 따르고 있는 엄마에게 맬의 슈퍼파워에 대해 이야기해 주었다. 좋은 분위기는 저녁 식사 내내 이어졌다. 연어가 좀 덜 익었고 맬이 와플을 바닥에 떨어뜨려 알피에게 주었지만, 엄마는 언짢아하는 기색도 없었다. 아니, 심지어 그게 세상에서 제일 웃긴 일이라도 되는 것처럼 웃었다.

“우리 캠프에 발디스라는 남자애가 있었는데, 늘 자기 점심밥을 다람쥐와 나눠 먹어야 한다고 우겼지. 라트비아에서 온 아이였는데 러시아어와 클링온어밖에 할 줄 몰랐어.”

“클링온어요?” 내가 물었다.

“〈스타트렉〉에 나오는 클링온족이 쓰는 언어래. 듣자 하니 라트비아 사람들도 〈스타트렉〉을 본다는구나. 아무튼 발디스는 똑똑한 아이였어. 그 애가 캠프를 떠날 때쯤엔 자기가 아는 클링온어를 전부 영어로 통역할 수 있을 정도가 됐지 뭐야.” 엄마는 거의 익지 않은 연어를 한입 먹었다. “와, 이거 정말 맛있다! 다들 너무 보고 싶었어. 그리고 맬, 어쩜 이렇게 많이 컸니!” 엄마는 맬의 어깨를 토닥였다. “마트에 가다니! 엄만 네가 정말 자랑스러워!”

맬은 그저 와플을 한입 베어 물고는 씹었다.

“선글라스가 도움이 됐어요.” 나는 칭찬을 조금 기대하고 말했다.

“그러니까. 정말 대단한 생각이었어, 데이비드!” 엄마는 누나 쪽으로 몸을 돌렸다. "그리고 우리 딸, 화학 시험에서 만점을 받았다고? 진짜 대단하다. 엄마 아무래도 자주 집을 떠나 있을까 봐."

"제발 그러지 마." 아빠가 말했다. "당신 없으면 우리 엉망인 거 알잖아."

저녁 식사를 마친 뒤 누나와 나는 주방을 치웠고, 아빠는 맬과 뒷마당에 나가 있었다. 엄마는 컴퓨터로 밀린 이메일을 처리하고 있었다. 나는 누나에게 데렉 일은 어떻게 됐냐고 물었다. 누나는 순간 멈칫하더니 곧 어깨를 으쓱 들어 올렸다.

"어젯밤에 만났어." 누나가 말했다.

"스프레이 썼어?"

누나는 웃었다. "안 썼어."

"그럼 둘이 다시 만나는 거야?"

"그게, 좀 복잡해."

복잡한 이야기라면 썩 내키지 않는데.

"네 여자 친구는 잘 지내?" 누나는 주제를 바꿔 나에게 물었다.

"내 여자 친구라니?"

"씬. 이름이 씬 아니었나?"

"씬은 여자 친구 아니야. 그냥 친구라고." 누나가 그 정도도 모르다니. 나는 새삼 깜짝 놀랐다. 하지만 누나로서는 꽤 노력하고 있는 것이다. 보통 같으면 내 인생이 어떻게 돌아가든 신경 쓰지 않을 테니까. "내 생각인데, 씬은 헤이맨의 여자 친구가 될 것 같아. 좀 복잡해."

누나는 자기 엉덩이로 내 엉덩이를 툭 밀치더니 싱긋 웃었다.

"인생이 원래 그런 거야."

나는 누나와의 대화로 마음이 통하는 느낌이 들었고 기분이 한결 좋아졌다. 그런데 그때, 옆방의 비명이 우리의 대화를 갈라놓았다. 이번에는 맬이 아니었다. 바로 엄마였다.

38
패티 같은 존재

컴퓨터를 마주하고 앉아 있는 엄마의 얼굴은 충격으로 굳어 있었다.

"왜 그래요?" 누나가 물었다.

엄마가 우리를 올려다보았다.

"내 신용카드가 해킹당했어. 2,000달러나!" 엄마는 컴퓨터 화면을 가리켰다.

아빠는 가까이 다가오더니 엄마 어깨 너머로 컴퓨터 화면을 들여다보았다.

"버질 B. 슈틀베커. 슈틀베커가 대체 누구야?"

"나도 몰라! 확실한 건 아무한테도 그런 비싼 돈을 주고 물건을 산 적이 없다는 거야! 게다가 지급이 연체되었다고 쓰여 있어. 어떻게 그럴 수가 있지? 카드값은 늘 제때 내는데!"

"청구일이 몇 주 전이었다고 되어 있는데."

"맞아. 그런데 청구서는 받은 적도 없어. 2,000달러라니! 게다가 연체료까지 내래!"

"당신, 우편물 온 거 전부 확인한 거 맞아?"

"집에 오자마자 했지."

"버질 B. 슈틀베커 엔터프라이즈는…." 아빠가 말했다. "사람일 수도 있고 회사일 수도 있어. 당신은 일단 전화로 신고부터 해. 누가 당신 카드번호를 훔친 거라면 당신 책임은 없는 거야. 일단 카드사에 이 사실부터 알려야 돼."

"지금 바로 전화 걸게."

나는 방문 앞에 서 있었다. 내 안에서 내 인생이 통째로 산산이 부서지고 있었다. 엄마가 카드회사로 전화를 걸면 그 사람들은 판매기록을 추적할 것이다. 그럼 버질 슈틀베커, 일명 먹깨비 엘은 자기가 바이바이닷컴에서 핫도그를 팔았고 그걸 나에게 배송했다고 확인해 주겠지. 빠져나갈 방법은 없다. 아니, 빠져나가고 싶기는 한 걸까? 이건 내가 저지른 일이다. 모든 게 내 잘못이라는 죄책감이 나를 갉아먹고 있었다. 나는 1초도 더 버틸 수가 없을 것 같았다.

"엄마." 내가 말했다.

"잠깐만, 데이비드. 일단 이것부터 좀 처리하고."

"엄마!"

엄마는 휴대폰을 내려놓고 나를 보았다. 나는 숨을 깊이 들이마셨다. 두 손이 덜덜 떨렸고 머리 꼭대기가 뻥 뚫려 날아가 버릴 것만 같았다. 격앙된 내 목소리가 내 귀에 꼭 외계인의 목소리처럼 들렸다.

"엄마 카드번호 누가 훔쳤는지, 저 알아요."

나는 떨리는 목소리로 그간 일어난 일을 털어놓았다. 두 손이 땀으로 흥건했다. 엄마와 아빠는 말 그대로 충격의 도가니였는데, 특히 엄마는 내가 마치 거대한 개똥으로 변하기라도 한 것 같은 표정을 지었다.

"사고였어요." 내가 말했다.

"사고?" 아빠는 소리를 지르지는 않았다. 하지만 톤이 높아진 목소리로 말했다. "엄마 카드의 정보를 가져다가 물건을 사는 데 썼는데 그게 사고라고?"

"아뇨, 그거 말고요." 나는 덧붙였다. "원래는 20달러까지만 쓰려고 했던 거예요."

"데이비드…" 엄마는 입을 열었지만 말을 잇지 못했다. 엄마의 참담한 심정이 전해져 왔다.

아빠는 방 안을 이리저리 서성이면서 거칠게 숨을 쉬었다.

"2,000달러라고?" 아빠는 이를 악물고 말했다. "설령 그게 20센트였다 하더라도 네가 엄마 돈을 훔쳤다는 사실에는 변함이 없어. 겨우 핫도그 하나 때문에! 세상에, 핫도그라니!"

"반쪽짜리 핫도그예요."

"지금 그게 중요해? 대체 무슨 생각으로 그런 거니?"

저 질문은 엄마 아빠들의 고정 레퍼토리인 걸까.

"저도 모르겠어요." 내가 대답했다.

"모른다고? 그게 변명이야?"

“저… 저도 죄송하게 생각해요. 일단 무슨 일이 있었는지 말씀드리는 거잖아요.”

누나는 옆에 놓인 의자에 앉아 나를 바라보고 있었다.

“돈이 필요했으면 우리한테 말을 했어야지.” 엄마가 애써 침착한 목소리로 말했다.

“여기 안 계셨잖아요.” 물론 엄마가 계실 때 일어난 일이다. 하지만 이제 와서 아무렴 어떨까.

“저는 늘 하던 대로 집에서 맬을 돌보고 있었다고요.”

“그게 이거랑 무슨 상관이야?” 또다시 아빠였다.

“죄송해요! 대체 다른 무슨 말을 듣고 싶은 거예요? 그래요, 제가 다 망쳤어요!”

“제대로 망쳤지. 너 내일 있을 대회는 나갈 생각도 하지 마. 집 밖을 나갈 생각도 하지 말고. 다음 주… 아니, 영원히 외출 금지야.”

“내일 대회에 나가야 돈을 갚을 수 있어요. 그래서 대회에 나가는 거라고요.”

“지금 대회 나가는 게 문제야? 돈이 문제가 아니라고. 중요한 건 너에 대한 우리의 신뢰를 저버렸다는 거야.”

“신뢰요?” 내 목소리가 높아졌다. “저한테 아무 관심도 없잖아요. 저는 맬이나 돌보려고 여기 있는 거잖아요. 안 그래요? 아빠가 신경 쓰는 건 오로지 맬이랑 누나가 받아 오는 그 바보 같은 성적뿐이고….” 나는 엄마를 보았다. “엄마는 그 망할 영어캠프뿐이잖아요. 그리고 아빠는….” 나는 다시 아빠를 향해 소리쳤다. “아빠가 하는 거라고는 일하러 나갔다 집에 돌아와서는 식구들이 아빠를 자랑스러워하길 바라는 것뿐이죠. 근데 아빠가 하루 종일 대체 어디서 뭘 하는지 아무도 몰라요. 나는 그냥 햄버거 패티처럼 누나랑 맬 사이에 어쩌다 있게 된 존재일 뿐이라고요!"

온 식구가 입을 다물지 못한 채로 나를 바라보았다. 심지어 늘 야무지게 입을 다물고 있는 누나조차도 입을 쩍 벌리고 있었다.

아빠는 약간 진정된 목소리로 말했다. "데이비드, 그건 절대 아니야. 그리고 이건 우리 문제가 아니라 네 행동에 대한 거고."

"제 행동은 늘 똑같았어요. 딱 한 번 실수한 거라고요, 딱 한 번! 맬은 언제든 발작을 일으키고 물건을 부숴도 괜찮죠. 하루 종일 감자칩을 끼고 먹을 수도 있고요. 근데 아빠는 뭐라고 해요? '뭐, 괜찮아. 맬이잖아.' 그런데 나는요, 내 인생 통틀어서 딱 한 번 멍청한 짓을 저질렀고 혼자서 해결해 보려고 했어요. 그런데도 단박에 천하의 쓰레기가 됐고요. 이건 너무 불공평해요. 아니, 한 번도 공평했던 적이 없어요. 나는 정말…."

바로 그때, 날카로운 비명 소리가 집 안을 관통했다. 마치 세계의 끝에서 뿜어져 나오는 사이렌 소리 같았다.

엄마가 외쳤다.

"맬 어디 있어?"

39
바닐라 아이스크림

이번에는 심각했다.

맬은 뒷마당 울타리에 자기 머리를 들이박고 있었다. 아빠가 잡아 보려 했지만 맬이 팔다리를 마구 휘두르고 있어서 쉽지 않았다. 순간 맬의 팔꿈치가 아빠 얼굴로 날아갔고 아빠의 코에서 피가 쏟아져 나왔다. 맬의 비명 소리가 너무 커서 귀가 찢어질 것처럼 아팠다. 맬의 눈동자는 돌아가 있어서 흰자위밖에 보이지 않았다. 엄마가 카펫을 들고 달려 나왔다. 맬은 그것마저 발로 차 버린 다음 내 정강이를 있는 힘껏 걷어찼다. 너무 아파서 바닥에 주저앉았다. 아빠는 뒤에서 맬을 잡은 다음 팔로 감싸 안고서 함께 잔디 위로 쓰러졌다. 아빠 위에 쓰러진 맬은 머리를 뒤로 내리쳐서 아빠의 입을 강타했다. 그러는 동안에도 다리로 맹렬히 발길질을 하고 있었다. 엄마는 어찌할 바를 모른 채로 카펫을 들고 서 있었고, 누나는 손에 휴대폰을 들고 119에 전화를 걸어야 하냐며 소리를 지르고 있었다. 나는 가까스로 맬의 발을 낚아채 꽉 움켜쥐었다. 목이 상할 대로 상했는지 맬은 쉰 소리로 비명을 지르고 있었다.

울타리 옆쪽에서 존스톤 아저씨의 목소리가 들려왔다.

"괜찮아요? 괜찮은 거예요?"

"네, 괜찮아요!" 물론, 아주, 전혀, 절대로, 괜찮지 않았지만, 나는 그렇게 소리쳐 대답했다. 나는 맬의 헤드폰과 선글라스를 가지러 집으로 뛰어 들어갔다. 다시 밖으로 나왔을 때는 맬의 비명이 처절한 통곡으로 바뀌어 있었다. 비명보다 더 들어 주기 힘든 소리였다.

아악! 아빠가 소리를 질렀다. 맬이 아빠의 손목을 깨문 것이다. 아빠는 순간적으로 팔을 잡아 뺐고 아빠 품에서 풀려난 맬은 방향을 돌려 누나를 향해 뛰어가기 시작했다. 누나는 꺅, 하고 비명을 지르면서 휴대폰을 떨어뜨리고는 맬을 잡으려고 팔을 이리저리 휘둘렀다. 그러자 맬은 방향을 틀어서 울타리를 향해 곧장 달려들었다. 맬은 그대로 달려가 울타리를 세게 들이받았다. 나는 울타리에 사람 모양의 구멍이 생기지는 않을까 반쯤 기대했다.

하지만 울타리는 견뎌 냈고, 맬은 그대로 튕겨 바닥에 넘어졌다. 나는 헤드폰과 선글라스를 들고 아빠와 함께 맬에게 달려갔다. 엄마는 우리 바로 뒤에서 카펫을 들고 뛰어왔다. 하지만 맬은 그대로 있어 주지 않았다. 벌떡 일어난 맬은 완전히 정신이 나간 상태로 울타리를 따라 달렸다. 나는 헤드폰과 선글라스를 바닥에 던져 놓고 뒷문으로 나가려 하는 맬을 온몸으로 쳐서 막았다. 맬은 바닥에 넘어졌고, 잠시 후 쌕— 쌕— 하는, 힘들게 숨을 쉬는 소리가 들렸다.

"숨 쉬어, 맬!" 내 외침이 내 귓가에 들렸다. "숨 쉬어!"

아빠가 다가왔고 엄마도 카펫을 들고 와 바닥에 깔았다.

쌕—. 쌕—.

내가 헤드폰을 가지고 오는 동안 아빠는 맬을 팔로 안아 올려 카펫 위에 내려놓았다.

맬은 헉, 하고 숨이 막히는 듯한 소리를 내더니 이내 크게 떨며 숨을 내쉬었다. 엄마는 카펫의 짧은 쪽으로 맬을 덮어 주었고, 나는 그동안 헤드폰을 끼워 준 뒤 '렛 잇 고'를 틀었다.

"말아야 될까?" 아빠가 물었다.

"잠깐만 기다려 봐요." 내가 말했다. 맬의 이마에는 울타리를 들이받을 때 생긴 상처가 심하게 벌어져 있었다. 맬은 두 눈을 꽉 감고 뻣뻣하게 굳은 두 팔을 몸에 붙인 채 힘들게 숨을 쉬고 있었다. 나는 맬의 어깨에 손을 올렸다. "괜찮아, 맬. 이제 괜찮아."

"좋아." 맬이 말했다.

"브리또 해 줄까?"

맬은 눈을 뜨고는 짙은 푸른빛을 띠고 있는 저녁 하늘을 정면으로 바라보았다.

"좋아."

우리는 맬을 카펫으로 부드럽게 말아 주었다. 나는 떨어뜨렸던 선글라스를 가져와 맬에게 씌웠다. 맬은 고개를 이리저리 돌려 보더니 우리의 얼굴을 차례로 바라보았다. 우리는 모두 무릎을 꿇고 맬을 둘러싸고 앉았다. 마치 말구유에 누워 있는 기적의 아기를 바라보듯이. 안전하게 피크닉 테이블 아래에 앉아 사람들이 만들어 내는 드라마를 구경하던 알피가 느긋하게 걸어와서는 맬의 얼굴을 핥았다.

맬의 얼굴에 미소가 번졌다. 맬의 미소가 우리 모두에게 평화의 기운을 뿜어 주는 것 같았다. 아주 잠깐 동안 모든 일이 저녁 식사 때처럼 흘러갈 거라는 생각이 들었다. 어느 누구도 아무에게도 화내지 않고, 모두가 행복했던 그때로 말이다. 극히 짧은 순간이었지만, 정말로 우리는 행복했다.

엄마가 입을 열었다. "여보, 당신 가서 씻어야 할 것 같아." 아빠의 코와 입술, 손목에서 피가 흐르고 있었다.

아빠는 고개를 끄덕였다. "데이비드, 네가 맬이랑 좀 있어 줄래? 브리짓도 같이."

"좋아." 맬은 졸린 듯 웅얼거렸다. 맬은 발작 이후에 찾아오는 무기력한 느낌에 빠져들고 있었다. 누나와 나는 아무 말 없이 그렇게 앉아 있었다. 오랜 시간이 흐른 것 같은 기분이 들었다. 나는 누나가 엄마의 카드 청구서 얘기로 나를 질책하기를 기다렸다. 하지만 누나는 아무런 말도 하지 않았다. 해가 지고 있었다. 이제 곧 모기들이 나타날 시간이다. 옆집 뒷문이 닫히는 소리가 들렸다. 아마 존스톤 아저씨는 울타리에 난 틈으로 모든 걸 다 지켜봤을 것이다. 미치광이 밀러네 가족이 펼치는 쇼가 어지간한 텔레비전 프로그램보다는 훨씬 재미있었을 것이다.

잠시 후, 누나가 입을 열었다. "저기, 내가 복잡하다고 했던 문제 있잖아. 데렉이랑…."

"응?"

"복잡한 거 아니야. 실은 내가 헤어지자고 했어."

"잘했네."

"온통 자기 생각뿐이잖아. 게다가 유머 감각도 전혀 없더라고."

"그걸 이제 알았단 말이야?"

누나는 나를 째려보았다.

"난 그 형 늘 별로였어." 내가 말했다.

"뭐, 난 좋아했어. 아니면 좋아한다고 생각했든지. 그런데 생각해 보니까 내가 그동안 데렉이랑 함께 지냈던 가장 큰 이유가 혼자 있는 게 싫어서였더라고. 넌 친구들도 있고 동네 사람들도 전부 다 알지? 엄마랑 아빠, 맬도 함께 있고. 근데 난 학교에 아는 사람이 하나도 없어. 그래서 데렉이랑 처음 만나기 시작했을 때 내가 좀 들러붙었어. 무슨 말인지 알지?"

"다음에는 좀 재미있는 사람한테 들러붙어 봐."

누나는 싱긋 웃더니 맬을 내려다보았다.

"이번에는 우선 나한테 들러붙어 보려고."

그때 엄마가 밖으로 나왔다. "좀 어때?"

"잠들었어요."

"맬을 풀어서 자기 방으로 데리고 가도 괜찮을까? 이마에 난 상처를 좀 보고 싶은데."

나는 맬에게 카펫을 풀어도 괜찮겠는지 물어보았지만 맬은 너무 깊이 잠든 상태였다. 우리는 천천히 맬을 풀어 주었다. 엄마는 아기를 안듯이 두 팔로 번쩍 맬을 안아 들었다. 거의 30킬로그램은 나갈 텐데 엄마는 아주 쉽게 안아 올렸다.

우리는 맬을 2층으로 데리고 올라가 침대에 눕혔다. 엄마는 구급상자를 가져와 맬의 이마에 난 상처를 닦아 낸 다음 연고를 바르고 그 위에 밴드를 붙였다.

"잠깐만 여기서 맬이랑 있어 줄래?" 엄마가 나에게 물었다.

"제가 있을게요." 누나가 대답했다.

엄마와 나는 놀라서 서로를 바라보았다. 아마도 그 순간 우리는 깨달았던 것 같다. 그때까지 누나가 혼자서 맬을 돌보는 게 얼마나 드문 일이었는지. 누나는 언제나 학교 일이나 수많은 다른 활동들로 바빴기 때문에 맬을 돌보는 일은 늘 나머지 식구들의 몫이었던 것이다.

"제가 책 읽어 줄게요." 누나가 말했다. 엄마는 우리가 맬에게 책 읽어 주는 걸 좋아한다. 맬이 자고 있어도 괜찮고 책 내용도 상관없다. 중요한 건 맬의 귀에 계속 말을 들려주는 거니까. 누나는 맬의 침대 옆에 있는 책장에서 개에 대한 그림책 한 권을 골랐다. 맬이 아주 좋아하는 책 중에 하나다. 우리가 방을 나설 때 누나는 책을 펴고 읽기 시작했다.

"작은 강아지 다섯 마리가 울타리 아래에 구덩이를 팠어요…."

누나가 맬과 함께 있는 동안 나는 주방을 마저 치웠다. 엄마와 아빠는 침실에 들어가 계셨다. 두 분이 말하는 소리가 알아들을 수 없게 웅웅 새어 나왔다. 무슨 말인지 궁금해 귀가 근질근질했다. 분명 내 이야기를 하고 있겠지. 알고 보니 아들이 도둑질이나 하는 비열한 겁쟁이였다고 하면서. 나는 필요 이상으로 꼼꼼하게 조리대 위를 닦았다. 내가 한 게 도둑질일 수도 있다. 내가 비열한 겁쟁이일 수도 있다. 하지만 적어도 이 단순한 집안일조차 제대로 못한다는 이유로 나를 고소하는 일은 없어야 할 테니까.

청소를 끝냈을 때, 나는 냉동실에 반쯤 남은 하겐다즈 바닐라 맛 아이스크림을 발견했다. 나는 싱크대 앞에 선 채로 천천히 아이스크림을 먹었다. 비단처럼 부드러운 아이스크림이 몸을 안에서부터 바깥까지 진정시켜 주는 것 같았다. 아이스크림을 다 먹고 빈 통을 쓰레기통에 버렸다. 그런 뒤 내가 쓴 숟가락은 싱크대에 그대로 내려놓았다. 나도 결국, 완벽한 사람은 아니니까.

40
어니언 링

잠? 거의 못 잤다.

나는 불을 끈 채로 침대에 누워 상처받은 나의 가족들이 내는 소리에 귀를 기울였다. 맬은 잠들어 있는 것 같았지만 누나가 맬에게 책 읽어 주는 소리가 웅얼웅얼 들렸다. 아래층 침실에서는 엄마와 아빠가 대화를 나누는 소리가 아직도 희미하게 들려왔다. 뭐라고 하시는지 너무나 알고 싶지만 차라리 모르는 게 나을 수도 있다. 그냥 상상하는 것만으로도 충분히 끔찍하니 말이다.

— 데이비드를 대체 어쩌면 좋을까?

— 내 생각엔 군사학교에 보내면 어떨까 싶어. 아무리 생각해도 녀석을 믿을 수가 있어야지.

— 맬도 같이 보내 버릴까 봐. 정신병원에 가둬 버리는 거야.

— 그냥 둘을 같이 보호시설에 보내 버리는 건 어때? 그럼 한 방에 해결이잖아!

망상은 내일 아침에 일어날 일에까지 손길을 뻗쳤다. 지난 몇 주간의 내 인생은 몽땅 피고리노볼 대회 준비로 꽉 채워져 있었다. 그럼에도 나를 대회에 내보내 주지 않겠지. 죄책감이 느껴지는 동시에 죽도록 억울한 생각이 들었다. 내일 아침 일찍 일어나 아침을 먹으러 아래층에 내려가 두 분의 얼굴을 마주하는 걸 상상해 보았다. 엄마와 아빠의 눈빛, 아빠의 턱과 입술에 난 상처, 엄마의 얼굴에 드리워진 배신과 실망의 그림자….

자정 무렵, 누나가 맬의 방문을 조용히 닫고 발소리를 죽여 아래층으로 내려가는 소리가 들렸다. 이어 누나의 차 문이 닫히는 소리, 엔진에 시동 걸리는 소리가 들렸다. 곧이어 타이어가 아스팔트 바닥을 밀어내며 차고를 빠져나갔다. 또다시 엄마와 아빠가 이야기를 나누는 소리가 들려왔다. 대체 무슨 할 말이 저렇게 많은 걸까?

낮게 들리던 엄마 아빠의 목소리가 점차 수그러들자 창문 밖에서 이리저리 나뒹구는 나뭇잎 소리와 냉장고가 웅웅거리는 소리만 들렸다. 그러자 아주 오래전에 있었던 일이 문득 떠올랐다.

내가 맬 정도의 나이였을 것이다. 아빠는 디모인에서 열리는 야구 경기를 보여 주러 나를 데리고 야구장으로 가는 중이었다. 그날은 아이오와 컵스 대 멤피스 레드버즈의 경기가 있었고, 나로 말하자면 태어나서 처음으로 야구장에 가는 거였다. 게다가 아빠와 단둘이 하루 종일 있을 수 있다니. 핫도그, 야구 경기, 도시 구경까지! 나는 너무 좋아서 잔뜩 흥분해 있었다. 우리가 야구장까지 절반 정도 갔을 때, 아빠의 휴대폰으로 전화가 왔다. 아빠는 프랭크라는 이름의 아저씨와 잠시 통화하더니 전화를 끊고 한숨을 내쉬었다.

"데이비드, 미안한데 계획을 바꿔야겠다."

야구가 열리는 프린시플 파크로 향하던 우리는 차를 돌려 디모인 서부 지역에 있는 큰 창고로 가서 기다란 상자에 든 냉장고 부품을 싣고는 다시 도시로 차를 돌려 달렸다.

"아빠 거래처 중에 '팩모'라는 회사가 있는데 거기에 문제가 생겼단다." 아빠가 설명을 시작했다. "그쪽의 냉각장치 중 하나가 고장 나서 보관 중인 소고기 2,700킬로그램이 상하기 직전이라고 해. 그래서 지금 당장 내가 이 부품을 그 회사에 가져다줘야 하는 거란다."

"전 아빠가 물건을 팔기만 하는 줄 알았는데, 왜 배달까지 해야 해요?" 내가 물었다.

"음…. 데이비드, 지금 우리 배송 기사들한테 문제가 좀 있어. 아마 시위대를 뚫고 가려고 하지 않을 거야."

"시위대요?"

아빠는 팩모에서 고기 포장을 담당하는 직원들이 충분히 급여를 받지 못해 파업 중인데, 배송 기사들은 이 직원들을 지지하는 입장이라 팩모에 물건 배달하는 걸 거부하고 있다고 설명했다.

"포장 직원들 말에도 일리는 있어." 아빠가 말했다. "팩모는 몇 년 동안 직원들의 요구를 들은 체도 안 했거든. 이제 직원들도 더 이상 참을 수가 없게 된 거지. 하지만 아빠는 일단 아빠 일을 생각해야 하고, 팩모는 중요한 고객 중 하나야. 근데 걱정하지는 마. 후반 몇 회는 볼 수 있을 테니까."

팩모는 콘크리트 벽과 철제 구조물로 이루어진 굉장히 큰 건물이었고 주위에는 철제 울타리가 세워져 있었다. 열두 명 정도 되는 사람들이 팻말을 들고서 울타리 밖 정문 앞에 모여 있었다. 우리 차가 정문에 다가가자 시위를 하던 사람들이 팻말을 흔들며 야유를 보냈다. 팻말에는 '불공정 개선!' '정당한 업무, 정당한 대가!' 등의 문구가 적혀 있었다. 우리를 향해 소리를 지르는 사람도 있었다. 한 남자가 우리 차의 후드 위로 팻말을 던지자 다른 남자가 그를 끌어 말렸다. 그러는 동안 아빠는 똑바로 정면을 응시했다. 건물에서 한 남자가 나오더니 정문을 열어 주었고 우리는 차를 몰고 안으로 들어갔다. 아빠는 곧바로 가지고 간 냉장고 부품을 설치했다. 겨우 20분 정도밖에 걸리지 않았다. 아빠가 이런 일까지 할 수 있는 줄은 몰랐다.

"판매 일 시작하기 전까지는 수리 기술자였어." 아빠가 나에게 말했다.

"아까 팻말 들고 있던 사람들이요. 모두 여기서 일하는 사람들이에요?"

"노동조합에서 온 사람들도 있고." 아빠는 주위를 둘러보며 듣는 사람이 없는지 확인했다. "파업하던 사람들, 좋은 사람들이야. 시위대를 뚫고 지나온 건 나도 마음이 안 좋아."

"그럼 왜 그런 거예요?"

아빠는 한숨을 내쉬었다. "데이비드, 이 회사도 다른 많은 회사들이랑 비슷해. 여길 운영하는 사람들도 때로는 이기적이고 욕심이 많아져. 이윤을 내기 위해서는 그래야 한다고 생각하는 거지. 자기들이 이윤을 만들지 못하면 사업을 계속해 나갈 수 없고, 그럼 아까 파업하던 사람들은 직장을 잃게 될 테니까. 그런데 가끔 회사 주인들이 지나치게 이기적으로 행동하고 욕심을 부릴 때가 있어. 그래서 오늘 같은 일이 생기는 거란다."

"그럼 아빠는 파업하는 사람들이 옳다고 생각하는 거예요?"

"기본적으로는 그렇지. 하지만 내가 시위대를 뚫고 이 부품을 가져오지 않았다면 일단 엄청난 양의 고기가 버려졌을 테고 그럼 팩모가 큰 손실을 입었겠지. 나 역시 고객을 잃었을 테고." 아빠는 해진 천으로 양손에 묻은 기름을 닦아 냈다. "가끔은 말이다. 옳다고 생각하는 이유를 위해서 그른 일을 해야 될 때도 있는 거란다."

우리는 6회가 시작되는 때에 맞춰 야구장에 도착했다. 나는 어니언 링 세 접시를 먹었고, 아이오와 컵스는 졌다.

새벽 1시였지만 여전히 잠이 오지 않았다. 나는 방의 불을 켜고 헤이맨과 씬에게 짧게 메시지를 보냈다. 그런 뒤 컴퓨터를 켜고 타자를 치기 시작했다.

사랑하는 엄마, 아빠께.

우선 이 모든 일에 대해 사과드리고 싶어요. 제가 전부 망쳐 버렸다는 거 알아요. 아마 이 말을 들으면 더 화가 나시겠죠. 전 디모인으로 가서 대회에 나갈 거예요. 죄송해요.

두 분께 소리 질러서 죄송해요. 그리고 맬이 발작하게 만들어서 아빠를 다치게 한 것도 정말로 죄송해요. 2,000달러에 관한 것도요. 돈이 문제가 아니라는 건 저도 알아요. 하지만 그 돈을 갚을 수 있는 방법은 피고리노볼에서 우승하는 것뿐이에요.

맬도 제가 대회에 나가길 바라고 있어요. 한 달 내내 맬이랑 같이 훈련했거든요. 맬은 제가 하는 일이 중요하다는 걸 이해해 주었어요.

엄마가 떠나 있는 동안 맬이 새로운 음식 두 가지를 먹을 수 있게 가르쳤어요. 이제 발작을 일으키지 않고 어디든 갈 수 있게 됐고요. 제 생각엔 엄마 바람대로 조만간 말도 할 수 있을 것 같아요.

전 대회에 나갈 거예요. 제가 돌아오면 저를 방에 가두셔도 좋고 저한테 다시는 말을 걸지 않으셔도 괜찮아요. 하지만 우승을 하든 못 하든 그 돈은 제가 갚을 거예요. 제가 남은 평생을 지하 감옥에서 보내야 한다 하더라도 다시는 이런 일을 저지르지 않겠다고 약속할게요.

사랑해요.

데이비드

편지를 쓰고 나서 나는 잠깐 잠이 들었다가 동이 터 오기 시작할 무렵 눈을 떴다. 나는 페퍼로니 피자 티셔츠를 입고서 아래층으로 살금살금 내려갔다. 편지를 식탁 위에 내려놓은 나는 집을 빠져나와 헤이맨네 집으로 향했다.

41
사우어크라우트와 맥주

4-H버스는 그야말로 엉망진창이었다. 씬과 헤이맨과 나 셋은 버스의 가장 뒤에 있는 자리에 끼어 앉아야 했고, 나는 창쪽 구석에 쑤셔 박혀 있었다. 버스는 배커빌과 할리붓, 블루프레리 지역의 농장 아이들로 꽉 차 있었다. 대부분의 아이들이 점심 도시락을 싸 가지고 왔는데, 그중 절반은 이미 도시락을 까먹고 있었다. 차 안에 살라미 소시지와 사우어크라우트 냄새가 가득했다. 주키 가라팔로는 12분 동안 3킬로그램의 사우어크라우트를 먹은 걸로 세계기록을 가지고 있다. 내가 아는 한 그 기록은 아직도 깨지지 않았다.

아이들은 4-H버스를 함께 타고 다니기에 대부분 서로 다 아는 사이였다. 모든 아이들이 떠들고 소리를 지르고 웃는 동시에 쩝쩝거리며 먹고 있었다. 절반쯤 갔을 때, 누군가가 '99개의 맥주병' 노래를 부르기 시작했다. 놀랍게도 씬이 거기에 동참했으며, 곧이어 헤이맨도 따라 부르기 시작했다. 나는 양손으로 귀를 틀어막고서 최대한 깊숙이 의자에 몸을 파묻었다. 여기서 정신줄을 놓으면 안 된다.

…맥주병 96개가 담벼락 위에 놓여 있네, 맥주병 96개~.
그중에 한 병이 떨어지면, 맥주병 95개가 남았네.
맥주병 95개가 담벼락 위에 놓여 있네, 맥주병 95개~.

노랫소리와 사우어크라우트 냄새, 그리고 부모님 말씀을 어긴 데서 오는 죄책감까지, 나는 나를 덮쳐 오는 모든 걸 막아 보려고 애썼다. 피자를 먹고 있는 걸 상상해 봐야지. 크러스트와 소스, 치즈가 내 입안으로 넘실거리며 쏟아져 들어온다. 나는 데렉이 했던 말을 떠올렸다. '넌 하나의 원통이야. 구멍이 세 개인 도넛이라고.' 입으로 숨을 들이쉬자 사우어크라우트로 오염된 공기가 폐에 가득 들어찼다. 갑자기 토할 것 같아져서 나는 끙, 신음했다.

"괜찮아?" 씬이 물었다.

"얼마나 더 남았어?" 내가 물었다.

"아마 50절 정도."

"대체 누가 아침밥으로 사우어크라우트를 먹는 거야?"

"밀리 메이어 같은데. 재미로 그러는 것 같아."

"으, 난 하나도 재미없어."

…맥주병 89개가 담벼락 위에 놓여 있네, 맥주병 89개~.

씬은 다시 노래를 따라 불렀다. 담벼락에 맥주병이 65개 남았을 때쯤 사우어크라우트 냄새도 거의 사라졌다. 정말 냄새가 사라졌을 수도 있고, 아니면 내 코가 적응한 걸 수도 있겠다. 참으로 멀고도 험한 길이었다. 버스가 박람회장의 정문 앞에 도착했을 때에는 담벼락 위에 맥주병 6개가 남아 있었다.

아이오와주 박람회는 미국에서 가장 큰 규모의 박람회 중 하나다. 해마다 수백만 명의 방문객들이 전국 각지에서 몰려와 세상에서 제일 큰 돼지 동상을 보고 입을 다물지 못한다. 또 사람들은 트랙터 몰기 대회, 초소형 집을 만들어 그걸 타고 달리는 '아웃하우스' 경주, 고무 닭 던지기 대회 같은 걸 구경하러 오기도 한다. 그 밖에도 여러 음식을 먹으러 오는 사람들이 있다. 핫도그, 코끼리 귀 모양의 넓적한 빵, 팝콘 등. 그것 말고도 이름만 들어도 이상한 음식이 있는데 예를 들어 '좀비콘 아이스크림' '치킨프라이드 베이컨' '땅콩잼젤리 꼬챙이 튀김' 같은 것도 있다. 농담이 아니라 진짜로 다 파는 음식들이다.

우리는 버스에서 내려 표를 사기 위해 매표소로 향했다. 헤이맨은 내가 씬과 자기의 표까지 사야 한다고 생각하는 것 같았다.

"우리는 네 투자자잖아." 헤이맨의 주장이다.

"그러니까 12달러 더 투자해. 나 20달러밖에 안 남았어. 게다가 아직 아무것도 안 샀단 말이야."

"넌 피자 잔뜩 먹을 텐데 뭘 더 사려고 그래?"

"음, 저 모자 하나 살까?" 나는 옥수수가 그려진 노란 모자를 쓴 남자를 가리켰다.

“저거 쓰고 있으면 누구라도 달려들어서 널 물어뜯을걸?”

“그러면 어때? 아무튼 네 표는 네가 직접 사.”

“아오, 짠돌이.”

우리는 각자 표를 사고 회전문을 돌아 박람회장 안으로 들어갔다.

“대회 시작까지 아직 시간이 많이 남았는데.” 씬이 말했다. “너희는 뭐 할 거야?”

“먹어야지.” 헤이맨이 말했다. “너네는 배 안 고파?”

“지금은 별로.” 씬이 휴대폰을 꺼내 들여다보았다. “나 하고 싶은 거 정리해 왔어. 우선 순수미술 작품전도 보고 싶고, 또 섬유 전시회도 둘러보려고. 그리고 물론 닭도 봐야지. 그게 최고잖아.”

“닭? 좋지. 튀긴 거 아님 구운 거?”

씬은 헤이맨의 팔을 찰싹 때렸다.

“그거 말고 또 뭐 있지?” 내가 물었다.

“버터로 만든 소.” 씬이 말했다.

‘버터 소’는 당연히 봐야 된다. 깜빡할 뻔했네. 박람회장에는 몇 번 와 봤지만 최근 몇 년 동안은 와 보지 못했다. 누나는 학교 때문에 바쁘고 맬은 늘 그 상태였으니 나를 박람회장에 데려오는 일은 부모님의 우선순위가 아니었던 것이다. 가족끼리 다 같이 온 적은 별로 없지만, 우리는 올 때마다 버터 소를 보러 가곤 했다.

“소부터 보러 가자.” 내가 말했다.

버터 소는 진짜 소만 한 크기의 조각상인데, 버터로 만들어져 있다. 농업관의 냉장설비를 갖춘 전시실 안에 들어가 있는데 정말 장관이다.

한 여학생이 팸플릿을 나눠 주고 있었다. 나는 그걸 하나 받아 읽어 보았다. 소는 높이가 173센티미터에 무게가 272킬로그램으로, 토스트 2만 장을 충분히 바를 만한 양의 버터로 만들어졌다고 쓰여 있었다.

"박람회 끝나면 저 버터로 뭘 하려나?" 내가 말했다.

헤이맨은 핫도그를 우적거리며 말했다. "버터 많이 먹기 대회를 하겠지."

"나라면 저 버터 안 먹어." 씬은 팸플릿을 보면서 말했다.

"왜? 살찔까 봐?" 내가 물었다.

"아니, 여기 보면 박람회가 끝나면 버터를 녹여서 얼린 다음 이듬해에 그걸로 새 버터 소를 만든다고 나와 있어. 저 버터, 유통기한 한참 지났을걸?"

"버터 많이 먹기 대회 괜찮은데? 단 신선한 버터라면."

"한번은 내 여동생이 키우는 고양이가 버터 한 통을 다 먹은 적이 있지." 헤이맨이 말했다. "뒤끝이 안 좋더라고. 고양이나 여동생이나."

우리는 이야기를 나누며 걸어 나왔다.

"이제 뭐 볼까?" 내가 씬에게 물었다. "돼지 동상 보러 갈래?"

"난 섬유 전시회 보러 갈래. 퀼트랑 실로 짠 카펫 같은 건데, 너희는 같이 안 가도 돼. 이따가 피자 대회 하는 데서 만나면 되니까." 씬은 휴대폰으로 시간을 확인했다. "이제 한 시간 남았다."

"난 너랑 퀼트 보러 갈래." 헤이맨의 말에 씬과 나는 깜짝 놀랐다.

"진심이야?" 씬이 물었다.

"응. 뭐 어때?" 헤이맨은 한입 남은 핫도그를 입에 넣고서 나를 보았다. "너도 퀼트 보러 같이 갈래?"

"난 대회 부스에 가 보려고. 어떻게 준비하고 있는지 미리 좀 보게." 거기다 씬과 헤이맨 주연의 로맨스 드라마에 엑스트라로 끼고 싶은 생각도 없었다.

"그래. 12시 맞춰서 응원하러 갈게. 거기서 봐." 헤이맨은 미니도넛 가판대로 씬을 이끌었다.

42
물

파파의 피자 부스는 월넛 광장에 있었는데, 양옆으로 자이언트 미끄럼틀 놀이기구와 마구간 부스가 있었다. 한쪽에서는 꼬마들이 미끄럼틀을 타고 내려오며 소리를 지르고 있었고, 다른 한쪽에서는 비료 냄새가 강렬하게 풍겨 오고 있었다. 음식을 팔기에 썩 좋은 장소는 아니지만 파파의 부스는 20년이나 그 자리에서 행사를 해 왔고 언제나 피자도 잘 팔렸다. 피자 부스에는 늘 줄이 길게 늘어서 있다.

올해에는 비토가 말한 대로 규모가 더 컸다. 부스를 이어 붙였는데, 두 배는 더 커진 것 같았다. 간판은 새걸로 교체했는데 길이가 무려 6미터에 달하는 네온 간판이었다. 문구도 바뀐 것 같았다.

파파 피고리노의 피자 왕국

세계적인 피자의 명가, 피고리노볼 본점

간판은 미국 국기와 이탈리아 국기로 장식되어 있었다. 광장의 한가운데는 가판대에서 15미터 정도 떨어져 있었는데 거기에는 단상이 설치되어 있었고, 그 단상 위에는 12미터에 달하는 긴 테이블이 놓여 있었다. 그 테이블 역시 하얀색, 빨간색, 초록색의 깃발로 장식되어 있었다. 남자 두 명이 테이블 앞에 접이식 의자를 가져다 두고 있었다.

그런데 무엇보다 놀라운 건 줄이었다. 수백 명의 사람들이 피자 가게 앞에서부터 길게 줄을 서 있었는데, 줄이 무대를 지나 광장을 가로질러 구불구불 이어져 있었다. 어디를 둘러보든 사람들은 피고리노의 커다란 조각 피자를 먹고 있었다. 이게 다 무슨 일이람. 파파네 피자가 맛있기는 하지만 이 정도는 아닌데.

그러다 나는 같은 학교에 다니는 여자애를 알아보았다. 에밀리 켈러는 내가 모르는 여자애랑 같이 줄을 서 있었다.

"에밀리, 잘 지냈어?"

"안녕, 데이비드." 에밀리가 말했다. "너 여기서 열리는 대회에 나간다며?"

"그럴 생각이야."

"이쪽은 내 친구 알리샤 모레노. 최근에 배커빌로 이사 왔어."

알리샤는 에밀리보다 키가 작았는데, 길고 검은 머리를 포니테일로 묶고 있었다. 그 여자애는 웃으면서 반짝이는 짙은 색 눈으로 나를 찬찬히 살펴보았다. "너, 정말로 대회에 나갈 거야?"

"나가서 우승할 생각이야." 얼레. 뭐지, 이 자신감 넘치는 말투는.

"진짜 멋지다!" 그 애는 진심으로 감동받은 것 같았다. 여자애한테 멋지다는 말을 듣는 건 역시나 어색하다.

“고마워.” 기분이 이상했다. 어쩌면 나를 놀리는 건지도 모르겠다.

“그런데 줄이 왜 이렇게 긴 거야?”

에밀리는 나에게 쿠폰을 보여 주었다. “관람석 앞에서 사람들이 이걸 나눠 주고 있거든.”

• 박람회 한정 공짜 피자 쿠폰 •

토요일 단 하루! 오전 11시부터 정오까지
파파 피고리노의 피자 백화점
(원래 피자 가판대가 있던 그 자리)

“파파가 관중을 엄청 늘리려고 하는구나.”

“데이비드, 이따 우리가 응원할게.” 알리샤가 말했다.

피자를 나눠 주는 창구 쪽에서 하얀 정장이 휙 지나가는 게 보였다. 나는 관중들 사이에서 일하고 있는 파파에게 다가갔다.

“안녕하세요, 아저씨.”

“더스틴!”

“데이비드요.”

“데이비드! 데이비드인 거 내가 알쥐. 우리 배커빌에서 온 최고 먹보 선수잔뉘! 이 파파를 위해써 이겨야 한다, 아랐쥐?"

"그럴 계획이에요. 피자는 충분히 준비해 두셨죠?"

"피자는 잔—뜩 준비해 놔써. 한 조각 먹을래?"

"이따 대회를 위해서 참을게요." 나는 침을 꼴깍 삼켰는데 목이 건조하게 느껴졌다. "물 한잔 마실 수 있을까요?"

"그럼, 그럼. 물 갖다주마." 파파는 피자를 나눠 주고 있던 한 직원에게 손가락을 튕기고는 뭐라 소리쳤다. 잠시 후에 여직원이 종이컵에 한가득 물을 채워 갖다주었다. 나는 그걸 단숨에 들이켰다.

"봤지? 내가 우리 최고 고객을 얼마놔 챙기는쥐. 이제 비토한테 가서 등록하고 오렴."

나는 무대 뒤의 작은 테이블에 앉아 있는 비토를 발견하고 그리로 다가갔다. 서너 명의 남자들이 그 주위를 서성이고 있었다. 비토는 한 명씩 그들을 상대하며 목록에서 이름을 찾아 지운 다음 이름표를 나눠 주었다. 내가 테이블에 다가갔을 때 비토는 꾀죄죄하고 똥배가 툭 튀어나온 금발의 한 남자와 실랑이를 벌이고 있었다.

"목록에 이름이 없다니까요." 비토가 말했다.

"더 자세히 보라니까." 꾀죄죄한 남자가 말했다. 그 남자는 형광색 노랑과 주황이 섞인 하와이안 셔츠 위에 주머니가 잔뜩 달린 군복무늬 조끼를 입고 있었다. 거기에 더해 역시 주머니가 잔뜩 달린 펑퍼짐한 초록색 카고 반바지를 입음으로써 꼴사나운 패션의 정수를 보여 주고 있었다.

"내가 시카고 예선에서 우승했다니까."

비토는 손가락으로 명단을 훑어 내려갔다. "여기에는 시카고 대회 우승자 이름이 이렇게 쓰여 있는데…. 먹… 먹깨비 엘?"

"먹깨비. 맞아. 먹깨비 엘. 그게 내 대회용 이름이라고, 이 사람아." 그는 자기 명함을 내밀었다. "봤지? 그게 나라고. 나중에 상금을 수표로 줄 때는 버질 B. 슈틀베커라고 쓰면 돼."

"수표 서명은 우승을 하고 나서나 필요한 건데." 비토는 제대로 짜증 난 것 같았다.

"걱정 마. 우승은 내 거니까."

나는 몇 미터 떨어진 곳에서 그대로 온몸이 얼어붙은 채 서 있었다. 먹깨비라고? 나의 철천지원수, 먹깨비! 이자가 대체 여기서 뭘 하는 거지? 코니아일랜드에서 핫도그를 먹고 있어야 할 사람이 대체 왜 피자를 먹겠다고 여기 와 있는 거냐고? 그러다 퍼뜩 기억이 났다. 씬이 먹깨비가 네이선 핫도그 대회에 출전 정지를 당했다고 말한 게.

"그럼 이름표에는 뭐라고 써야 돼요?" 비토가 물었다.

"먹깨비라고 써야지." 그가 말했다. "먹.깨.비.엘."

비토는 이름표에 검은 펜으로 '먹깨비 엘'이라고 적었다.

"고마워, 형씨." 먹깨비는 그렇게 말하고는 비토의 손에서 명찰을 낚아채 갔다. "난 수표를 받을 준비는 언제든 돼 있다고." 그는 커다란 허연 이를 드러내며 웃었다. 그러고는 뒤를 돌아 내 쪽을 향해 걸어왔다. 푸른 그의 두 눈이 내 눈과 마주쳤다. 그의 시선이 내 페퍼로니 티셔츠로 옮겨 갔다. "티셔츠 멋있다, 꼬맹아." 그는 능글맞게 웃으며 내 옆을 스쳐 지나갔다.

먹깨비 엘. 심장이 너무 쿵쾅대서 나는 거의 숨을 쉴 수조차 없었다.

살면서 지금 이 순간만큼 누군가를 이토록 끔찍하게 싫어한 적은 없었다. 나는 당장이라도 달려가 기름으로 떡 진 그 머리채를 낚아채서 멍청한 얼굴을 흠씬 패 버리고 싶었지만 꼼짝도 할 수 없었다. 어쩌면 그게 다행인지도 모르겠다. 그는 나보다 거의 4, 50킬로그램은 더 나가 보였으니까.

내가 무슨 수로 먹깨비를 이긴단 말인가? 온갖 비열한 짓을 일삼는데도 불구하고 먹는 실력만큼은 우주에서 손꼽히는 프로란 말이다. 애플파이부터 돼지호박 튀김까지 모든 음식에 세계기록을 가지고 있는 사람이다. 내 몸에서 모든 희망이 빠져나가는 게 느껴졌다.

"데이비드 왔구나." 비토가 나를 반겼다. "네가 와서 얼마나 기쁜지 모르겠다. 아까 나랑 말하던 남자 봤지?"

나는 고개를 끄덕였다.

"네가 대회에서 저 자식 코를 납작하게 해 줬으면 좋겠다."

"알았어요." 나는 내 이름표를 받았다.

"좌석번호는 뒷면에 있어. 아참, 파파도 이번에는 치즈 피자로 하는 데 동의했어. BLD는 안 하기로 했다. 조언해 줘서 고마워."

"별말씀을요."

"나는 널 응원할 거다."

나는 멍하니 고개를 끄덕이고는 걸음을 옮겼다. 이제 남은 희망은 1년 동안 무료로 피자를 먹을 수 있는 2등뿐이다. 아니, 3등 상품인 피자 전용 칼을 노려야 하나. 에곤 벨트 역시 나 정도는 가뿐히 이겨 버릴 게 분명하니까.

43
빙수

나는 광장에서 멀찍이 떨어진 곳에 있는 잔디밭에서 무릎을 끌어안은 채 앉아 있었다. 그때 내 위로 그림자가 드리웠다.

"식욕이 좀 도나, 어린 친구?" 에곤 벨트였다. 그는 멜빵바지 안에 빳빳하게 다린 깨끗한 셔츠를 입고 존 디어 모자를 쓰고 있었다.

나는 힘없이 웃어 보였다. "식욕이야 있죠. 근데 제가 방금 누굴 봤게요? 먹깨비 엘을 봤어요."

"버질?" 에곤 벨트는 어깨를 으쓱했다. "참가할 거라는 얘기는 들었다."

"그 사람을 이긴 적 있으세요?"

"아니. 그래도 한번 도전해 봐야지. 우리라면 해 볼 만하지 않겠어?"

"정말 그렇게 생각하세요?"

"그럼. 그렇고말고. 나는 버질이 너만 할 때, 아주 말라깽이 꼬맹이였던 시절부터 알았단다. 그 애 엄마가 첫 번째 대회 때 녀석을 차로 데리고 왔지. 좋은 분이셨단다. 지금은 더뷰크 너머에 있는 갈리나에 살고 있지, 아마. 참 아름다운 동네야."

"먹깨비한테 엄마라니, 잘 상상이 안 가네요."

"우리 모두에게는 엄마가 있지. 버질도 그저 식욕이 왕성하고 태도가 좀 별로일 뿐 똑같은 사람이란다. 그 녀석도 질 수 있어."

"그야 그렇죠. 하지만 너무 빨라요."

"토끼와 거북이 경주 이야기 알지? 10분은 긴 시간이란다. 버질은 턱을 가졌지만 마음이 없어. 그 녀석도 언젠가는 부서지고 재가 될 거야. 오늘이 그날인지도 모르지. 여튼 녀석을 주시해라. 소매에 무언가를 숨기고 다니니까. 근데 그게 그다지 반가운 것들이 아니거든."

파파의 목소리가 확성기를 타고 광장에 울려 퍼졌다.

"참가자 여러분! 피고리노볼 피자 먹기 대회 참가자 여뤄부운! 모두 자리에 안자 쥬시기 바람니돠!"

"우리 차례구나. 행운을 빈다, 얘야." 에곤 벨트는 광장을 가로질러 무대로 향했다.

나도 자리에서 일어섰다. 다리가 후들거렸고 어젯밤부터 지금까지 아무것도 먹지 않았는데도 전혀 허기가 느껴지지 않았다. 내가 무대 쪽으로 가려고 할 때 씬과 헤이맨이 나를 발견하고 다가왔다. 헤이맨은 블루베리 맛 빙수를 후루룩거리며 먹고 있었다.

"서둘러! 금방이라도 시작할 것 같단 말이야!"

참가자들 중 일부는 벌써 무대 위에 올라가 있었다.

"너 괜찮아?" 씬이 물었다.

"아니. 여기 누가 왔는지 알아?"

둘은 나를 보았다.

"먹깨비 엘."

"그 먹깨비?" 헤이맨이 말했다.

"시카고 예선에서 우승했대. 그 사람, 빠르기로는 전 세계에서 2, 3등 정도야. 심지어 닭 목 먹는 대회에서는 조이 체스트넛을 이긴 적도 있어."

"뭐 어때, 이건 피자잖아. 네 전문인 피고리노 피자!"

나는 고개를 가로저었다. "모르겠어."

친구들의 걱정스러운 얼굴을 보자 걱정이 배가되는 기분이었다.

"정말 미안하다." 나는 말했다.

씬은 내 앞으로 다가오더니 내 눈을 똑바로 바라보며 섰다. 씬의 얼굴이 정말 코앞에 바짝 다가왔다. 씬을 이렇게 가까이에서 본 건 처음인 것 같다.

"넌 할 수 있어." 씬은 내 손을 꼭 잡으며 말했다. "네가 해낼 거라고 난 믿어." 그러고는 내 손을 풀어 주었다. 나는 천천히 무대를 향해 걸었다. 내가 받은 티켓 뒷면을 확인했더니 13번 자리였다. 그럼 그렇지. 재수 없는 13번이다. 나는 짧은 계단을 올라 무대 위로 가 내 자리를 찾았다. 무대 한가운데였다. 내 오른쪽으로 두 자리 옆에 에곤 벨트가 앉아 있었다. 에곤 벨트는 나랑 눈이 마주치자 살짝 윙크했다.

"잘해 봐, 어린 친구." 그가 말했다.

나는 고개를 끄덕였다. "아저씨도요."

대부분의 자리가 채워졌을 때 먹깨비가 나와 에곤 벨트의 중간에 놓인 의자에 쿵 소리를 내며 앉았다. 정말 잘 돌아간다. 먹깨비 바로 옆자리라니.

먹깨비는 에곤 벨트를 돌아보며 깜짝 놀라는 척했다.

“에곤 벨트? 아저씬 이런 거 하기엔 이제 너무 늙은 거 아니에요?”

“그럴지도 모르지, 버질.” 에곤 벨트가 말했다. “그래도 나이가 든 덕에 너 같은 녀석들한테 겁먹지는 않아.”

“하! 나한테 겁먹지 않을 사람은 아무도 없어요! 내가 장담하는데, 아저씨는 한 판을 다 먹기도 전에 토할걸요?” 그는 팔꿈치로 나를 툭 쳤다. “안 그러냐, 꼬맹아?”

나는 그를 쳐다보지 않았다.

“3분 전!” 파파가 우렁차게 외쳤다.

관중들이 무대 앞으로 모여들기 시작했다. 500명도 넘는 것 같았다. 피고리노 직원들은 상자에 든 피자를 날라 오고 있었다. 자리마다 피자 두 상자와 물이 가득 든 커다란 플라스틱 컵 두 개가 놓였다.

먹깨비는 누구에게랄 것도 없이 그냥 큰 소리로 떠들어 대고 있었다. “내가 말이야, 조이 체스트넛이랑 같이 캔자스에 있는 피자헛에서 일대일로 붙은 적이 있어. 녀석이 70조각을 먹었을 때 나는 80조각을 먹었지. 이런 게 전설이 아니고 뭐겠어! 그러고 나서 디저트로 둘이서 할라피뇨 튀김을 한 양동이나 먹었다니까. 나한테 이 정도 경기는 식은 죽 먹기야. 그러니까 당신들 죄다 짐 싸서 집에 돌아가는 게 나을걸!”

먹깨비가 저런 개똥 같은 소리를 지껄이는 목적이 나나 다른 사람들

모두를 열받게 하려는 거라면 대성공이다. 나는 테이블로 고개를 떨궜다. 참가자들은 전부 한 덩치 하는 사람들뿐이었다. 여자 참가자는 한 명이었는데, 그 사람마저도 큰 편이었다. 그래도 상관없다. 나는 최선을 다해서 3등으로 피자 전용 칼을 받고 스스로에게 부끄럽지만 않으면 되는 거다.

파파는 우리 앞을 이리저리 걸어 다니며 규칙에 대해 읊어 나갔다. 규칙은 전과 같았기 때문에 나는 반쯤은 흘려들었다. 참가자 중 한 명이 우리 앞에 놓인 피자 두 상자를 다 먹으면 그다음은 어떻게 되는 건지 물었다.

"피자는 아주우 많이 준비되어 있습니다. 계속 가져다줄 거예요. 절대 바닥나지 않아요." 파파가 말했다.

나는 관중석을 둘러보다 앞쪽에 있는 씬과 헤이맨을 발견했다. 두 사람 옆에는 후버가 서 있었다.

"잘해라, 데이비드!" 후버가 소리쳤다.

그 옆으로 조금 떨어진 곳에 에밀리와 알리샤가 서 있었다. 알리샤는 웃음을 지으며 나에게 손을 흔들었다.

"2분 전!" 파파는 확성기를 쓰는 것도 잊은 채 큰 소리로 외쳤다.

"저기 말이야." 먹깨비는 자리에서 일어나더니 말했다. "내가 당신들보다 5분 늦게 먹기 시작해야겠어. 그래야 공평할 테니 말이야."

"버질, 난 자네가 말하는 '공평'이라는 말을 절대 믿지 않네." 에곤 벨트가 느긋한 말투로 대꾸했다.

"모든 참가자는! 시작 전까지! 제자리에! 착석해 주시기 바랍니다!" 파파는 1미터도 떨어져 있지 않은 먹깨비를 겨냥해서 확성기에 대고 큰 소리로 외쳤다. 먹깨비는 깜짝 놀라 의자에 주저앉았다.

"되게 시끄럽네." 먹깨비가 투덜거렸다.

에곤 벨트가 싱긋 웃었다.

"1분 전!" 파파가 시간을 알렸다.

먹깨비는 내 쪽으로 몸을 기울였다. "예선전 때 먹었던 그 BLD 말이야, 내가 태어나서 본 것 중에 제일 큰 피자였어. 넌 몇 조각이나 먹었냐?"

나는 대답하지 않았다. 그는 어깨를 으쓱하더니 말했다.

"시카고 예선전은 너무 쉽더라고. 겨우 두 개만 먹고도 우승했다니까."

"두 조각이요?" 내가 물었다.

"두 판."

BLD 두 판? 그 정도면 나랑 에곤 벨트가 먹은 양의 두 배 이상이다. 믿을 수가 없었다. 하지만 동시에 내 마음 한구석에서는 그의 말이 사실이면 어쩌나 하는 불안이 피어올랐다.

"30초 전!"

나는 먹깨비를 보았다. 저 작은 파란 눈과 능글맞게 웃고 있는 저 통통한 볼때기…. 순간 나는 알아차렸다. 그는 거짓말을 하고 있다. 나를 겁먹게 하려고 거짓말을 하고 있는 것이다.

"10초 전!"

이 작자는 했다 하면 도둑질에 사기나 치는 쓰레기일 뿐이다. 어떻게든 이자를 이겨 버려야겠다는 투지가 내 안에서 불타올랐다.

"9!"

위조된 반쪽짜리 핫도그와 엄마의 2,000달러가 떠오르자 심장이 미친 듯이 방망이질 치기 시작했다.

"8!"

관중은 계속해서 늘어났다. 저녁밥 주는 종소리에 몰려드는 돼지들처럼, 확성기 소리에 이끌린 사람들이 대회장을 점점 채워 가고 있었다.

"7!"

나는 헤이맨과 씬을 보았다. 헤이맨은 씬의 어깨에 팔을 두르고 있었다.

"6!"

먹깨비는 손가락을 첫 번째 피자 상자 위에 올려 두고 있었다. 규칙상 파파가 시작을 알리기 전에는 상자에 손을 대면 안 된다. 하지만 그걸 알아본 사람은 나밖에 없었다.

"5!"

나는 숨을 깊이 들이마신 다음 내 위가 무한대의 공간이라고 생각했다. 나의 위는 온 세계를 담을 수 있을 만큼 아주 거대한 공간이다.

"4!"

내 턱은 티타늄으로 만들어졌고 원자력으로 움직인다. 내 치아는 다이아몬드로 만들어졌다.

"3!"

에밀리와 알리샤는 무대 맨 앞에 바짝 붙어 서 있었다. 알리샤는 팔을 들어 올려 응원하듯 주먹을 위아래로 흔들고 있었다.

"2!"

나는 흘깃 먹깨비를 보았다. 피자 상자를 노려보고 있는 그의 이마에

땀이 송골송골 맺혀 있었다. 그는 입술을 핥았다. 저건 배가 고파서가 아니라 순전히 긴장해서 하는 행동이다. 그는 자기가 우승할 거라는 확신이 없는 거다.

"1!"

집중하자, 집중….

"시—작!"

44
데이비드, 이겨라!

먹깨비는 말 그대로 괴물이었다. 그는 한순간의 망설임도 없이 상자를 열어젖혔다. 첫 번째 피자 조각은 마치 토끼 굴로 쏙 숨어 버리는 토끼마냥 그의 목구멍 속으로 순식간에 사라져 버렸다. 내가 한 번 씹기도 전에 그는 이미 두 번째 조각을 먹고 있었다. 나는 피자를 접은 다음 우적, 우적, 우적, 씹으면서 다른 한 손으로는 두 번째 조각을 반으로 접고 크러스트를 물에 담갔다. 먹깨비는 이제 세 번째 조각을 먹고 있었다.

저 사람을 보면 안 돼! 나는 스스로를 다독였다. 집중! 집중하라고! 나 역시 기세를 올려 두 번째 조각의 토핑 부분을 먹어 치웠다. 두 번째 조각의 크러스트를 물에 담그며 첫 번째 크러스트를 건져서 입에 밀어 넣었다. 감이 살아나기 시작했다. 나는 피자 한 판을 2분이 갓 지난 시점에 끝내 버렸다.

나는 두 번째 상자를 열면서 흘깃 먹깨비를 보았다. 그는 나보다 두 조각 앞서 있었다. 에곤 벨트 역시 두 번째 상자를 공략하고 있었다. 이렇게나 손과 턱을 빠르게 움직이고 있는데도 저 사람들이 나보다 앞서 있다니. 믿을 수가 없었다. 하지만 나는 멈추지 않았다.

관중들은 신이 나서 소리를 질러 댔다. 파파도 확성기에 대고 뭐라고 큰 소리로 말하고 있었지만 시간을 알려 주는 소리 말고는 하나도 귀에 들어오지 않았다. 세 번째 피자 상자가 내 앞에 놓였다. 참가자 중 두 명은 이미 포기한 상태였다. 진짜 대회는 무대 한가운데에서 벌어지고 있었다. 먹깨비, 에곤 벨트 그리고 나. 그런데 아무리 빨리 먹는다고 해도 그 두 사람을 도저히 따라잡을 수가 없었다. 먹깨비는 굶주린 하이에나처럼 피자를 갈기갈기 파헤쳤다. 크러스트 조각이 사방으로 튀었다. 더러워진 그의 턱으로 소스가 뚝뚝 흘러내렸다. 그럼에도 피자는 끊임없이 그의 입속으로 빨려 들어가고 있었다. 에곤 벨트도 꽤나 애를 쓰는 것 같긴 했는데 그래도 아직은 평온함을 유지하고 있었다. 그는 먹는 데 있어서는 해탈의 경지에 오른 수도승 같았다.

5분 정도 흘렀을 때 우리 세 사람은 모두 세 번째 상자를 거의 끝내 가고 있었다. 그때, 뭔가 이상한 움직임이 흘긋 눈에 들어왔다. 먹깨비가 오른손으로 피자를 들고 우적우적 입에 쑤셔 넣으면서 왼손을 조끼 주머니로 쓱 집어넣더니 뭔가를 꺼냈다. 손으로 감추고 있어서 잘 보이진 않았지만 쭉 눌러 짜서 쓰는 작은 플라스틱 병 같았다. 나는 멈추지 않고 계속 먹으면서 거기서 눈을 떼지 않았다. 그는 그 조그만 병을 재빨리 오른손으로 넘겨 쥐었다. 뭘 하는 건지는 몰라도 분명 사람들이 눈치채면 안 되는 걸 하고 있는 것 같았다.

그다음 몇 초 동안 먹깨비는 왼손으로만 피자를 먹었다. 그럼에도 속도는 조금도 느려지지 않았다. 그는 계속 에곤 벨트를 곁눈질하고 있었다. 그러다 잠깐 에곤 벨트가 오른쪽으로 고개를 돌린 순간, 테이블 아래에서 맑은 용액이 가늘게 쭉, 하고 호를 그리며 날아올랐다.

병에 든 게 뭔지는 몰라도 그 일부가 에곤 벨트의 피자 위에 떨어졌다.

먹깨비는 작은 병을 다시 자기 주머니에 넣더니 기세를 재정비하고 맹렬히 피자를 공략하기 시작했다. 두 사람은 막상막하였고 나는 여전히 두 조각 뒤지고 있었다. 나는 몸을 최대한 늘리면서 기세를 올렸다. 목구멍을 활짝 열었더니 덜 씹어도 음식이 내려갔다. 물에 적신 크러스트도 효과가 있었다. 참가자 중 일부는 내 기술을 따라 하고 있었다. 오레가노 향이 나는 한 마리의 뱀처럼 피자가 내 몸을 타고 내려가고 있었다.

네 번째 상자를 먹기 시작했을 때 나는 자리에서 일어나 위에 음식이 잘 쌓이도록 조이 점프를 해야 했다. 테이블 좌우를 둘러봤더니 세 칸 왼쪽에 있는, 미네소타 바이킹스 풋볼팀의 티셔츠를 입은 남자가 정말 바이킹 같은 외모를 한 채로 바로 내 뒤를 쫓고 있었다. 그는 나보다 겨우 한두 조각 뒤처져 있었다. 그때 내 오른쪽에서 에곤 벨트가 갑자기 먹는 걸 멈췄다. 얼굴이 새빨개지더니 땀을 줄줄 흘리기 시작했다. 에곤 벨트는 자리에서 일어나려다가 그대로 주저앉아 무릎을 꿇었다. 그러고는 테이블에서 고개를 돌리고 그대로 게워 내기 시작했다.

"역류다!" 먹깨비가 소리치며 기름이 줄줄 흐르는 두 주먹을 공중에 흔들어 댔다. 그때 그의 조끼 주머니에 있던 플라스틱 병이 무대 위로 떨어졌다. "행운의 역류가 일어났다!"

에곤 벨트는 무시무시하게 구역질을 해 가며 무대를 기어 내려갔다.

먹깨비가 그쪽에 정신을 팔고 있는 사이 나는 몸을 구부려 그 플라스틱 병을 주웠다.

먹깨비는 또다시 집중하며 무서운 기세로 피자를 먹어 치웠다. 나 역시 피자에 집중했다. 나는 지금 2등이었고, 2등을 계속 유지하고 싶었다. 일단 경기가 끝나고 나서 내가 본 걸 파파에게 말하면 될 것이다. 그럼 먹깨비는 자격이 박탈될지도 모르니까. 나는 멈추지 않고 계속해서 먹었다. 먹깨비는 순식간에 사라지고 있는 내 피자를 흘깃 보았다. 그러더니 슬그머니 왼손을 테이블 아래로 내렸다. 잠시 후, 돌덩이처럼 단단한 먹깨비의 주먹이 내 배를 퍽, 치고 들어왔다. 나는 너무 아파 컥, 소리를 내며 몸을 숙였다. 위에 든 내용물이 식도를 타고 거꾸로 올라오려 하고 있었다.

먹깨비는 아무 일도 없었던 것처럼 계속 피자를 먹었다. 나는 눈을 질끈 감았다. 통증 때문에 눈물이 차오르고 분노로 뺨이 타올랐다. 침착하자! 나는 몇 번이나 숨을 고르며 구역질이 나려는 걸 간신히 억눌렀다. 나는 다시 눈을 떴다. 먹깨비는 나보다 네 조각이나 앞서 있었고, 바이킹은 나보다 한 조각 앞서 있었다. 나는 새로운 피자를 한 조각 집어 들고 무섭게 먹기 시작했다.

“3분 남았습니다!” 확성기를 타고 파파의 목소리가 터져 나왔다.

먹깨비는 가공할 만한 속도로 피자 조각들을 빨아들이고 있었다. 그의 표정은 이미 자기가 이 대회의 우승이라고 말하고 있었다. 그가 책상 아래로 몰래 주먹질을 해 맞은 배가 아직도 욱신거렸다. 순간 뭔가가 떠올랐다. 나는 고민할 겨를도 없이 테이블 먼 끝을 가리키며 먹깨비에게 소리쳤다. "먹깨비! 저기! 저기 좀 봐요!"

뭔지 보려고 먹깨비가 고개를 돌린 순간, 나는 플라스틱 병에 들어 있던 액체를 그의 피자 위에 몽땅 짜 버렸다.

"뭐가?" 그는 고개를 돌려 나를 보았다.

"아니에요." 나는 시치미를 떼고 계속 피자를 먹었다. 감각이 다시 살아나고 있었다. 다섯 번째 상자를 먹기 시작했을 때, 옆에서 컥 하는 소리가 들려왔다. 먹깨비는 자리에서 일어나더니 테이블 뒤에서 휘청거렸다. 곧이어 잘게 씹힌 40조각의 피자가 역류하는 소리가 들려왔다. 나는 쳐다보지 않았다.

먹깨비가 먹깨비에게 먹혀 버리고 말았다.

무대 앞으로 바이킹을 응원하는 사람들이 몰려들었다. 그의 친구들이 무대 앞으로 밀고 들어오며 소리치기 시작했다.

"터크, 이겨라! 터크, 이겨라! 터크, 이겨라!"

이제 나를 구원할 거라고는 단 하나, 기적밖에 없었다. 그는 너무 빨랐다. 너무나 크고 방대한 위를 가진 것 같았다. 그런데 내 위는 피자를 욱여넣을 공간이 바닥나고 있었다.

"터크, 이겨라! 터크, 이겨라!"

이렇게 끝나고야 마는구나. 절망의 끝에 서 있을 때 또 다른 목소리가 내 귓속을 파고들었다.

"데이비드, 이겨라!"

이 목소리는? 나는 고개를 들었다.

"데이비드, 이겨라!"

나는 보았다. 관중석 저 멀리서, 누군가의 어깨 위에 올라타고 앉아 있는 그 아이를. 그의 헤드폰과 선글라스가 햇빛을 받아 반짝 빛났다. 맬이었다.

"이겨라!" 맬은 악을 쓰듯 외쳤다. 높고 날카로운 맬의 목소리가 소음을 가르고 그대로 나에게 날아왔다. "이겨라!"

맬을 어깨에 태우고 있는 건 아빠였다. 옆에 엄마도 와 있었다.

나는 먹었다. 마치 먹깨비의 혼이라도 씐 것처럼 먹었다.

"데이비드! 이겨라!"

나는 먹었다. 고바야시 다케루처럼 먹고 조이 체스트넛처럼 먹었다. 주키 가라팔로처럼 먹었다.

"이겨라!"

나는 입안에 피자를 쑤셔 넣었고, 피자는 마법처럼 내 위에 차곡차곡 쌓여 갔다. 9분이 지났을 때, 나는 여섯 번째 상자를 먹고 있었다. 이젠 바이킹이 신경 쓰이지 않았다.

"데이비드, 이겨라!"

나는 계속 먹었다. 맬이 내 이름을 소리쳐 주는 한, 나는 절대로 멈추지 않을 것이다.

45
50조각

모두가 내 이름을 부르고 있었다. 그럼에도 나는 내가 이긴 것도 모르고 있었다.

"데이비드! 데이비드! 데이비드!"

파파가 내 손목을 잡아 나를 일으켜 세우더니 내 손을 높이 들어 올렸다.

"데이비드! 데이비드!"

나는 바이킹을 보았다. 그는 충격을 받은 얼굴로 나를 보고 있었다.

높고 새된 목소리가 다른 소리들을 뚫고 들려왔다.

"데이비드!"

관중석 맨 끝에서 아빠의 어깨에 올라타 있는 맬이 보였다.

"좋아!" 나는 그렇게 외치고 싶었다. 하지만 내 목에서는 갈라지는 소리만 나왔다.

그다음은 정신없는 일들의 연속이었다. 모두가 무대 위로 올라와서 내 얼굴에 카메라와 휴대폰을 들이대고 질문을 퍼부었다. 그중 디모인 지역 신문의 기자라는 한 여자가 물었다.

"피자를 50조각이나 먹었는데, 기분이 어떤가요?"

50조각? 내가 피자 50조각을 먹었다고?

"좋아요." 내가 말했다. 한 단어 이상은 말이 나오지 않았다.

"그런데 별로 행복해 보이진 않네요." 기자는 인상을 찌푸리며 그렇게 말했다.

나는 어깨를 으쓱했다. 내가 행복한지 아닌지 사실 나도 잘 모르겠다. 엄청나게 배가 불러서 그냥 눕고만 싶었다. 몇 분 후, 파파와 비토가 무대 위를 정리하자 그 위에는 나와 바이킹만 남았다. 3등 수상자는 파파 피고리노의 피자 전용 칼 따위는 안중에 없는지 비틀거리며 사라지고 없었다.

파파는 나에게 5,000달러짜리 수표를 수여했다. 카메라 세례가 또 한 차례 이어졌다. 파파는 내게 어깨동무를 하더니 피고리노 피자가 얼마나 훌륭한지 내게 설명하게 했다. 나를 놔준 후에는 바이킹에게 2등 상을 수여했는데, 그 사람은 살면서 다시는 피고리노 피자 근처에도 가기 싫은 얼굴이었다. 내가 그 맘 잘 알지.

누가 나를 카펫에 돌돌 말아 주면 좋겠다는 생각이 들었다. 휘청휘청 무대 아래로 내려오며 헤이맨이나 씬, 아니면 부모님이 있을까 둘러보았지만 제일 먼저 맞닥뜨린 건 먹깨비였다. 그는 등을 쓰레기통에 기댄 채 바닥에 널브러져 앉아 있었다. 얼굴은 기분 나쁠 정도로 창백했다. 처참

해 보였다. 그는 파란 눈동자를 번뜩이며 나를 노려보았다.

"너…." 그가 말했다.

나는 주머니에 넣어 두었던 빈 플라스틱 병을 꺼내서 그의 무릎 위로 던졌다.

"이거 떨어뜨렸어요."

그는 절망적인 얼굴로 빈 병을 내려다보더니 몸서리를 치며 숨을 내쉬고는 눈을 감았다. 나는 그가 혼자 비참함을 곱씹도록 자리를 비켰다.

나는 엄마와 아빠, 맬과 함께 차를 타고 집으로 향했다. 아빠가 운전을 했고 나는 그 옆 보조석 의자를 한껏 뒤로 젖히고 앉았다. 피자가 50조각이나 들어 있는 배로는 도저히 몸을 제대로 굽힐 수가 없으니까. 엄마와 맬은 뒷자리에 앉아 있었다. 처음에는 다들 아무 말도 꺼내지 않았다. 내가 대회에서 이긴 게 대견하기는 하지만 다들 나에게 화가 나 있다는 걸 알 수 있었다. 차가 디모인을 빠져나와 고속도로에 접어들자 아빠는 목소리를 가다듬었다.

"데이비드, 네 말이 맞다."

아빠가 아무 말도 안 했더라면 그게 더 이상했을 것이다.

"뭐가요?"

"내가 비밀 하나 말해 줄까?" 아빠는 말했다. "우리도 우리가 뭘 하는지 사실 잘 몰라."

"우리가 누구예요?"

"네 엄마와 나 말이다. 대학에도 부모 자격을 따는 학위 같은 건 없어.

그런데 아이가 생기면 갑자기 수백만 개나 되는 불가능한 선택을 해야만 해. 실수도 하지. 공평하려고 노력하지만 실패하기도 하고. 네 누나는, 너도 알다시피 정말 똑똑하고 성적도 아주 뛰어나. 우리도 그걸 자랑스러워하고."

"정말요? 전혀 몰랐는데요." 어쩔 수 없이 비꼬는 말투가 나와 버렸다.

"브리짓이 가끔은 너무 심하게 애쓴다는 거 너도 알고 있을 거다. 그 애는 언제나 칭찬에 굶주려 있어. 아주 어릴 때부터 그래 왔단다. 우리가 그걸 부추긴 것 같기도 해. 언제나 인정받고 지지해 주기를 갈망하는데… 그 애가 그걸 요구하면 우리가 채워 주는 거야. 어떨 땐 과할 정도로."

나는 뒤를 돌아 엄마를 보았다. 엄마는 고개를 끄덕이고 있었다. 아빠가 하는 모든 말은 엄마의 말이기도 한 것이다.

"그리고 맬은… 맬이야."

"이겨라." 맬이 말했다.

"그러니 네가 중간에 껴 버리게 된 거야. 너는 쉬운 아이였단다, 데이비드. 우리한테 뭘 해 달라고 조른 적도 별로 없었고 뭘 해도 그럭저럭 해내곤 했어. 이번 엄마 카드 사건으로 점수를 깎고 본다고 해도… 너는 손이 많이 안 가는 아이란다."

"좋네요. 토요타 자동차처럼 평범하고." 내가 말했다.

"그건 나쁜 말이 아니야. 누나처럼 불안감을 잔뜩 안고 있으면 좋겠니? 아니면 맬처럼 발달이 느리면?"

"좋아." 맬이 말했다.

"어쨌든 나는, 아니 엄마와 나는 이 말을 꼭 해 주고 싶어. 우리는 완벽하지 않아. 그리고 네가 잘 해내는 만큼 제대로 인정받지 못한다는 것도 알아. 하지만 우리는 너를 사랑하고 네가 자랑스러워. 네가 있어서 하루하루가 너무 감사하단다."

나는 무릎으로 시선을 떨구었다. 눈앞이 흐려졌지만, 울지 않으려고 꾹 참았다.

"또 하나 하고 싶은 말은, 네 문제가 이대로 그냥 끝은 아니라는 거야. 네가 한 행동들… 엄마 카드를 훔치고, 우리가 한 말을 어기고 대회에 나간 것까지… 앞으로 우리가 너를 다시 신뢰해도 좋다는 걸 스스로 증명해야 할 거야. 그건 네가 차차 해내야 할 숙제가 되겠지. 그리고 하나 더. 네가 독립해서 집을 나가기 전까지 먹기 대회는 앞으로 출전 금지야."

지금 내 기분으로는 그래도 상관없을 것 같다.

46
이페칵

씬 말로는 플라스틱 병에 들어 있던 건 아마도 '이페칵'일 거라고 했다.

20세기에는 어느 약국에서든 이페칵을 살 수 있었다고 한다. 먹었던 것을 게워 내야 할 때 구토제로 사용했는데, 주로 독성이 든 뭔가를 실수로 먹은 사람들에게 쓰던 거라고 했다.

"지금은 그것보다 좋은 약이 많지." 씬이 말했다. "게다가 요즘은 약국에서도 팔지 않고. 먹깨비도 아마 인터넷으로 샀을 거야."

"아무튼 효과 하난 끝내줬어."

피고리노볼 대회가 지나간 다음 주 월요일이었다. 씬과 나는 뒷마당의 간이 의자에 앉아 맬이 피크닉 테이블 다리에 달린 커다란 볼트를 일일이 풀고 있는 걸 지켜보고 있었다. 맬은 헤드폰 없이 선글라스만 쓰고 있었다. 아빠는 일하러 가셨고 엄마는 교회에서 열리는 자선 바자회를 도우러 가셨다.

“그럼 이제 어쩔 거야?” 씬이 물었다.

“확실한 건, 파파한테는 가면 안 되겠지. 먹깨비 피자에 내가 약을 탄 걸 알면 분명 실격 처리할 테고 그럼 돈도 도로 가져갈 테니까. 게다가 파파는 피고리노볼 대회가 추잡한 소문으로 더럽혀지는 걸 바라지도 않을 거야. 그치만 에곤 벨트 아저씨는 좀 안됐어. 먹깨비가 그런 짓을 하지 않았다면 이겼을지도 모르는데.”

“어쩌면 먹깨비가 이겼을지도 모르지.” 씬이 말했다. “넌 먹깨비가 왜 그랬는지 생각해 봤어? 어차피 자기가 이기고 있었는데.”

“그러니까 먹깨비지.” 나는 말했다. “이봐, 맬!”

맬은 선글라스를 쓴 눈으로 나를 똑바로 보았다.

“그거 조심해. 그렇게 볼트 다 뺐다가는 테이블이 무너질지도 몰라.”

“좋아. 데이비드, 이겨라.” 맬은 그렇게 말하고는 계속 볼트를 만지작거렸다.

“맬 이제 말 잘하는데.” 씬이 말했다.

“그럼. 이제 네 단어나 할 줄 알아.”

“네 단어? 네 번째 단어는 뭐야?”

“콜라비.”

“콜라비? 아무도 안 먹는 그 채소?”

“응. 박람회장에서 돌아오는 길에 말하기 시작했어. 엄마는 그걸 먹여봐야겠다고 하시더라. 맬이 그걸 좋아하면 내 손에 장을 지진다. 내 생각엔 콜라비가 감자칩인 줄 아는 것 같아.”

“엄마하고는 어떻게 돼 가고 있어?” 씬이 물었다.

"예상했던 대로 2,000달러를 훔쳐 간 아들처럼 대하고 있지, 뭐."

"그래도 대회에 응원하러 오셨잖아."

"내 생각엔 원래 아빠는 대회장에 와서 나를 무대에서 끌어 내린 뒤 집으로 데려가려고 했던 것 같아. 그런데 아빠가 맬을 두고 집을 나서려고 하니까 맬이 날뛰기 시작한 거야. '이겨라! 데이비드! 이겨라!' 계속해서 그렇게 소리를 지르기 시작했대. 갑자기 두 단어를 더 말하는 걸 보고 엄마가 너무 놀란 거지. 맬을 대회장에 데리고 가자고 말한 것도 사실 엄마야. 엄마는 이제 맬이 글쓰기만 배우면 제2의 셰익스피어가 되는 건 시간문제라고 생각하셔. 맬은 자기가 좋아하는 건 꽤 잘 습득하니까."

"그렇구나. 참, 헤이맨이 이렇게 물어봐 달래. 너의 충실한 투자자에게 투자금은 언제 돌려줄 거냐고."

"상금으로 받은 돈은 일단 엄마한테 드렸어. 엄마가 맡아 두고 계실 거야. 내가 너희들 앞으로 보내 달라고 말씀드릴게."

"그럼 남은 돈은 엄마가 계속 갖고 계시는 거야?"

"협상 중이야. 엄마는 내 대학 등록금으로 저축해 두자고 하시는데…. 일단 얘기 좀 하자고 하시더라고. 으, 별로 생각하고 싶지 않다."

"이게 도움이 될지 모르겠는데, 내가 뭘 찾았…."

쿵! 그 소리에 씬은 말을 멈췄다. 피크닉 테이블이 한쪽으로 쓰러져 있었다. 기울어진 모양이 작은 지붕 같아 보였는데 맬은 그 아래에 낀 채로 우리를 내다보고 있었다.

"맬이 뚝딱 자기 집을 만들었네." 씬이 말했다.

"맬, 괜찮아?" 내가 물었다.

"좋아." 맬은 행복한 얼굴로 웃으며 말했다.

"잘했어, 맬." 나는 씬을 돌아보며 물었다. "뭘 찾았다고 하지 않았어?"

"주키 가라팔로를 찾았어."

주키에 관한 얘기를 너무나 듣고 싶었지만 테이블이 완전히 무너지기 전에 맬을 끄집어내는 게 우선이었다. 나는 맬에게 콜라비를 주겠다고 구슬린 뒤 안으로 데리고 들어가 엄마가 찬장에 숨겨 둔 감자칩을 찾아 꺼내 주었다.

내가 다시 밖으로 나오자 씬이 말했다. "주키는 '복스 바이닐'이라는 데서 일해. 뉴저지의 '뉴어크'라는 도시에 있는 중고 레코드 가게야."

"테이블 좀 잠깐 잡고 있어 줄래?"

씬이 테이블 한쪽을 들어 잡고 있는 동안 나는 볼트를 다시 끼웠다. 나는 손으로 최대한 빡빡하게 볼트를 조였다.

"어떻게 알아낸 거야?" 내가 물었다.

"인터넷 매직." 씬이 말했다.

나는 테이블 아래에서 기어 나와 테이블을 흔들어 보았다. 꽤 단단히 고정된 것 같다.

"농담 말고." 나는 다시 벤치에 앉았다.

"그게, 시간이 좀 걸리긴 했어." 씬은 내 옆에 앉았다. "우선 가라팔로라는 성으로 찾아보기 시작했어. 그런데 뉴저지에만도 가라팔로가 한두 명이 아니더라고. 너 주키가 패스트푸드 로고 문신하는 거 알지? 그래서 뉴저지에 있는 모든 문신 시술소를 뒤져 봤어. 그러다 회사 로고 문신을 전문으로 하는 '페인 앤 게인'이라는 시술소를 찾았지. 사이트에 주키 팔에 그려진 로고 사진을 올려놨더라고."

"너 정말 대단하다." 나는 감탄했다.

"알아! 그래서 거기에 전화를 걸었더니 대표 중 한 사람인 미키 페인이라는 사람이랑 연결이 됐어. 당신네 고객 중 한 사람이랑 연락을 취하고 싶다고 말했지. 내가 주키의 문신을 설명하니까 그 사람이 그러더라. '아, 제레미 가라팔로 말하는 거군요. 지금은 주키라는 이름만 쓰는 것 같지만.' 그 사람이 주키가 사는 데는 모른다면서 직장만 알려 줬어."

"그걸 그냥 알려 줘?"

"처음엔 아니었지. 그래서 내가 인터넷 뉴스 기자라고 하고 미국 내 유명 문신 시술소 열 곳에 관한 기사를 쓰고 있다고 말했지. 그랬더니 완전 신나서는 온갖 얘길 다 해 주더라." 씬은 자기 휴대폰을 꺼내더니 양 엄지로 자판을 두드렸다.

"방금 너한테 전부 보냈어. 그 레코드 가게의 번호도 같이. 너, 주키 왼쪽 엉덩이에 버거킹 문신 있는 거 알고 있어?"

"으…. 그런 걸 어떻게 알고 있겠어?"

"당연히 알 리가 없지. 미키 페인 말로는 버거킹은 주키에게 단 한 번도 스폰서를 해 준 적이 없대. 그래서 주키가 버거킹 문신을 자기 엉덩이에 한 거라는데."

"내가 너 대단하다고 말했던가?"

씬은 나를 향해 웃음을 지어 보였다. "아니. 20초 전부터는 한 번도 안 했는데."

"헤이맨도 너를 대단하다고 생각해."

씬은 고개를 돌렸다. "흠, 요즘 우리가 같이 지내는 시간이 좀 많긴 하지."

"그런 것 같더라."

씬은 어깨를 으쓱하더니 나를 곁눈질로 보았다. "걔가 요즘 좀 어른스러워졌어."

"그럼 너희 둘이…."

"잘 모르겠어." 씬은 보통 여자애들이 하듯이 손으로 머리를 쓸어 넘겼다. 평소의 씬과는 뭔가 다른 느낌이 들었다.

"나는 알겠는데. 너, 그 녀석 사랑하는 거야."

"좋아한다는 게 더 맞는 것 같아. 너도 좋아하고. 물론 다른 느낌이지만."

"뭔지 알 것 같다." 이제 정말 알 것 같았다. 그런데 웃긴 건, 그게 아무렇지도 않다는 거다. 둘이 잘돼서 기분이 좋다. 한동안은 내가 질투를 하는 건가 생각했는데 그런 건 아니었다. 그냥 좀 부러웠던 것도 같고. 이제 우리 셋은 어떻게 되는 걸까? 어떻게 달라지는 걸까?

"우리 앞으로도 같이 노는 거 맞지? 너희 둘이 이상하게 굴고 그럼 안 된다."

"우리가 이상하지 않은 적 있었나?" 씬은 내 손을 잡고 꽉 쥐었다. "하나를 위한 모두, 모두를 위한 하나."

"삼총사?"

씬은 웃으며 고개를 끄덕였다.

47
치킨수프

씬이 돌아가고 나서 나는 씬이 보내 준 메시지를 보고 레코드 가게 전화번호를 찾았다. 손이 너무 떨려서 번호를 계속 잘못 눌렀지만 마침내 전화가 연결되었다.

"복스 바이닐입니다." 전화를 받은 남자는 대형 트럭이 움직일 때 나는 소리 같은 음성을 가지고 있었다.

"주키 있나요?"

그 남자가 우렁차게 부르는 소리가 들렸다.

"어이, 주키!"

잠시 후, 주키 가라팔로가 전화를 받았다.

"네, 여보세요?"

"주키? 정말 주키 가라팔로예요?" 내 목소리가 사정없이 갈라졌다.

"주키라는 이름을 가진 사람이 얼마나 많은지 아니? 용건이 뭐야?"

"어, 그러니까 제 이름은 데이비드 밀러예요. 아이오와에 살고 있고요, 아저씨 왕팬이에요."

"아, 그래? 잘됐네. 아이오와라. 거기 옥수수가 유명하지 않나? 옥수수 통째로 먹기 대회도 있고?"

"아아, 네. 근데 전화를 건 이유는 아저씨가 최고라는 말씀을 드리고 싶어서예요. 올해 네이선 대회 일은 정말 유감이에요. 아저씨를 응원했는데…."

"별일 아니야, 친구. 내 흐름을 못 찾았을 뿐이야."

"그런데 궁금한 게 있어요. 혹시 반쪽짜리 핫도그 기억하세요?"

"어이, 설마 내 인생 최악의 날을 다시 생각나게 하려고 전화한 건 아니지?"

"아뇨! 그게 아니라 아저씨가 먹깨비한테 서명해 준 진품 보증서 때문에 전화했어요."

주키는 잠깐 동안 아무 말도 하지 않다가 가까스로 입을 뗐다. "어… 저기, 어린 친구. 네가 버질한테 그 물건을 산 멍청이라고는 말하지 말아 줄래?"

"애석하게도 그게 저 맞아요. 근데 그거 진짜였어요? 그 반쪽 핫도그?"

"뭐…. 그래. 그게 내가 먹다 남긴 반쪽짜리 핫도그인 건 맞아. 하지만 내가 서명한 증명서에는 내가 체스트넛과의 대결에서 졌을 때 먹은 핫도그라고는 안 적혀 있어. 버질은 그냥 장난이라고 했어. 나한테 서명을 받고 20달러를 주더라고. 그걸 설마 바이바이닷컴에 올릴 줄은 꿈에도 몰랐다고, 난."

“지금 그 말 맹세할 수 있나요?”

“맹세라니? 법정에서? 그건 좀 어렵겠는데. 내가 그런 데랑은 좀 안 맞아서. 미안하게 됐어. 먹깨비한테 먹힌 거지 뭐. 나도 마음은 안 좋지만 이 문제에선 빠질게. 난 여기서 음반도 팔아야 하고 다음 주에 피에로기(효모를 넣지 않은 밀가루 반죽 속에 감자, 다진 고기, 치즈 등의 소를 넣고 만든 만두 같은 음식으로 동유럽이 기원이다 – 옮긴이) 먹기 대회에도 나가야 하거든.”

나는 절망적인 기분으로 전화를 끊었다. 주키가 그 반쪽짜리 핫도그가 가짜라고 증명해 주지 않으면 나에겐 아무런 승산이 없다.

맬과 알피는 감자칩을 싹 먹어 치운 후 밖으로 나왔다. 맬은 아직도 선글라스를 쓰고 있었다. 맬은 나오자마자 피크닉 테이블로 가더니 볼트를 가지고 테이블을 들썩이기 시작했다. 알피는 적당히 거리를 두고 안전한 곳에서 지켜보았다.

“맬, 그만둬.”

맬은 테이블 아래서 슬그머니 기어 나왔다.

“너 다치면 엄마가 날 죽일지도 몰라.” 내가 말했다.

“좋아.” 맬은 알피를 따라서 마당을 이리저리 돌아다녔다.

…얼레? 잠깐. 방금 내가 뭐라고 했지? 엄마가 날 죽일지도 모른다고?

뭔가가 번뜩이며 뇌리를 스치고 지나갔다. 나는 휴대폰을 들어 전화번호 안내 센터에 전화를 걸었다. 몇 분 뒤, 마침내 수화기 저편에서 안내원의 목소리가 흘러나왔다.

"어떤 도시입니까, 고객님?"

"일리노이주에 있는 갈리나요."

"성은요?"

"슈틀베커." 나는 철자를 하나하나 불렀다.

"이름은요?"

"음, 그게… 슈틀베커 부인?"

천만다행으로 일리노이주 갈리나에는 슈틀베커라는 사람이 단 한 명뿐이었다.

슈틀베커 아주머니는 자기 아들인 버질에 대해 나와 이야기 나누는 걸 무척 즐거워했다.

"걔가 정말 유명하잖니, 너도 알지?" 아줌마가 말했다.

"그럼요, 전 세계에서 손꼽히는 빠른 선수잖아요." 내가 맞장구쳤다.

"그래. 그게 내 덕은 아니지만 말이다. 우리 집은 늘 점잖게 식사를 하는 분위기였거든."

"그러셨을 것 같아요. 그런데 최근에 아드님 만난 적 있으세요?"

"오늘 밤에 만날 거란다. 락포드에서 여기까지 저녁을 먹으러 올 거야. 불쌍한 녀석. 요 며칠 통 기분이 안 좋더라고. 그래서 내가 제일 잘하는 특제 치킨수프를 끓여 주기로 했지."

"혹시 버질 씨가 바이바이닷컴에 핫도그를 경매로 팔았다고 얘기한 적이 있나요?"

"아니. 들은 적 없는 것 같은데."

나는 반쪽짜리 핫도그에 대한 이야기를 아주머니에게 해 주었다. 주키 가라팔로가 어떻게 조이 체스트넛에게 졌는지, 그리고 내가 어떤 식으로 바이바이닷컴에서 그 반쪽짜리 핫도그가 경매에 올라온 걸 발견하게 됐는지. 내 말을 듣는 내내 아주머니는 '어머나, 세상에!' '아이고, 저런!'이라며 탄식했다. 나는 자동 입찰금액 설정이 조작된 것 같다는 이야기까지 했다. 내 한도금액으로 입찰하자마자 상대방이 어떻게 알고 입찰을 멈췄는지 그게 미스터리라고 말하자 슈틀베커 아주머니가 끼어들었다.

"저런, 어떻게 그럴 수가 있는지 이해가 안 가는구나. 달라가 그 회사에 다니고 있지!"

"달라요?"

"버질의 부인이야. 바이바이닷컴에서 일하고 있지. 그 왜, 그 회사가 락포드에 있잖니. 어떻게 그런 실수를 저질렀는지 이해가 안 가는구나."

"아주머니…." 나는 숨을 깊이 들이마셨다. "제 생각에 그건 실수가 아닌 것 같아요. 아주머니 아들과 며느리가 사이트를 조작한 것 같아요. 저한테 판 그 핫도그도 가짜였거든요. 주키 가라팔로와 통화했는데 가짜 진품 보증서에 서명한 대가로 버질 씨가 주키에게 20달러를 줬다고 했어요."

아주머니가 내 말을 제대로 믿어 줄지 확신이 서지 않았다. 설사 믿는다 하더라도 무얼 해 줄 수 있을지 알 수 없었지만 나는 계속 말했다.

"그냥 아셔야 할 것 같아서요." 모든 설명을 마친 다음 내가 말했다. "제가 경찰서에 가기 전에요."

"경찰서? 어째서 경찰서까지 가려는 거니?"

"아주머니 아들이 저한테서 2,000달러를 훔쳤으니까요." 내가 말했다.

아주머니는 아무 말도 하지 않고 있었지만 코로 거칠게 드나드는 숨소리가 전해져 왔다. 잠시 후, 아주머니는 한층 날카로워진 낯선 목소리로 입을 열었다. "그 애가 언젠가 사람 잡을 날이 오겠구나. 내가 먼저 녀석을 잡지 않으면."

엄마가 집에 돌아왔을 때, 나는 피크닉 테이블 아래에서 렌치로 볼트를 조이고 있었다.

"거기서 뭐 하니?" 엄마가 물었다.

"테이블 고쳐요."

"부러졌어?"

"맬이 나사를 전부 빼 버려서요."

"맬은 어디 있는데?"

"자기 방에요. 신나게 놀고 있죠."

"그래? 콜라비 좀 사 왔는데."

"맬이 좋아하겠는데요."

그럴 리가 있나.

맬은 콜라비를 마음에 들어 하지 않았다.

다음 날 아침, 맬과 함께 산책 나갈 준비를 하는데 우편 배달부가 오더니 일리노이주 갈리나에서 온 속달 우편물을 나에게 건넸다. 안에는

2,000달러짜리 수표가 들어 있었다.

"좋은 소식이야, 맬." 내가 말했다.

"좋아, 데이비드." 맬은 헤드폰을 썼다.

"엄마한테 보여 드리자."

책상에 앉아 컴퓨터로 뭔가를 하고 있는 엄마에게 나는 수표를 내밀었다.

"보세요, 제가 말했죠?"

엄마는 얼굴을 찡그리더니 읽어 내려갔다. "캐서린 슈틀베커. 버질 슈틀베커의 엄마인가 보구나."

"그럴 거예요."

"버질이란 남자가 얼마나 엉망진창인지 알겠다. 자기가 잘못을 저질러 놓고 엄마에게 돈을 내게 하다니." 엄마가 말했다.

"아직도 엄마한테 말썽을 부리나 봐요. 아마 한동안은 특제 치킨수프는 못 얻어먹겠죠." 내가 말했다. "실은 슈틀베커 아줌마가 그랬거든요. 버질이 집에 오자마자 수프를 냄비째로 버질 머리에 뒤집어씌워 버리겠다고요. 진짜로 그러셨을까요?"

"나라면 수프를 그렇게 낭비하진 않지." 엄마가 말했다. "하지만 모든 엄마에겐 문제아 자식을 상대하는 자기만의 방법이 있는 거니까." 엄마는 눈을 가늘게 뜨고 나를 보았다.

나는 엄마를 향해 최대한 활짝 웃어 보였다. 엄마는 무서운 표정을 계속 지어 보려고 했지만 이내 얼굴에 미소가 번지고 말았다. 엄마는 손을 뻗어 내 머리를 헝클었다.

"너 말하는 거 아니야."

"좋아!" 선글라스와 헤드폰을 쓴 채로 맬이 크게 말했다.

"잠깐만, 맬. 금방 나갈게." 나는 엄마를 돌아보았다. "그럼 우승 상금은 제가 가지고 있어도 되는 거죠?"

"대학 등록금용으로 저축해 둘 거야." 엄마가 대답했다.

"좋아요. 근데… 원칙적으로는 제 돈이잖아요. 그렇죠?"

"원칙적으로?" 엄마가 말했다. "원칙적으로 넌 미성년자고, 원칙적으로 너는 내 카드의 번호를 훔쳤지."

"씬이랑 헤이맨한테 갚아야 한단 말이에요."

"말했다시피 그건 내가 줄 거야. 하지만 나머지 4,000달러는 등록금 예금계좌에 넣어 둘 거고."

"사실은… 에곤 벨트 씨한테 상금의 절반을 드리면 어떨까 생각 중이에요."

"에곤 벨트가 누군데?"

"제가 우승하게 만들어 준 분이요."

"누군지 잘 알지도 못하는 사람한테 2,000달러라는 큰돈을 주겠다고?" 엄마가 말했다.

"아저씨는 예선전에서 저를 봐주셨어요. 저를 이길 수도 있었는데 그렇게 하지 않았죠. 그리고 아프지만 않았더라면 결승전에서도 저를 이겼을지도 몰라요."

"그렇긴 하지만, 만약 상황이 반대였다면 그 아저씨도 너한테 상금의 반을 주려고 했을까?"

"그야 모르죠. 그게 중요한가요? 다른 사람이라면 어땠을까 하는 문제가 아니라 뭐가 옳은지에 대한 거예요. 그렇죠?"

"그건 큰돈이야." 엄마가 말했다.

"2,000달러가 아니라 10달러라고 생각해 보세요. 그럼 어떻게 하는 게 옳은 걸까요?"

엄마는 내 질문에 아무 말도 하지 않았다.

"일주일만 기다려 줘. 엄마도 생각해 볼게. 괜찮지?" 엄마는 내 뒤를 보며 말했다.

"네 동생이 계속 너 기다리고 있다."

"좋아!" 맬이 소리쳤다.

48
할리붓

일주일 뒤, 나는 헤이맨과 자전거를 타고 16킬로미터를 달려 할리붓으로 향했다.

"정말 이렇게까지 해야겠어?" 헤이맨이 물었다. 우리는 자전거 페달을 밟아 길고 좁은 언덕길을 오르는 중이었다.

"그 소리 대체 몇 번이나 더 할 거야?"

"지금까지 몇 번 했는데?"

"10분 동안 최소 다섯 번."

"할리붓에 도착할 때까지 계속할 거야."

"좀 봐줘라. 엄마하고도 이미 끝낸 얘기야. 엄마도 나더러 이상하다고 하긴 했지만."

"너희 엄마는 현명하신 분이니까."

"맞아. 하지만 엄마가 나일 수는 없잖아."

"그게 무슨 소리야?"

"그러니까 내 자존심은 스스로 지켜야 한다는 거지. 내가 이번 일을 하지 않으면 남은 인생 내내 죄책감에 시달릴 것 같아."

"다 극복하게 되어 있어."

주제를 바꿔야지 안 되겠다.

"그래서, 씬이랑은 어떻게 돼 가?"

헤이맨은 그 말에 깜짝 놀란 것 같았다. 언덕 꼭대기에 다다르자 헤이맨은 속도를 늦췄다.

"무슨 말이야?"

"그 왜, 둘이 남친 여친 그런 거 아냐?"

"잘 모르겠어." 헤이맨이 대답했다.

"그런 걸 어떻게 모를 수가 있냐?"

"씬 말로는 자기는 선택권을 열어 두고 싶대."

"선택권? 야, 우리 배커빌에 살고 있거든!"

헤이맨은 속도를 높여 앞으로 치고 나갔다. 나도 더 세게 페달을 밟아 녀석을 따라잡았다. 내가 가까이 다가가자 헤이맨이 말했다. "사귀는 거라고 할 수 있겠지. 그래도 떠벌리고 싶지는 않아." 우리는 옆에서 나란히 달렸지만 헤이맨은 나를 보지 않고 물었다. "넌 괜찮겠어?"

"안 괜찮을 게 뭐 있어?"

"모르겠어. 그냥, 우리는 삼총사니까?"

"씬이랑도 그 얘기했는데, 우린 아무 문제없어."

헤이맨이 고개를 끄덕였고, 나는 녀석이 안심하고 있다는 걸 느꼈다.

"너희 둘 말이야. 꽤 괜찮은 커플이 될 것 같아."

할리붓에 도착할 때까지 우리는 아무 말 없이 페달을 밟았다.

할리붓은 배커빌보다도 훨씬 작았다. 헤이맨은 밖에서 기다리고 나는 이 동네에 있는 유일한 카페로 들어갔다. 주문을 받는 카운터 한 곳과 테이블 여섯 개가 전부였다. 오늘의 특별 메뉴는 루즈미트 샌드위치 세트였다. 안내판을 보아하니 그 메뉴가 매일매일 특별 메뉴인 것 같았다. 나는 점원에게 에곤 벨트 씨를 아는지 물었다.

"에곤? 그 사람 집은 이 동네 남쪽 맨 끝쯤에 있어. 그쪽에 가서 완벽 그 자체인 집을 찾으면 돼."

"무슨 말씀이세요? 완벽 그 자체요?"

"보면 알 거야."

"혹시 주소 아세요?"

점원이 한숨을 내쉬었다. "꼬맹아, 여긴 할리붓이야. 여기서 어느 쪽으로 가도 엎어지면 코 닿을 거리에서 동네가 끝나. 그 뒤로는 전부 돼지 똥밭이거나 옥수수밭뿐이라고." 그런 뒤 손가락으로 창밖을 가리켰다. "나가서 저 길로 그냥 쭉 내려가. 그럼 에곤을 만날 수 있을 테니까."

나는 밖으로 나왔다.

"그냥 저쪽으로 쭉 가라는데." 나는 헤이맨에게 말했다.

"얼마나 쭉?"

"나도 몰라."

네 블록쯤 갔을 때, 우리는 그 점원이 말한 '완벽 그 자체인 집' 앞에 당도했다. 눈이 부실 정도로 새하얗게 페인트칠된 1층짜리 작은 집이 있었고, 그 주변에는 거기에 어울리게 하얀 나무 울타리가 둘러져 있었다. 창문에는 산뜻한 검은색 덧문이 달려 있었다. 잔디는 짧게 깎여 있었다. 민들레 한 송이조차 보이지 않는 초록 그 자체였다. 마당 앞에 있는 덤불은 아주 정밀하게 원기둥 모양으로 다듬어져 있었다. 아빠가 보시면 정말 좋아할 것 같았다.

"꼭 만화에 나오는 집 같아." 헤이맨이 말했다.

우편함에 쓰인 벨트라는 이름 역시 철자 하나 빠짐없이 완벽하게 정확한 간격을 두고 검은색으로 쓰여 있었다.

"같이 들어가 줄까?" 헤이맨이 물었다.

"괜찮아. 금방이면 될 거야." 내가 대답했다.

나는 대문을 지나 잔디 사이에 난 짧은 길을 걸어갔다. 바닥의 포장도 극도로 정밀하게 계산한 뒤 깔린 듯했다. '환영합니다'라고 적힌 현관매트 역시 계단에 맞춰 정확하게 평행이 되도록 놓여 있었다. 나는 초인종을 눌렀다. 얼마 지나지 않아 현관문이 열렸다.

에곤 벨트는 늘 그렇듯 똑같은 옷차림을 하고 있었다. 새로 산 것처럼 보이는 잘 다려진 멜빵바지, 빳빳하게 풀 먹인 샴브레이 셔츠, 그리고 고르게 회색을 띠는 완벽한 모양의 수염까지. 그는 아무 말 없이 나를 바라보았다.

"안녕하세요." 내가 입을 뗐다. "저 기억하시죠?"

"물론이지. 다시 한번 축하한다." 에곤 벨트가 말했다.

"이걸 드리고 싶어서요." 나는 그에게 수표를 내밀었다.

그는 아무런 움직임 없이 수표를 찬찬히 들여다봤는데 그걸 받아 들 생각이 전혀 없어 보였다. "어째서?"

"왜냐하면 먹깨비가 아저씨를 방해했잖아요. 그 사람이 아저씨 피자에 뭔가를 뿌렸어요."

"알고 있단다." 그가 말했다.

"알고 계셨어요?"

그는 고개를 끄덕였다. "버질은 전에도 그 몹쓸 이페칵을 쓴 적이 있어. 내 탓이지 뭐. 내가 주의를 기울이지 않았으니."

"제가 그걸 봤어요. 말할 수도 있었는데 하지 않았고요."

"결정적인 순간이었단다, 어린 친구. 다른 참가자들을 챙기는 게 네 임무도 아니고." 그는 어깨를 으쓱하고는 빙긋 웃었다. "그다음에 일어난 일을 보는 게 훨씬 재미있었지. 버질한테 자기가 챙겨 온 약을 맛보게 했던 거 말이다. 괜찮은 한 방이었어."

"보셨어요?"

"그다지 교묘하지는 못하더구나. 다른 사람이 못 봐서 천만다행이었어."

"그럼 제가 속임수 쓴 걸 알고 계셨던 거예요?"

에곤 벨트는 웃었다. "너는 속임수를 쓴 게 아니야. 그 상황을 잘 이용한 것뿐이지. 상황을 역전시켜서 진짜 사기꾼을 제거해 버린 거란다."

"그래도 말씀드렸어야 했어요. 그럼 아저씨가 우승하셨을 텐데."

그는 고개를 가로저었다. "나는 버질을 따라잡지 못하고 있었어. 그 녀석, 불타오르더구나. 그런데 주머니에는 이페칵이 있었고, 녀석은 그걸 쓰지 않고는 견딜 수가 없었던 거지."

"버질이 그 약을 쓰지 않았더라면 아저씨가 2등이라도 했을 거예요."

"피자 1년 무료 이용권? 아이고, 됐다. 내가 배커빌에 그리 자주 드나드는 것도 아니고."

"그래도 전 상금을 아저씨랑 나누고 싶어요."

"얘야, 넌 이상주의자구나. 젊은이들의 그런 순수함, 참 멋지단 말이야. 하지만 네 돈은 받지 않을 거다. 네가 마지막 피자 두 판을 먹어 치우는 걸 나도 봤어. 위대한 고바야시가 봤다면 너한테 절이라도 했을걸. 그러니까 버질이 그런 쓸데없는 잔머리를 굴리지 않았더라도 어쩌면 네가 우리 둘을 앞질렀을지도 모른다는 거야. 그날 몇 조각을 먹었지?"

"50조각이요."

"50조각." 그는 천천히 고개를 흔들었다. "50조각이라! 그 돈은 네가 가지렴. 너는 그 돈을 받을 자격이 있어." 그는 천천히 문을 닫으려고 했다.

"잠깐만요!"

"응?"

"고마워요. 예선전에서 저랑 비겨 주신 거요."

"그건 정정당당한 동점이었어. 넌 스스로를 인정하는 법을 좀 더 배워야겠구나. 네 등을 토닥토닥해 주렴. 손해 볼 거 없잖아. 그리고 그 돈은 피자 말고 다른 데다 쓰도록 하고."

그는 문을 닫았다. 나는 수표를 내려다보았다. 그런 뒤 잘 접어서 다시 주머니에 넣었다.

"어떻게 됐어?" 내가 인도로 걸어 나오자 헤이맨이 물었다.

"직접 등을 토닥토닥해 주고, 이 돈은 그냥 내가 가지래."

"내가 한 말이 그 말이잖아! 토닥토닥은 빼고."

"어쨌든 내가 우승했을 거라는데."

"너도 그렇게 생각해?"

"모르지. 어쩌면." 나는 등을 보려고 고개를 돌리면서 몸을 비틀었다.

"뭐 하냐?"

"등을 토닥토닥해 보려고."

헤이맨은 가까이 다가오더니 내 어깨를 토닥토닥 쳐 주었다.

"자!"

"고마워. 너 배고파?"

"먹을 순 있지. 넌?"

"루즈미트 샌드위치 맛있을 것 같더라고." 내가 웃으며 말했다. "가자, 내가 쏜다."

49
맬의 역할

학교는 지난주에 개학했다. 나는 매일같이 헤이맨과 씬을 만났지만 이전처럼 셋이서 어울려 다니지는 않는다. 둘 사이에 남친 여친 관계가 제대로 돌아가고 있는 것 같다.

나에게도 여자 친구가 생겼다. 아니, 썸녀라고 해야 하나. 정확히 우리 사이가 뭔지 나도 잘 모르겠지만 어쨌든 알리샤 모레노와 자주 만나고 있다. 알리샤는 나만큼이나 피자를 좋아하는데, 학교에서 파는 피자는 그다지 좋아하지 않는다. 그래서 우리는 주로 점심은 거르고 방과 후에 피고리노 피자 가게로 가서 소시지버섯 피자를 나눠 먹는다. 알리샤가 두 조각을 먹고 나머지는 전부 내가 먹는 식으로. 지금으로서는 사귀는 사이라기보다는 밥 친구에 가깝지만 앞일은 모르는 거니까.

누나에게는 가쓰라는 이름의 새 남자 친구가 생겼다. 가쓰는 금발을 굵게 여러 갈래로 따서 만든 드레드 머리를 어깨까지 늘어뜨리고, 오른

쪽 콧구멍 한 개와 양쪽 귀에 여러 개의 피어싱을 주렁주렁 하고 있다. 거기다가 멕시코 남자들이 어깨에 두르고 다니는 세라피도 입는다. 그는 모든 문장을 '근본적으로'라는 말로 시작하는데, 이를테면 "근본적으로, 군수산업의 가부장제는 우리 종의 자살 기제라고 볼 수 있지"라는 식이다. 그는 도롱뇽을 연구하고 싶어 하는데 그 이유는 "근본적으로, 양서류가 세상을 뜰 때면 우리 인간도 세상을 떠야 할 때니까"란다. 가쓰는 우리 가족과 처음 만난 자리에서 자기는 자식을 낳을 생각이 없노라고 선언했다. "근본적으로, 우리는 모두 50년 안에 죽을 텐데 번식이 다 무슨 소용이죠?"라는 게 그 이유다.

아무리 뜯어봐도 재미라고는 찾아볼 수 없지만 그래도 데렉보다는 흥미로운 인물인 건 사실이다. 게다가 맬도 가쓰를 마음에 들어 하고.

누나가 자기 코에 피어싱을 하고 나타났을 때 엄마 아빠는 약간 겁을 먹은 것 같았는데 요즘엔 그마저도 슬슬 적응해 가는 것 같다.

"그런 시기가 있는 거겠지." 엄마가 말했다. "대학 때 아니면 언제 저래 보겠어. 뭐든 도전해 보고, 새로운 것도 시도해 보고 하는 거지."

코걸이를 말하는 걸까, 아니면 가쓰를 말하는 걸까?

"저도 혀에 피어싱 하나 할까 봐요." 내가 말했다.

엄마가 곧바로 나를 쏘아보았다.

"농담이에요."

"당연히 그래야지. 아무튼, 브리짓도 언젠가는 자기한테 꼭 맞는 완벽한 남자를 만나게 될 거야."

"나처럼 완벽한 남자?" 아빠가 말했다.

“자기보단 더 완벽해야지.”

아빠가 대학 시절 찍은 사진을 본 적이 있는데, 사진 속의 아빠는 세라피 대신 너바나 티셔츠를 입었다는 것 빼고는 그냥 딱 가쓰였다.

나도 머지않아 대학에 가게 될 것이다. 아마 주립 대학에 가게 되겠지. 나는 누나랑은 달라서 장학금을 받지는 못할 것이다.

하지만 확실한 건 나는 뭐든 잘 해내리라는 거다. 늘 이런저런 시도를 해 가며 스스로 방법을 알아 가고 있으니까. 등록금이 필요하다면 먹기 대회에 나가는 방법도 있고 말이지.

물론 맬은 계속 집에 있다. 엄마의 꿈에도 불구하고 아마도 계속 집에 있을 것이다.

대회 이후 맬이 할 수 있는 말에 ‘내 꺼’와 ‘알피’ 두 단어가 더 추가됐다. 맬이 아직도 ‘엄마’나 ‘아빠’를 말하지 않아서 엄마는 꽤나 낙담한 것 같은데, 그런 말도 곧 할 수 있을 거라고 나는 확신한다. 맬은 자기만의 접근법이 있는 것뿐이다.

이제는 나도 알고 있다. 우리는 어디서나 볼 수 있는 평범하고도 엉망진창인 가족이고 그중에서 나는 형제 사이에 낀 둘째 아이지만, 내가 두 개의 빵을 붙들어 매고 있는 고기 패티가 아니라는 걸 말이다. 그건 맬의 역할이다. 그게 해는 동쪽에서 떠오른다는 사실만큼이나 당연하다는 걸 이제는 안다. 물론 맬 역시 잘 해낼 거라는 것도 알고 있다. 왜냐하면, 우리가 언제나 맬 곁에서 보살펴 줄 테니까. 맬은 우리에게 자신의 규칙을 가르쳐 주면서 우리를 하나로 단단히 묶어 줄 것이다. 언제까지나 우리의 곁에서.

작가의 말

글쓰기란 어쩌면 한 사람이 내적 자아를 표출하는 일인지도 모르겠습니다. 하지만 혼자만의 작업은 아닙니다. 우리 중 진정 혼자인 사람은 없고, 그래서 우리는 축복받은 존재입니다.

이런 마음을 담아 많은 분들에게 감사를 전하고 싶습니다. 우선 야생동물 같은 우리 칠남매를 부드럽게 품어 사람으로 키워 주신 부모님, 감사합니다. 나의 놀라운 여섯 형제자매들에게도 감사의 말을 전합니다. 무수한 방법으로 매일같이 나에게 영감을 주고 있습니다.

'미네소타 키즈릿'의 친구들에게도 감사의 말을 전합니다. 이곳 트윈시티의 작가와 교육자들, 북셀러인 여러분들은 엄청난 규모의, 힘이 되는 조직을 만들었습니다. 현실을 보게 해 주고, 용기를 주고, 또 친구가 되어 주고, 많이 웃게 해 주셔서 감사합니다.

'캔들윅' 출판사의 담당자분들께도 감사의 말씀을 드립니다. 여러분의 청소년 문학에 대한 사랑과 열정은 타의 추종을 불허합니다. 특히 나의 담당편집자인 케이티 커닝햄! 무수한 햄버거들을 넘고 넘어 이 책의 중심에 닿을 수 있도록 나를 이끌어 주었습니다.

270킬로그램의 '버터 소'와 그 밖의 신비한 것들에 대한 통찰을 갖고 있는 낸시와 스티브 세인트 클레어에게도 감사를 전합니다.

나의 에이전트인 제니퍼 플레너리. 온갖 장르를 넘나드는 20년 동안 줄곧 나와 함께해 주셔서 감사합니다.

그리고 마지막으로 나의 가장 소중한 파트너이자 뮤즈인 메리 로그. 감사합니다.

모든 분들께 감사드립니다.